KiWi
PAPERBACK
1182

Das Buch

Würden sie sich heute begegnen, wären sie wohl gar nicht miteinander befreundet. Doch seit einem Französischkurs vor 15 Jahren sind die fünf Frauen, nun dies- und jenseits der vierzig, beste Freundinnen. Jeden ersten Dienstag im Monat treffen sie sich in ihrem Lieblingsrestaurant – die erfolgreiche, eloquente Strafanwältin Caroline; Judith, überempfindsam und eine kleine Dramaqueen; Eva, die hingebungsvolle Mutter von vier Kindern mit verschütteten beruflichen Ambitionen; die ständig verliebte, stets gut gelaunte Kiki, die auf ihren Durchbruch als Designerin wartet, und Estelle, die glamouröse Apothekergattin mit übervollem Kleiderschrank und herrlich spitzer Zunge.

Einmal im Jahr verreisen die fünf miteinander. In diesem Jahr allerdings ist alles anders: Judith ist frisch verwitwet. Nach dem Tod ihres Mannes findet sie ein Tagebuch, das er über seine Pilgerreise nach Lourdes geführt hat. Arne, an Krebs erkrankt, konnte den Weg nicht zu Ende gehen. Die fünf Freundinnen machen sich auf, Arnes Reise zu vollenden – und ahnen nicht, worauf sie sich einlassen. Schritt für Schritt kommen sie einem Geheimnis auf die Spur, das ihr Leben durcheinanderwirbelt und sie mit überraschenden Wahrheiten konfrontiert.

Die Pilgerreise, als Unterstützung für die trauernde Judith gedacht, wird für die fünf Freundinnen zum Augenöffner. Nichts ist, was es scheint.

Die Autorin

Monika Peetz, geboren 1963, Studium der Germanistik, Kommunikationswissenschaften und Philosophie an der Universität München. Nach Ausflügen in die Werbung und das Verlagswesen von 1990–98 Dramaturgin und Redakteurin beim Bayerischen Rundfunk, Redaktion Fernsehfilm. Seit 1998 Drehbuchautorin in Deutschland und in den Niederlanden. Filme u.a. »Ein Baby zum Verlieben«, »Noch einmal zwanzig sein« sowie gemeinsam mit Christian Jeltsch der ZDF-Dreiteiler »Die Rebellin«. Tutorin im Nürnberger Autorenstipendium seit 1997/98.

DIE DIENSTAGS-FRAUEN

Monika Peetz

Roman

Kiepenheuer
& Witsch

Für Peter Jan, Lotte und Sam

Verlag Kiepenheuer & Witsch, FSC®-N001512

8. Auflage 2011

Umschlaggestaltung: Barbara Thoben, Köln
Umschlagmotiv: © plainpicture / Elsa
Gesetzt aus der Aldine
Satz: Pinkuin Satz und Datentechnik, Berlin
Druck und Bindung: CPI – Clausen & Bosse, Leck
ISBN 978-3-462-04255-9

1

»Mach schon Tom! Beweg deinen Hintern!«, brüllte Luc. »Die Gäste kommen jeden Augenblick.« Der Besitzer des Le Jardin scheuchte seinen neuen Kellner gnadenlos durch das Lokal. Im Sekundentakt prasselten Anweisungen auf den jungen Mann nieder.

»Fünfmal Gläser habe ich gesagt.«

»Doch nicht das normale Geschirr.«

»Wo bleiben die Blumen?«

»Muss ich mich um alles selbst kümmern?«

Tom verstand vor allem Bahnhof. Für wen nur veranstaltete Luc diesen Wirbel? Der Blick ins Bestellbuch brachte wenig Erhellung.

»Wir haben überhaupt keine Reservierung für den Kamintisch.«

Luc hielt inne, als sei das die dümmste Bemerkung, die er je im Leben gehört hatte. »Hast du auf den Kalender gesehen?«

»Natürlich.«

»Und?«

»Da steht Dienstag.«

Luc wurde lauter: »Der erste Dienstag im Monat. Das bedeutet …«

»Irgendein französischer Feiertag?«, versuchte Tom sich, als wäre er in einer Quizshow.

Luc stöhnte tief auf. Vielleicht war es ein Fehler, einem arbeitslosen Schulabbrecher eine Chance zu geben. Toms einzige Erfahrung in der Gastronomie stammte aus seiner frühesten Jugend. Ein hormongesteuerter Dummkopf hatte ihn einst in der Sportgaststätte des TSV Euskirchen gezeugt. Leider war Luc dieser Idiot gewesen. Deshalb konnte er schwerlich Nein sagen, als seine Ex ihm vor fünf Wochen das missratene Produkt ihrer Affäre auf der Türschwelle hinterließ. Das Findelkind war inzwischen neunzehn und kam ganz nach der Mutter. Fand Luc.

»Meine treuesten Gäste haben für acht Uhr reserviert. Wie jeden ersten Dienstag im Monat. Da war ich noch Kellner, so lange kommen die schon«, eiferte sich Luc, wobei sein platter Kölner Akzent deutlich verriet, dass er mitnichten Franzose und »Luc« nur ein Künstlername war. Doch die Nähe zum Institut Français sprach dafür, an der Ausrichtung des Restaurants nichts zu verändern.

Tom verstand immer noch nicht: »Ja und?«

Luc seufzte ein zweites Mal. Mit seinen fünfundsechzig Jahren durfte er allmählich an einen Nachfolger denken. Aber wie machte man einem begriffsstutzigen Sohn klar, was an diesen fünf Frauen so besonders war? Seit fünfzehn Jahren kamen sie in sein Lokal. Erst jeden Dienstag, später einmal im Monat.

Es war ein nasser, umsatzschwacher Tag und Luc im Begriff, das Restaurant zu schließen, als die fünf pudelnass und kichernd zum ersten Mal in der Tür standen. Fünf Frauen, wie sie unterschiedlicher nicht sein konnten: Caroline, die kühle, sportliche Anwältin mit dem klassisch geschnittenen Gesicht; Judith, blass, dünn und durchscheinend; Eva, die frischgebackene patente Ärztin; Estelle, unverkennbar Dame von Welt – und die Jüngste, Kiki, eine Abiturientin mit der Ausstrahlung eines bunten Schmetterlings.

Es war Caroline, die Luc überredete, noch ein paar Flaschen zu entkorken. Die redegewandte Anwältin führte schon damals das Wort. Dabei war es ursprünglich Judiths Idee gewesen, nach dem Französischkurs gemeinsam etwas trinken zu gehen.

»Ich will meinen freien Abend bis zum Letzten auskosten«, erläuterte sie. Später stellte sich heraus, dass Judith ihrem damaligen Ehemann Kai vorgelogen hatte, ihr Arbeitgeber verlange und bezahle den Französischkurs. Sie verließ sich darauf, dass ihr pedantischer Ehemann pünktlich um 22.30 Uhr ins Bett ging und nicht merkte, dass es von nun an jeden Dienstag später wurde. Der Französischkurs markierte den Anfang vom Ende ihrer Ehe. Judith log Kai etwas von Aufbaukursen vor und traf sich weiterhin mit den Freundinnen. Es dauerte eine halbe Ewigkeit, bis die Dienstagsfrauen Judith genug Mut gemacht hatten, sich endgültig aus ihrer unglücklichen Ehe zu lösen. Über Jahre beobachtete Luc, wie aus der unsicheren Sekretärin eine Frau wurde, die mithilfe von Esoterik und fernöstlicher Weisheit ihren eigenen Weg suchte.

Luc begleitete seine Dienstagsfrauen durch die Jahre. Er wurde Zeuge, wie aus der begabten Juristin Caroline eine berüchtigte Strafanwältin wurde, wie die leidenschaftliche Medizinerin Eva ihren Arztberuf an den Nagel hängte und eine Familie gründete und die Abiturientin Kiki erwachsen wurde. Alles veränderte sich in den fünfzehn Jahren. Das Le Jardin mauserte sich vom Geheimtipp zum Szenetreff, Luc vom Kellner zum Besitzer. Nur das Luxusweibchen Estelle, die Älteste der Dienstagsfrauen, blieb sich treu. Sie legte Wert darauf, dass man ihr den Reichtum, den zweiten Wohnsitz in St. Moritz und das gute Golfhandicap ansah. Luc vermutete, dass sie bereits im Chanelkostüm geboren war.

»Die fünf Frauen, die neulich hier waren.« Bei Tom war endlich der Groschen gefallen. Er strahlte über das ganze Gesicht. »Kommt diese Kleine auch wieder? Die mit den langen Beinen und dem kurzen Rock.«

»Kiki? Lass bloß die Finger von Kiki«, warnte Luc.

»Aber sie sieht nett aus.«

Luc wusste es besser. Kiki war nicht nett. Kiki war umwerfend. Fröhlich, wild, voller Energie, chronisch gut gelaunt und gern verliebt. »Von Keuschheit kriegt man Pickel«, behauptete sie. Französisch wollte sie lernen, weil sie sich auf ihrer Interrailtour nach dem Abitur unsterblich in einen Matthieu aus Rouen verliebt hatte. Sie hoffte, es würde ihrer Beziehung neue Impulse geben, wenn sie sich auch mal unterhalten könnten. Leider stellte sie bereits nach vier Stunden »Französisch für Anfänger« fest, dass Matthieu am liebsten über seine Exfreundin redete. Sie ließ sich von Nick trösten. Und von Michael. Kiki träumte von einer festen Beziehung, liebte den Sex jedoch mehr als die daran beteiligten Männer.

»Das Gute am Singledasein ist, dass man sich ganz auf die Karriere konzentrieren kann«, redete sie sich ein. Single war sie, nun fehlte ihr nur noch die passende Karriere. Ihr jetziger Job als Kreative bei dem renommierten Design-Studio Thalberg hatte ihr nicht den erhofften Durchbruch gebracht. Kiki war Teil eines Designerteams, das Johannes Thalberg zuarbeitete. Der kreative Kopf und Übervater des Unternehmens entwarf Möbel, Lampen, Wohn- und Küchenaccessoires, bisweilen auch komplette Interieurs von Läden und Hotels. Noch hatte Kiki es nicht geschafft, sich in der Gruppe der Designer besonders hervorzutun. Doch Kiki glaubte an Morgen. Jeden Tag aufs Neue.

»Jetzt erzähl schon«, drängte der junge Kellner.

Luc hätte viel erzählen können. Er kannte nicht nur Kikis

Männergeschichten. Die fünf Frauen ahnten nicht einmal ansatzweise, wie viel Luc von ihren Leben mitbekam. Der aufmerksame Lauscher wusste selbst über die traditionellen Mehrtagesausflüge der Dienstagsfrauen Bescheid. Kein Wunder, schließlich wurden die Anekdoten der jährlichen Reise regelmäßig bei den Dienstagsrunden aufgewärmt und führten ebenso regelmäßig zu großen Heiterkeitsstürmen.

Das erste Mal fuhren sie weg, um sich in der Abgeschiedenheit des Bergischen Landes auf die Französischprüfung vorzubereiten. Das gemeinsame Lernwochenende der Dienstagsfrauen war ein großer Erfolg. Die Prüfung weit weniger. Kiki und Estelle erschienen erst gar nicht. Kiki war zu der Zeit eher mit französischer Körpersprache beschäftigt, und Estelle hatte festgestellt, dass ein Ferienhaus in Frankreich out und die Algarve in war. Warum dann noch Französisch lernen? Der Jungärztin Eva drehte sich vor lauter Aufregung der Magen um, sodass sie den Großteil der Prüfungszeit auf der Toilette des Institut Français verbrachte. Später stellte sich heraus, dass sie die Aufregung weniger der Prüfung als ihrem neuen Zykluscomputer zu verdanken hatte. Der war nicht ganz ausgereift. David, ihr Erstgeborener, dafür umso mehr. Sieben Monate später kam er zur Welt. Über viertausend Gramm schwer, siebenundfünfzig Zentimeter und der Grund, warum es bei Eva nie mehr was wurde. Nicht mit dem Französischexamen und nicht mit der Assistenzstelle am Herzzentrum in Paris. Den unterschriebenen Vertrag bewahrte sie bis heute auf: »Als Symbol für das Leben, das ich beinahe geführt hätte«, wie sie sagte.

Judith legte die Prüfung ordnungsgemäß ab und fiel durch. Die stolze Summe für die systematische Desensibilisierung bei Prüfungsangst, die sie hinter Kais Rücken vom Haushaltsgeld abgezwackt hatte, hätte sie sinnvoller verwenden können.

Nur Caroline, die Anwältin mit dem Prädikatsexamen, bestand. Natürlich als Beste. Caroline brillierte mit perfektem Französisch. Obwohl Luc ihre Karriere aufmerksam in der Zeitung verfolgte, wurde ihm nie klar, wofür sie die Sprache brauchte: Keiner der Schwerverbrecher, mit denen sie als Strafanwältin zu tun hatte, hatte jemals versucht, den Louvre auszurauben, eine Air-France-Maschine zu kapern oder den Eiffelturm zu sprengen. Selbst Carolines Ehemann Philipp, Allgemeinarzt in Lindenthal, fuhr am liebsten nach Italien in den Urlaub. Nicht einmal die beiden Kinder von Caroline hatten Unterstützung bei den Französischhausaufgaben nötig. Carolines Kinder hatten keine Schulprobleme so wie die vier von Eva.

Luc hätte seinem neugierigen Sohn stundenlang Geschichten erzählen können. Doch er schwieg wie ein Grab. Der Restaurantbesitzer war klug genug, die Frauen nie merken zu lassen, wie viel sie unbeabsichtigt preisgaben. Luc war der verschwiegene Begleiter und Bewunderer der Dienstagsfrauen, das Le Jardin ihr Beichtstuhl.

Der Tisch war perfekt gedeckt, der Koch in Startposition, die Kerzen halb heruntergebrannt.

»Wo bleiben sie denn?«

Unruhig kontrollierte Luc die Uhr. Viertel nach acht.

Es war durchaus gebräuchlich, dass Gruppen aus dem nahen Institut Français im Le Jardin einkehrten. Ungewöhnlich war, dass daraus eine Freundschaft fürs Leben wuchs. Ganz und gar unüblich war allerdings, dass der Tisch der Dienstagsfrauen an diesem Tag leer blieb.

Als Luc kurz nach elf sein Restaurant abschloss, ohne dass Caroline oder eine der anderen sich gemeldet hatte, wusste er, dass etwas nicht in Ordnung war. So nicht in Ordnung, wie er es in fünfzehn Jahren noch nicht erlebt hatte.

2

»Wir müssen Luc absagen.« Vor ein paar Tagen hatten die Freundinnen noch darüber gesprochen. Als der Dienstag anbrach, dachte keine der Frauen mehr daran.

Arne, der heutige Mann ihrer Freundin Judith, lag im vierten Stock des Kölner Sankt-Josef-Hospitals. »Der vierte Stock«, mit diesen verharmlosenden Worten umschrieben Ärzte und Pflegepersonal allzu freundlich den Trakt mit den Sterbezimmern. Alles war hier gedämpft. Das Licht, die Stimmen, vor allem aber die Erwartungen. Im vierten Stock wartete man auf den Tod. Arne wartete seit sechs Tagen. Und mit ihm Judith und ihre Freundinnen von der Dienstagsrunde, die sich an ihrer Seite abwechselten.

Arnes Krankheit war wie eine Achterbahnfahrt. Jeder Schwung nach oben entpuppte sich als Illusion. Man wurde aufwärtsgezogen, um danach in rasantem Tempo ins Bodenlose zu stürzen. Die schlechten Nachrichten schlugen in schneller Folge ein:

»Inoperabel.«

»Miserable Blutwerte.«

»Chemo schlägt nicht an.«

»Nur noch eine Frage der Zeit.«

Neunzehn Monate war das her. Neunzehn Monate, in denen Arne und Judith das Thema Sterben vermieden hatten, wo sie nur konnten. Judith versuchte den Gedanken, dass

Arne bald nicht mehr an ihrer Seite sein würde, beiseite-zuschieben. Das Ende sollte trotzdem kommen.

»Wir müssen dafür sorgen, dass immer eine von uns bei Judith ist«, hatte Eva angeregt und die Dienstagsfrauen rund um die Uhr in Schichten eingeteilt. Und doch war sie die Erste, die ausscherte. Lene, Evas dreizehnjährige Tochter, wirbelte den Zeitplan ihrer Mutter mit einem unfreiwilligen Salto vom Fahrrad durcheinander, der ihr einen wackelnden Schneidezahn einbrachte. Eva konnte sie in dieser Situation unmöglich alleine lassen.

»Kannst du rasch einspringen?«, hatte Eva an Caroline getextet.

»Ich mache kurzen Prozess«, versprach die Strafanwältin, die mitten in einer Verhandlung war.

Noch bevor die Ablösung da war, musste Eva sich verabschieden. So geschah das, was alle hatten verhindern wollen: Judith war zum ersten Mal ganz alleine im vierten Stock. Mit sich und der Angst.

»Wir machen Abschied für Familie so intim möglich!«, versprach die robuste Schwester mit hartem osteuropäischen Akzent. Nur ab und an wechselte sie die Infusionen und brachte Tee für Judith, der verdächtig nach Rum roch.

»Illegal, aber gut«, raunte die Frau ihr verschwörerisch zu. »Angst in Alkohol löslich.«

»Vielen Dank, Schwester …«

Wie hieß sie noch mal? Judith hätte die Frau gerne mit ihrem Namen angeredet, konnte sich jedoch keinen Reim auf die abenteuerliche Konsonantenfolge machen, die auf dem enormen tschechischen Schwesternbusen auf und ab wogte.

»Tschechen sind extrem geizig mit Vokalen«, hatte Arne

am ersten Tag in einem überraschend klaren Moment gewitzelt: »Sie sollten mit den Finnen über die Herausgabe von Vokalen verhandeln.«

Judith lachte müde.

»Wirklich«, insistierte Arne mit schwacher Stimme, »nimm das Wort Eiscreme: Die Tschechen sagen ›zmrzlina‹. Und die Finnen? ›Jäätelöä.‹«

Judith hatte keine Ahnung, ob das stimmte. Sie verstand nur zu gut, worum es Arne wirklich ging: Selbst auf dem Sterbebett versuchte er Judith aufzumuntern. Bis ihn die Kräfte verließen.

Hilflos musste Judith ansehen, wie Arne matter werdend in die Kissen sank, die Nase spitzer, seine Atmung flacher wurde. Seine Hände flatterten, als wollten sie wegfliegen. Mit jeder Minute mehr entschwand der große, starke Mann, in den sie sich vor fünf Jahren Hals über Kopf verliebt hatte. Trotz seines kitzelnden Barts und seiner Vorliebe für karierte Flanellhemden.

»Der sieht aus, als würde er gleich zur Gitarre greifen und von Whiskey, Frauen und Pistolen singen«, flüsterte Estelle überlaut den anderen Dienstagsfrauen zu, als sie ihn zum ersten Mal trafen.

»Ich habe ein konturloses Gesicht und einen fürchterlichen Kleidergeschmack. Das gehört zu mir«, konterte Arne genauso frech.

Dasselbe empfand er für Judith. Sie gehörte zu ihm. Ganze dreiundsechzig Tage nachdem er sie in der Buchhandlung zwischen Feng-Shui und Buddhismus entdeckt hatte, heirateten Judith und Arne auf einem Rheinschiff.

»Alles im Fluss«, verkündete Arne, »das passt zu uns.«

Die Dienstagsfrauen waren nicht die Einzigen, die von den Ereignissen überrollt wurden.

»Wir freuen uns so sehr, Julia kennenzulernen«, frohlockte eine kugelrunde Tante im fliederfarbenen Ensemble. Sie verströmte den Duft von Mottenkugeln und 4711.

»Sie heißt Judith«, korrigierte Caroline zum wiederholten Mal, denn Arne hatte viele Tanten.

Das Gesicht der alten Dame nahm eine Farbe an, die sich harmonisch zum Fliederton gesellte.

»Macht nichts«, winkte Estelle ab. »Wir haben Anton auch erst vor ein paar Tagen kennengelernt.«

»Arne«, mahnte die Tante, die für Estelles Humor kein Gespür hatte.

»Es kam alles so überraschend«, bestätigte man sich gegenseitig und ging dann zum verwunderten »Wer hätte das gedacht« über.

»Ich«, verkündete Judith. »Ich wusste vom ersten Moment an, dass ich mit Arne alt werde.«

Und jetzt hatte sie das Schicksal in den vierten Stock des Krankenhauses geführt.

Draußen brach zum ersten Mal seit Tagen die Sonne hinter den Wolken hervor, auf den Stationen begann die Besuchszeit, und im vierten Stock tropfte die Zeit. Neunundfünfzig Minuten, bis die Schwester das nächste Mal bei ihr vorbeisehen würde, zehn Minuten für den Tee, drei Minuten, um Arnes Kissen gerade zu rücken, dreizehn Sekunden, bis der Tropfen mit der Morphiumlösung sich löste und im durchsichtigen Schlauch versickerte.

Wo blieb Caroline nur? Jede der Dienstagsfrauen war willkommen. Ihre Gesellschaft tröstete sie. Eva brachte Tupperdosen mit aufmunternden Köstlichkeiten, Estelle den neuesten Klatsch, Kiki gute Laune und einen Hauch Hektik. Aber selbst das fühlte sich besser an als diese Todesstille, in der man nur auf diesen einen letzten Moment wartete.

Vom Gang her kam ein Geräusch. Das waren die Bestatter. Man hörte sie schon von Weitem. Die Stationsbetten klapperten, die Bahren der Totengräber jedoch glitten auf weichen Gummirollen über das Linoleum. Erst war dieses feine Sausen zu hören, dann die schweren Schritte der Angehörigen, die das Sterbezimmer verließen. Ein, zwei Stunden später kam die Desinfektionskolonne mit ihrem hell quietschenden Reinigungswagen. Dann wieder ein klapperndes Bett. Judith hatte dieses Lied des Todes, das im vierten Stock wie ein Kanon immer wieder von vorne begann, in den letzten Tagen schon ein paarmal gehört. Vielleicht war das schlimmer als der rasselnde Atem von Arne.

Als Arne noch gesund war, hatte sie tausend Wünsche. Jetzt nur einen einzigen. Wenn sie nur einmal noch seine Stimme hören könnte, sein ausgelassenes Lachen, einmal noch seine Hände auf ihrer Haut spüren. Einmal noch. Bitte.

Judith wusste nicht, wie sie ohne Arne weiterleben sollte. Sie konnte sich nicht vorstellen, dass sie aus dem vierten Stock in eine leere Wohnung zurückkehren würde. Wie sollte sie jemals wieder in dem Bett schlafen, in dem sie gemeinsam mit Arne gelegen hatte? Sie hatte das klobige Ungetüm, das ihr Schlafzimmer verstellte, nie gemocht.

Wie merkwürdig. Judith feierte bald ihren vierzigsten Geburtstag und hatte noch nie ein eigenes Bett gekauft. Mit siebzehn hatte sie das heimische Stockbett, das sie mit dem acht Jahre jüngeren Bruder teilte, verlassen und war bei ihrem Freund eingezogen. Kai war siebenundzwanzig und Besitzer einer achtzig Zentimeter breiten Matratze. Bei jeder Bewegung schrammte ihr Arm über die Wand, die sich wie ein Reibeisen anfühlte. Kai hatte Sägespäne in die weiße Wandfarbe gemischt.

»Echte Raufasertapete ist viel zu teuer«, befand er dikta-
torisch.

Judith liebte bunten Wandbehang in warmen Farben,
aber es war Kais Wohnung. Es war auch Kais Geld und
Kais Vorstellung vom Leben. Und dazu gehörten Raufa-
sertapete, Sparsamkeit und Eheringe. Selbst beim Sex liebte
Kai Berechenbarkeit. Er küsste immer erst eine Diagonale
zum Bauchnabel runter und arbeitete sich parallel mit der
Handinnenfläche zum rechten Schenkel vor. Als hätte er
das aus einem Sexratgeber auswendig gelernt. Nach ein paar
Jahren an seiner Seite war Judith so durchgefroren, dass sie
zu Wolf mit dem Wasserbett flüchtete. Und später zu Arne.
Kai legte Zeitungen auf die Autositze, wenn es regnete.
Arne tanzte barfuß durch den Park und wusch die Füße
in einer Pfütze.

»Theoretisch«, presste Arne mühsam hervor. Judith schrak
zusammen. Seit Tagen herrschte Stille in dem Zimmer und
jetzt ein Wort.

»Theoretisch«, murmelte Arne noch einmal, hob die Hand
und ließ sie erschöpft fallen. Was Judith auch probierte, wie
nahe sie seinem Mund auch kam, es blieb bei diesem einen
Wort: »Theoretisch!«

Thomas Mann verlangte auf dem Sterbebett nach seiner
Brille, Goethe mehr Licht und Jesus der Legende nach gar
nichts mehr. »Es ist vollbracht«, soll er am Kreuz verkündet
haben, bevor er zu seinem himmlischen Vater heimkehr-
te. In Judiths Ohren klang das, als hätten fünf Marketing-
experten lange darüber gebrütet, welche letzten Worte sich
bei einer Kreuzigung am wirkungsvollsten machten. Arnes
letzte Botschaft an die Überlebenden, sein letztes Wort war
»theoretisch«.

Sinn ergab das nicht. Ihr erster Mann Kai verkörperte die

Theorie. Arne war der praktische Lebensgenießer, unheilbar optimistisch und allem zugetan, was zwischen Himmel und Erde schwebte. Wäre er sonst nach Lourdes gepilgert, zur Grotte der heiligen Maria?

Die Tür flog auf und riss Judith aus ihren Gedanken. Caroline. Endlich. Endlich! Erleichtert vergrub sie den Kopf an Carolines Schulter. Dabei war die Anwältin niemand, den man so leicht umarmte. Aber Judith war einfach nur froh, nicht mehr alleine zu sein. Caroline streichelte ihrer Freundin sanft über den Rücken: »Es tut mir so leid, Judith.«

»Eva musste früher weg. Wegen Lenes Zahngeschichte. Sie ist mit dem Fahrrad gestürzt.«

»Wann ist es passiert?«

Ihre Stimme klang mitleidig. Dabei war Caroline normalerweise die Erste, die Kritik äußerte, wenn Eva sich zu sehr von ihrer Familie vereinnahmen ließ.

»Gestern Nachmittag schon. Als Lene aus der Schule kam. Aber der Zahnarzt wollte heute noch einmal kontrollieren.«

»Judith, ich rede von Arne.«

Caroline durchbohrte Judith mit einem einzigen Blick. Es waren diese wachen, klugen, unbestechlichen Augen, die ihren Prozessgegnern Angst machten. Und manchmal auch Judith. Hilfe suchend drehte Judith sich zu Arne um und entdeckte, was Caroline auf den ersten Blick erfasst hatte. Arne hatte aufgehört zu atmen. Die dünne Haut, die das magere Gesicht umspannte, schimmerte grau. Ganz leise war er gegangen. So als wollte er Judith nicht erschrecken.

3

Arne Nowak starb am frühen Dienstagabend. Er hinterließ seine Ehefrau Judith, eine Dreizimmerwohnung in der Blumenthalstraße, zwei Dutzend Flanellhemden und eine Zeitbombe. Doch das war Arne erst bewusst geworden, als er bereits im vierten Stock gefangen war. In dem dumpfen Dämmerzustand, in den das Morphium ihn versetzte, blitzte undeutlich der erschreckende Gedanke auf: Das Pilgertagebuch, das schwarze Notizbuch von Moleskine, es lag immer noch im Schrank. Der Platz war sicher. Solange er lebte. Und nun hatte er es vergessen.

Sein unverrückbarer Optimismus hatte ihm einen letzten Streich gespielt: Arne wollte nicht wahrhaben, dass seine Zeit abgelaufen war. Jeden Tag gaukelte er sich und Judith vor, dass der Tumor ihm noch Zeit lasse. Jede Nacht betete er um Aufschub. Warum hatte er die verräterischen Notizen nicht verbrannt, als er noch mit Zeit und Kraft gesegnet war? Judith durfte nie erfahren, was er getan hatte. Kein Kratzer sollte die Erinnerung an die gemeinsamen Jahre stören.

Was, wenn Judith das Buch fand? Was, wenn sie den Dienstagsfrauen davon erzählte? Was, wenn sie ihnen die Notizen zeigte? Zehn Augen sahen mehr als zwei. Estelle hatte eine Schwäche für Skandale, Caroline das untrügliche Gespür für Lügen. Einmal im vierten Stock angekommen, schaffte er es nicht einmal mehr, sich die Konsequenzen auszumalen, die es haben konnte, wenn die Wahrheit ans Tageslicht kam. Nicht nur für Judith, auch für die anderen Dienstagsfrauen.

»Theoretisch …«

»Theoretisch kannst du schon mal anfangen, meine Sachen wegzuwerfen«, wollte er Judith mit auf den Weg geben. »Du darfst dich nicht mit dem alten Kram belasten!« Der Gedanke verschwand, bevor er ihn zu Ende gedacht hatte.

»Theoretisch«, brachte er heraus, dann verlor er den Faden und die Konzentration. Einen Moment lang glaubte er, etwas Wichtiges erledigen zu müssen, im nächsten war da nur noch die Müdigkeit. Ein Schleier aus Mattigkeit senkte sich über alle Sorgen. Sein Mund war trocken. Es war ihm egal. Er hatte nicht einmal Lust zu atmen.

Manchmal drang ein Wort durch den Nebel, manchmal spürte er Judiths Hand auf der seinen. Mit Mühe öffnete er die Lider, sah die feuchten Augen von Judith und hatte sie in der nächsten Sekunde wieder vergessen. Nichts ließ sich festhalten, kein Fehler korrigieren. Manchmal wusste er nicht einmal mehr, wo er überhaupt war. Es roch so komisch. Nach längst vergangenen Tagen. Nach Zigaretten. Nach Eckstein No. 5. Er erkannte die Marke sofort. Sein Großvater hatte das Kraut nach dem Krieg geraucht. »Das Tagebuch, vielleicht konnte der Großvater … ich sollte …«, ging es ihm durch den Kopf. Dann kam nichts mehr.

Arne Nowak starb mit dem undeutlichen Gefühl, etwas Wichtiges vergessen zu haben. Er sollte recht behalten.

4

Es war eine würdevolle Beerdigung und ein stimmungsvoller Leichenschmaus im Le Jardin. »Sterbenslangweilig, das Gerede«, hätte Arne sich beschwert. Doch die Trauergäste waren zufrieden. Nur an Judith nagte das schlechte Gewissen.

Das Gefühl, nicht das Beste aus der gemeinsamen Zeit gemacht zu haben, wucherte in ihr wie ein Tumor. Judith quälte sich mit Vorwürfen. Sie hatte so viele Momente in ihrem gemeinsamen Leben vergeudet. Sie sehnte sich nach den glücklichen Anfangstagen mit Arne. Frühstück im Bett, Mittagessen im Bett und abends auf Brotkrümeln miteinander schlafen. Wie gerne hätte sie sich noch einmal über Brösel im Bett beschwert.

Sechs Monate nach Arnes Tod hatte Judith das Gefühl, am absoluten Tiefpunkt angekommen zu sein. Ohne Arnes tiefen Bass, das charakteristische Geräusch seiner Hausschuhe und seine ewigen Papiere, die er überall liegen ließ, kam ihr die Wohnung fremd vor. Sie brachte es kaum über das Herz, Dinge wegzuwerfen, die Arne gehört hatten und jetzt nutzlos geworden waren. Dort, wo sie es versucht hatte, blieb ein Vakuum zurück: ein leerer Haken an der Garderobe, ein verwaister Nachttisch, eine unbenutzte Badezimmerkonsole. Judith hatte nichts, womit sie die Lücke, die Arne hinterließ, hätte füllen können.

An Arnes Kleiderschrank hatte sie sich noch nicht herangewagt. Bis heute. Vorsichtig schob sie die Tür beiseite. Ihre Hand glitt sacht über seine Wildlederjacke, das Cordjackett mit den ovalen Lederaufsätzen an den Ärmeln, das er in der Buchhandlung getragen hatte, und schließlich die Hemden. So peinlich ihr die geschmacklosen Kleidungsstücke einst gewesen waren, so süß roch jetzt die Erinnerung. Vorsichtig zog sie ein Flanellungetüm in Braun, Grün und Orange hervor. Etwas fiel. Ein Gegenstand. Ein Buch. Arnes Tagebuch.

Auf den schwarzen Umschlag hatte Arne mit Tesafilm ein Heiligenbildchen geklebt: Am Rand eines Baches, umgeben von Schafen, betete ein kleines Mädchen zu einer Marienerscheinung. Judith kannte die Geschichte, die sich hinter dem Bild verbarg. Das kleine Mädchen war die Müllerstochter Bernadette Soubirous, der vor mehr als hundertfünfzig Jahren die heilige Jungfrau Maria erschienen war. Dort, wo das kleine Mädchen seine Visionen hatte, erstreckte sich heute die Wallfahrtsstätte von Lourdes. Tausende Pilger suchten hier täglich Heilung und Stärkung. Pilger wie Arne.

Arne hatte seinen Weg nach Santiago de Compostela zwei Jahre vor der Krebsdiagnose begonnen. Zweitausendvierhundert Kilometer waren es von seiner Kölner Haustür bis zum Westportal der imposanten spanischen Kathedrale, die das Grab des Apostels Jakobus beherbergte. Arne hatte die Strecke in Etappen eingeteilt, die jeweils in zwei bis drei Wochen zu bewältigen waren. Als Berufsschullehrer hatte er viel mehr Ferien als Judith, die zu den Zeiten ihrer Ehe mit Arne an der Rezeption eines Kölner Therapiezentrums arbeitete, wo sie den Besuchern den Weg wies zu den Physio-, Ergo-, Tanz-, Spiel- und Sprachtherapeuten, die sich unter einem Dach versammelt hatten. Nach Arnes Tod hatte Judith ihren Job gekündigt. Gegen den Rat der Freundinnen.

Arnes Pilgerreise war auf mehrere Jahre angelegt. Die Stationen seiner Reise hielt er penibel in einem Tagebuch fest. Arne hatte Judith ab und an eine Seite gezeigt: eine Zeichnung, ein Gedicht, eine Postkarte, die er auf seinen Etappen einklebte. Judith hatte vergessen, dass es das Buch gab. Jetzt erschien es ihr als Arnes wichtigstes Vermächtnis. Versunken blätterte sie durch Arnes Pilgertouren.

Judith merkte nicht einmal, dass das Telefon klingelte, so aufrührend war die Wiederbegegnung mit Arnes Gedanken. Seite für Seite streifte sie mit ihm über den Jakobsweg, bis der Text abriss. Mitten im Satz. Nachdem bei ihm Krebs diagnostiziert worden war, war Santiago de Compostela unerreichbar geworden. Arne passte die Route an. Sein Ziel und seine Hoffnung hießen nur noch Lourdes, das an einer Nebenstrecke des Jakobswegs lag. Das schwarze Notizbuch begleitete ihn auch auf dieser letzten Tour, für die er Narbonne Plage als Ausgangsort gewählt hatte. Vierhundertdreißig Kilometer bis Lourdes hatte er sich damals vorgenommen, aufgeteilt in siebzehn Etappen. Das jungfräuliche Weiß der letzten fünfzig Seiten und die tragische Realität dahinter trafen Judith wie ein Blitzschlag. Arne hatte gehofft, an der Quelle der Bernadette Heilung zu finden. Er hatte Lourdes nie erreicht. Völlig erschöpft hatte er die Tour abgebrochen. Sechs Wochen später war er tot.

In den Monaten nach Arnes Tod war Judith in einer Starre gefangen gewesen. An manchen Tagen schaffte sie gerade mal das Notwendigste: Einatmen. Ausatmen. Einatmen. Ausatmen. Jetzt stand ihr glasklar vor Augen, was zu tun war.

5

Caroline machte sich Sorgen. Die Verhandlung war kaum zu Ende gegangen, da wählte sie erneut Judiths Nummer. Den ganzen Nachmittag probierte sie schon, die Freundin zu erreichen. Es war wieder mal der erste Dienstag im Monat, und Caroline wollte sichergehen, dass Judith die Verabredung nicht vergaß. Judith durfte auf keinen Fall fehlen, wenn es um den jährlichen Ausflug ging.

Eine Anwaltskollegin gratulierte mit gestrecktem Daumen zum gewonnenen Prozess. Caroline nahm es nur flüchtig zur Kenntnis. Sie hatte ein flaues Gefühl im Magen. Sollte Judith nicht im Le Jardin auftauchen, würde sie umgehend in die Blumenthalstraße fahren.

Laute Schritte unterbrachen ihre düsteren Gedankengänge. Estelle behauptete immer, man würde den Unterschied zwischen teuren und billigen Schuhen am Gehgeräusch hören. Plastik quietschte. Das hier klang nach teurer Ledersohle: Anwaltsschuhe. Tatsächlich versuchte der Vertreter der Gegenpartei, Paul Gassner, krampfhaft, sie einzuholen. Und das, nachdem sie gerade seinen Tag und seine gute Beziehung zu seinem Klienten ruiniert hatte. Nicht zum ersten Mal übrigens. Gassner war nicht uncharmant, aber Caroline stand der Sinn nicht nach kollegialer Nachbereitung der Verhandlung. Sie hatte es eilig, ins Le Jardin zu kommen, und versuchte, ihn so schnell wie möglich abzuwimmeln: »Der

Richter hat sein Urteil gesprochen. Zu unseren Gunsten. Ich sehe nicht, was wir zu besprechen haben.«

Der Anwalt ließ sich nicht abschütteln. Im Gegenteil. Ohne jede Vorwarnung unterbreitete er ihr ein Angebot. »Frau Seitz, wann tun Sie sich endlich mit mir zusammen? Wir beide wären ein fabelhaftes Team!«

So wie Gassner das sagte, klang es wie ein unmoralisches Angebot. Wollte er ein Date mit ihr? Um Himmels willen. Sie war verheiratet. Gut verheiratet. »Wie Sie wissen, bin ich in festen Händen. Beruflich und privat.« Das saß.

Der Anwalt blieb unbeeindruckt. »Verehrte Caroline«, versuchte Gassner es weiter, »seien wir ehrlich. Wir sind nicht mehr die Jüngsten. Wenn Sie beruflich noch einmal durchstarten wollen, ist jetzt der richtige Zeitpunkt.«

Was für eine bodenlose Frechheit! Aber Caroline ließ sich nichts anmerken. Die Strafanwältin hatte in vielen Strafprozessen gelernt, aus ihrem Herzen eine Mördergrube zu machen. Während sie innerlich bereits kochte, blieb sie äußerlich gelassen: »Wer sagt Ihnen, dass ich mein Leben verändern will?«

»Die Kinder aus dem Haus, Enkel nicht in Sicht. Ihr Mann hat seine Arztpraxis, die Kongresse, seinen Sport, und Sie? Einmal im Monat das Treffen mit den Freundinnen vom Französischkurs. Das kann doch nicht alles gewesen sein.«

Caroline hielt abrupt inne. In ihrem Kopf ratterte es. Wie konnte ein Fremder diese Dinge wissen? Worauf wollte er hinaus? Täuschte sie sich? Oder schwang da ein Hauch Mitleid mit in Gassners Stimme? Für einen Moment vergaß Caroline sogar ihre Sorge um Judith.

»Sie nehmen mir doch nicht übel, dass ich Erkundigungen eingeholt habe. Man will schließlich wissen, wen man in seine Kanzlei holt!«, erklärte Mr. Ganzschöndreist mit frechem Grinsen.

Carolines Blick sprach Bände. Sie sah nicht so aus, als würde sie es schätzen, wenn man ihr hinterherspionierte. Doch der Mann lächelte alles nieder. Offenbar hielt er sich für den George Clooney der Kölner Anwaltschaft. Caroline lächelte ebenso charmant zurück: »Wo kann ich Sie erreichen?«

»Für kluge Frauen und gute Nachrichten bin ich Tag und Nacht zu erreichen.«

Im sicheren Gefühl, eine Chance bei Caroline zu haben, kritzelte Gassner seine Privatnummer auf eine Visitenkarte. »Sie überlegen sich mein Angebot?«

»Nein!«, beschied Caroline knapp und bündig. »Aber wenn ich Auskünfte über mein Leben und meine Befindlichkeiten brauche, melde ich mich.«

Sie schnappte die Visitenkarte aus seinen Händen und ließ den verdutzten Mann stehen.

Als sie in ihr Auto stieg, leuchtete ein zufriedenes Lächeln auf ihrem Gesicht. Es gefiel Caroline, umworben zu sein. Aber das brauchte der werte Kollege nicht zu wissen.

»Der Anwalt der Gegenpartei wollte dich abwerben?« Die Dienstagsfrauen lachten fröhlich, als Caroline die Anekdote eine halbe Stunde später am Kamintisch zum Besten gab.

»Als ob ich mich mit jemandem einlasse, der mir hinterherschnüffelt«, hakte Caroline die Geschichte ab.

Ihr war ganz leicht zumute. Denn soeben hatte Judith das Le Jardin betreten. Sie wirkte blasser und durchscheinender als beim letzten Mal. Aber sie war da. Caroline war so erleichtert, Judith zu sehen, dass sie den merkwürdigen Unterton des Anwalts vergaß. In ihrer Brieftasche schlummerte die Visitenkarte mit der Privatnummer ihres Kollegen.

6

Siebenmal hatte Tom inzwischen den ersten Dienstag im Monat miterlebt. Siebenmal den Kamintisch eingedeckt, siebenmal vergeblich versucht, Kikis Aufmerksamkeit zu erringen.

Längst brauchte er nicht mehr darüber nachzudenken, welches Menü für wen bestimmt war. Der Salat gehörte zu Judith, die kaum reagierte, als er ihr den liebevoll zurechtgemachten Teller servierte. Caroline, die am Kopf des Tisches saß, als hätte sie den Vorsitz, sah immer wieder zu Judith hinüber. Ihre Bratkartoffeln, die Bohnen, das Stück Fleisch, nichts wollte Caroline so richtig schmecken. Irgendwas war mit Judith. Aber was?

Estelle bekam davon nichts mit. Mit ungebremstem Appetit verzehrte sie ihren Hummer an Krustentier-Estragonschaum. Normalerweise setzte Luc keinen luxuriösen Schnickschnack auf die Karte. Für Estelle machte er einmal im Monat eine Ausnahme. Estelle dankte es ihm mit großzügigen Trinkgeldern und Empfehlungen in ihrem neureichen Bekanntenkreis, der das Le Jardin zu einem »place to be« machte. Mehr als exquisites Essen interessierten Estelle allein amouröse Verwicklungen. Sie schwelgte in der Geschichte mit dem Anwalt: »Caroline hat einen heimlichen Verehrer.«

»Alles rein beruflich, Estelle.«

»Wer hat ihm von unserem Französischkurs erzählt? Das ist fünfzehn Jahre her«, wunderte sich Eva.

Caroline war nicht minder ratlos: »Der wusste sogar über Philipps Termine Bescheid. Besser als ich selbst.«

Kiki seufzte tief auf: »So was passiert mir nie. Ich muss noch Danke schön sagen, wenn ich wieder einen Plastikbecher für Thalberg designen darf. Mich hat noch nie einer abwerben wollen.«

Dafür flambierte Tom gerade Kikis Essen. Mit einer spektakulären Stichflamme versuchte er, Kiki zu beeindrucken. Die sah nicht einmal hin.

Enttäuscht wandte sich Tom an Eva, die immer noch die Speisekarte in der Hand hielt. Während die anderen schon längst aßen, hatte Eva sich noch immer nicht entschieden. Nervös zupfte sie an ihrem allzu kurzen Pullover. Wie schafften es ihre Freundinnen immer, so perfekt auszusehen? Bei Eva hatte es mal wieder nur zu Jeans, Sweater und Pferdeschwanz gereicht.

»Leber, vielleicht sollte ich Leber essen. Frido liebt Leber.«

Die Freundinnen richteten die Augen gen Himmel. Nicht zu glauben, dass Eva einmal die Ehrgeizigste des Quintetts war. Fünfzehn Ehejahre mit Frido und vier Kinder später wusste sie nicht einmal mehr, was ihr selbst schmeckte. Eva kochte und dachte nur noch für andere.

»Ich nehme dasselbe wie sie«, beschied sie, um Toms Warterei ein Ende zu bereiten. Eva wies auf Judith, die mit gesenktem Kopf ein paar einsame Salatblätter und klitzekleine Karöttchen auf ihrem Teller herumschob. Judith brauchte nicht aufzusehen. Sie spürte auch so, dass Caroline sie an diesem Abend nicht aus den Augen ließ. Mit diesem speziellen Blick, den sie aus dem Krankenhaus kannte. Dieser Blick, dem man nicht entkam. Der einen zum Reden zwang.

»Mir geht es gut ... wirklich ... Ich gehe viel mehr aus ... nur diese Woche bin ich nicht dazu gekommen ... ich hab das Grab neu bepflanzt«, murmelte sie. Judith konnte nicht verhindern, dass ihr Tränen in die Augen stiegen.

»Kann ich irgendwas für dich tun?«, erkundigte Caroline sich.

»Nichts mehr fragen, Caroline, bitte. Sonst muss ich wieder weinen, und ich will nicht mehr weinen ...« Ihre Stimme brach.

Seit sechs Monaten sahen die Freundinnen zu, wie Judith sich quälte. Es war Zeit, etwas zu unternehmen. Sie bemühten sich, sie aufzumuntern. »Kommen wir zum Thema. Wohin sollen die Dienstagsfrauen in diesem Jahr fahren?«

Luc stupste seinen Sohn an: »Pass auf, was gleich passiert!«

Tatsächlich: Caroline hatte den Satz kaum ausgesprochen, als ein Tumult losbrach. Estelle war die Erste, die ihre Wünsche anmeldete: »Ich will unter dem Sternenhimmel schlafen. Es müssen gar nicht viele sein. Fünf Sterne beim Hotel, zwei beim Restaurant.«

Kiki fiel ihr sofort ins Wort: »Ich brauche die Großstadt. Ich will ausgehen, feiern. Einsam hab ich's schon zu Hause. Es kommt der Tag, da gratulieren mir nur noch Tchibo und T-mobile zum Geburtstag.«

»Mir ist alles recht«, warf Eva ein, »ich schließe mich an.«

Luc grinste: »Das geht jetzt mindestens eine Stunde so«. »Dann spricht Caroline ein Machtwort, und wir servieren Champagner zur Versöhnung.«

Caroline versuchte, mit konkreten Vorschlägen Ordnung ins Geschehen zu bringen: »Ein Klient hat mir neulich was von einem kleinen Gasthof in Österreich erzählt. Da kann man prima wandern. Und der Tennisplatz …«

Die anderen würden nie erfahren, was es mit dem Tennisplatz auf sich hatte, denn Estelles Meinung stand bereits fest: »Gasthof? Das klingt schon wie Doppelzimmer. Ich gehe in kein Doppelzimmer. Ich habe nicht mal zu Hause ein Doppelzimmer.«

»Ich komme dieses Jahr nicht mit.« Das ganze Essen hatte Judith darüber nachgedacht, wie sie es den Freundinnen beibringen sollte. Jetzt ging ihre leise Absage im Stimmengewirr unter.

»Der Gasthof bietet zahllose Möglichkeiten. Wir müssen doch nicht jedes Mal …«

»Ich komme dieses Jahr nicht mit!«, wiederholte Judith so laut, dass alle erschraken. Betretenes Schweigen in der Runde. Alle vier sahen fassungslos zu Judith.

»Was hast du gesagt?«, hakte Caroline nach.

»Ich werde nicht mitfahren.«

Von allen Seiten prasselten Kommentare auf Judith nieder.

»Wieso?«

»Warum?«

»Gerade du solltest mal raus.«

»Wie kommst du denn darauf?«

»Natürlich kommst du mit.«

Im Restaurant hatten alle anderen Besucher längst aufgehört zu essen. Mit unverhohlener Neugier sahen sie den Frauen bei ihrer aufgeregten Diskussion zu.

»Ich habe Arnes Tagebuch gefunden«, versuchte Judith ihren Schritt zu rechtfertigen. Die Ratlosigkeit bei den Dienstagsfrauen war groß.

»Was hat das mit unserem Ausflug zu tun?«

Stockend erklärte Judith, was sie meinte: »Arne hat Tagebuch geführt. Nur wenn er unterwegs war. Auf dem Jakobsweg. Er wollte doch nach Lourdes. Wegen dem heilenden Wasser.«

Ihre Augen füllten sich mit Tränen. Sie wurde immer leiser. »Wenn er angekommen wäre … diese, diese weißen Seiten in Arnes Tagebuch, das ist das Schlimmste!«

»Ich verstehe nicht, was das mit unserer Reise zu tun hat«, sagte Caroline kopfschüttelnd.

Judith gab ihrer Stimme mehr Nachdruck: »Ich habe keine Zeit, mit euch mitzukommen. Ich werde Arnes Weg zu Ende führen.«

Endlich war es heraus. Judith war klar, was das für ihre eingeschworene Gemeinschaft bedeutete. Noch nie war eine der Freundinnen aus der gemeinsamen Tradition ausgeschert. Es würde das erste Mal in fünfzehn Jahren sein, dass sie bei ihrem jährlichen Trip nicht komplett waren.

Vorsichtshalber zog Judith den Kopf ein. Sie erwartete, dass die Freundinnen ihr all das an den Kopf werfen würden, was sie sich selbst bereits tausendmal vorgesagt hatte.

»Sechs Monate, Judith! Wird es nicht Zeit, dass du mal wieder am Leben teilnimmst?«

»Du musst langsam Abschied von Arne nehmen.«

»Judith! Nach vorne sehen! Nicht zurück.«

»Haben Sie es einmal mit Beichten probiert?«

Das war der Pfarrer von Arnes Beerdigung, der in ihrem Kopf dazwischenquasselte. Doch wozu sollte Judith beichten? Wozu das Augenmerk auf die Dinge legen, die man im Leben verkehrt gemacht hatte? Das hasste sie am Katholizismus. Man fühlte sich dauernd schuldig. Für alles Mögliche. Und das Unmögliche gleich dazu.

»Unsinn. Der Katholizismus verzeiht alles. Das beruhigt ungemein«, hätte Arne entgegnet.

Judith führte diesen unablässigen inneren Dialog mit ihrem verstorbenen Mann. Immer wieder dachte sie darüber nach, wie sie nicht an Arne denken konnte. Wenigstens für eine Stunde oder nur fünf Minuten.

»Ich glaube«, hob Judith wieder an, »ich finde erst Ruhe, wenn ich seinen Weg zu Ende gegangen bin. Arnes Tagebuch muss einen Schluss bekommen.« Sie versuchte noch einmal, sich ihren Freundinnen begreiflich zu machen. Aber wie sollten die Dienstagsfrauen Judiths Probleme verstehen? Judith hatte nie gewagt, jemandem von ihren Schuldgefühlen zu erzählen. Und von manch anderem, das sie quälte.

Caroline probierte, Judiths Worte zu deuten. »Du willst nach Lourdes pilgern?«

Judith nickte: »Auf demselben Weg, den Arne gegangen ist.«

»Wie funktioniert das eigentlich? Geht man beim Pilgern zu Fuß oder muss man auf Knien rutschen?«, fragte Estelle und kassierte dafür postwendend einen energischen Tritt gegen das Schienbein. Diskretion allerdings war Estelles Sache nicht: »Du brauchst mich nicht zu treten, Eva. Das ist eine berechtigte Frage. Oder etwa nicht? Judith?«

Judith ging nicht auf die anarchische Bemerkung von Estelle ein: »Es ist meine Art, Abschied zu nehmen, das Kapitel Arne zu vollenden. Ich muss nur noch, ich weiß nur noch nicht …«

Sie hatte sich vorgenommen, tapfer zu sein. Doch die Tränen rannen unaufhörlich über ihre Wangen. Judiths Hände zitterten, als sie nach ihrem Glas griff. Es fiel um. Der Rotwein breitete sich über den Tisch aus wie eine Blutlache.

»Ich komme mit. Ich begleite dich.« Caroline hatte blitzschnell eine Entscheidung gefällt. »Meinst du, ich lasse dich alleine durch die Wildnis laufen? So wie du beieinander bist?«

Judith war so überrascht von dieser Wendung, dass sie aufhörte zu weinen. »Das würdest du für mich tun?«

Caroline nickte. Sie kannte die Freundin nur zu gut. Judith, die Zauderin und Zweiflerin, lebte ins Unreine, Provisorische, begann mal dies und mal das und seit dem Tod von Arne nichts mehr. Pilgern, Katholizismus, Marienverehrung, Wunderheilungen: Alles Quatsch, fand Caroline. Und trotzdem würde sie dafür sorgen, dass Judith ihre Idee in die Tat umsetzte. Probleme hat man nicht, die löst man. Wenn es sein muss mit Pilgern.

»Ich bin auch dabei«, schloss Kiki sich an. Sie ahnte, dass das eine Schnapsidee war. Aber manchmal musste man zu radikalen Maßnahmen greifen, um etwas zu erreichen: »Vielleicht kann man in der Grotte nicht nur um Heilung bitten, sondern auch um einen netten Mann. Ich bin kurz davor, eine Katze anzuschaffen, der ich Petersilie aufs Katzenfutter legen kann.«

Die Freundinnen lachten. Sie wussten es besser: Das Problem war eher, dass Kiki sich nicht festlegen konnte und wollte. Bewerber gab es genug, fremde Betten auch. Doch länger als ein paar Monate blieb Kiki nie.

Die Anteilnahme der Freundinnen erwärmte Judiths Herz. Sie fühlte sich ein Stück weit getröstet. Carolines Augen wanderten zu Estelle. »Noch jemand?«

Estelle vermied jeden Blickkontakt. Du meine Güte. Pilgern. Sie engagierte selbst für ihren Pudel den Hundeausführservice. Wozu neunzig Minuten am Rhein flanieren, wenn man in derselben Zeit nach London zum Shoppen fliegen konnte? Statt eine Antwort zu geben, unterzog sie die Weinflaschen einer ausführlichen Inspektion. Das auch noch. Waren die denn alle leer?

Schüchtern hob Eva die Hand: »Wenn alle anderen einverstanden sind, bin ich es auch. Ich sollte sowieso mehr Sport treiben.«

Zum hundertsten Mal zog sie den zu eng gewordenen

Pullover über ihre unübersehbaren Rundungen, nur um in der nächsten Sekunde ein Stück Fleisch von Carolines Teller zu mopsen. Typisch Eva. Erst aß sie nur Salat und am Ende alle Reste. Die schlechte Angewohnheit, die sie auch zu Hause auslebte, hatte ihr im Lauf der Jahre zehn Kilo Übergewicht und ein chronisch schlechtes Gewissen eingebracht. Morgen würde sie ganz bestimmt mit der Ananas-Diät beginnen. Und weil es heute sowieso schon egal war, machte sie auch dem restlichen in Estragonschaum badenden Hummer den Garaus.

Estelle wedelte mit der Weinkarte. Eigentlich wollte sie nur Tom, den Kellner, auf sich aufmerksam machen. Für Caroline reichte das als positives Votum: »Estelle ist auch dabei. Einstimmig angenommen. Die Dienstagsfrauen pilgern nach Lourdes.«

»Wie bitte?« Estelles Gesicht erbleichte unter der sorgsam aufgetragenen Foundation. Ihr Blick zeigte blankes Entsetzen. Caroline beachtete sie nicht. In diesem Moment ging es nur um Judith.

»Den Kummer können wir dir nicht abnehmen, Judith. Aber den Weg können wir mit dir gehen.«

Judith sah gerührt in die aufmunternden Mienen. Die bedingungslose Zuneigung überwältigte sie. Sie alle wären wahrscheinlich nicht miteinander befreundet, wenn sie sich heute kennenlernen würden. Aber fünfzehn gemeinsam durchlebte Jahre ließen alle Unterschiede unwichtig werden. Selten hatte Judith ihre Verbundenheit so intensiv gespürt wie in diesem Moment.

Estelle hatte sich noch nicht von ihrem Schock erholt, als Tom an den Kamintisch trat. Luc sah befriedigt, wie formvollendet seine Bewegungen geworden waren. In nur sechs Monaten war es ihm gelungen, Tom in einen echten Kellner zu verwandeln. Der Junge hatte Talent. Kein Wunder. Er kam ganz nach seinem Vater.

»Darf ich jetzt den Champagner servieren?«, fragte Tom höflich.

Estelle konnte nur noch krächzen.

»Ich glaube, ich brauche einen Notarzt.«

7

Der schwere BMW mit dem Arztaufkleber bremste abrupt. Carolines Mann Philipp, noch im Arztkittel, stieg aus seinem Wagen. Er brauchte nicht lange nach seiner Frau zu suchen, denn die Tore der Doppelgarage standen weit offen. Zwischen Fahrrädern, Werkzeugbank und Umzugskisten fahndete Caroline nach einer passenden Ausstattung für eine Neupilgerin wie sie. Wanderschuhe, Thermoskanne, Schlafsack, Regenkleidung, Rucksack ... Wo war der verdammte Rucksack?

Sechs Wochen waren seit dem Entschluss, gemeinsam auf Pilgertour zu gehen, vergangen. Morgen sollte es losgehen und Caroline war noch nicht dazu gekommen, ihre Sachen zusammenzusuchen.

Wenigstens hatte Philipp die Bestellungen von Caroline dabei: »Blasenpflaster, Salbe, Verband, Wundspray und 10 Liter Hohlraum. Wenn das Wasser aus Lourdes hilft, mache ich die Praxis dicht.«

Caroline pfefferte den Benzinkanister, den Philipp ihr in die Hand drückte, achtlos in die Ecke. »Mach dich ruhig lustig über mich!«

»Lourdes? Pilgern auf dem Jakobsweg? Seit wann nimmst du so was ernst, Caroline?«

»Ich pilgere nicht. Ich begleite Judith. Falls ich den Rucksack finde.« Caroline öffnete einen der Umzugskartons. Gerührt hielt sie inne. Obenauf lag ein klitzekleines Baseballshirt. »Weißt du noch? Das war das Erste, was wir für Vincent gekauft haben.«

Unter der Kleidung verbarg sich altes Spielzeug von Vincent und Josephine, ihren beiden Kindern, die längst erwachsen waren. Doch das Schwelgen in Erinnerungen war Philipps Sache nicht.

»Wieso hebst du den Kram auf?«

»Für deine Enkel!«

»Enkel? Ich bin viel zu jung, um Opa zu werden!«

»Philipp! Vincent und Fien sind über zwanzig. Es kann jeden Tag passieren.«

Philipp antwortete nicht. Nachdenklich betrachtete er sein Ebenbild, das ihm aus einem alten Spiegel, der in einer Ecke lehnte, entgegenblickte. Eilig ordnete er das leicht ergraute Haar neu und sog übertrieben Luft ein.

»Wenn ich den Bauch einziehe, sehe ich ganz passabel aus. Überhaupt nicht wie Opa Philipp.«

Caroline schlang die Arme um ihren Mann. »Ich nehme dich auch mit Bauch.«

Sie wollte ihn an sich ziehen, ihn umarmen, ihm nahe sein, doch Philipp entzog sich abrupt. »Hab ich dich.« Triumphierend hielt er den eingestaubten Rucksack hoch.

In Caroline breitete sich ein Gefühl der Enttäuschung aus. Ein kleiner Moment und genauso schnell, wie er kam, war er verflogen. »Sehen wir uns noch? Heute Abend?«

»Ich habe Notdienst. Der Kollege mit dem Baby ist schon wieder ausgefallen.«

Caroline stutzte. Welcher Kollege? Welches Baby? Musste sie wissen, wen er meinte? Vielleicht waren sie beide zu sehr in ihrem Berufsalltag gefangen. Sie nahm sich fest vor, Philipp in Zukunft bewusst in ihrem Terminkalender einzuplanen. »Wenn ich zurück bin, will ich ein Wochenende ganz alleine mit dir. Keine Notdienste für Freunde …«

»… keine Gerichtsakten im Bett«, fiel Philipp ihr ins Wort, »keine Anrufe von Kriminellen am Sonntagmorgen, kein Kuchen bei deiner Tante Gertrude, keine Dienstagsfrauen.«

Caroline hasste diesen gereizten Unterton, der sich in den letzten Monaten eingeschlichen hatte. Aber Caroline wollte keinen Streit. Nicht kurz vor ihrem Aufbruch.

»Wir machen beide frei. Nach unserer Pilgertour«, lenkte sie hastig ein.

Philipp küsste sie auf die Stirn. »Versprochen.«

Philipp war kaum weg, da fiel ihr Blick in den alten Spiegel. Wie sah ihre Bilanz aus? Kritisch begutachtete sie ihre Figur. Vermutlich würde sie noch problemlos in ihr Hochzeitskleid passen, registrierte sie befriedigt. Der Anwaltskollege hatte ganz und gar unrecht. Sie war mit ihrem Leben zufrieden. Zwei wohlgeratene Kinder, die selbstbewusst ihrer eigenen Wege gingen, Anerkennung im Beruf, ein liebevoller Mann, der ihre Karriere ebenso ernst nahm wie die eigene. Und das Wichtigste: Sie hatten noch Sex. Sogar miteinander. Ein bisschen mehr Zeit füreinander, und das Leben war perfekt.

8

Mehr Zeit! Sehnsüchtig wünschte sich Eva ein, zwei Stunden mehr. Die Dienstagsfrauen hatten verabredet, gemeinsam zum Flughafen zu fahren. Caroline spielte den Chauffeur und holte jede einzeln ab. Eva war die Erste auf ihrer Route.

Der gepackte Rucksack stand schon in der Diele. Doch Eva hastete noch durch ihre perfekt ausgestattete, geräumige Wohnküche und verklebte die letzten Post-its: Töpfe, Teller, Tassen, Vorräte: Alles war für die Familie ausgeschildert, die von Tuten, Blasen und Kochen keine Ahnung hatte.

Vom Tisch aus sahen drei halbwüchsige Teenager Evas aufgeregtem Treiben gelangweilt zu. Daneben Frido senior. Den Senior hatte er sich vor ein paar Jahren selbst eingebrockt. Nachdem Eva bei David und Lene die Namensgebung übernommen hatte, bestand Frido beim dritten Kind darauf, an der Reihe zu sein. Es wurde Frido junior. Beim Standesamt fiel ihm auf die Schnelle nichts Besseres ein. Es war sein letzter Versuch, Evas Tüchtigkeit und vorausschauendem familiären Planen etwas entgegenzusetzen. Als 20 Monate später die kleine Anna die Familie komplettierte, hatte sich die Rollenverteilung verfestigt. Eva hatte das Ressort Familie und Soziales unter sich, er fungierte als Superminister für Arbeit, Finanzen und Wirtschaft.

Mit dreiundvierzig war Frido Mitglied der Geschäfts-

leitung einer Versicherung, stolzer Besitzer eines familien-
freundlichen Eigenheims mit großzügigem Garten und
komplett ahnungslos, was die täglichen Abläufe in seiner
eigenen Familie anging. Aufmerksam blätterte er durch die
seitenlangen handgeschriebenen Anweisungen, die Eva ihm
in die Hand gedrückt hatte. »Montag hat David Tennis und
Frido Ministrantendienst?«

Eva nickte nervös. Bloß keine Zweifel aufkommen lassen,
beschwor sie sich selbst. Zehn Wandertage hatten sie einge-
plant. Dazu An- und Abreise. So lange waren die Dienstagsfrauen noch nie weggefahren.

»Schwierig wird nur der Freitag mit Lenes Elternsprechtag
und vielleicht der Mittwoch.«

»Mittwoch? Das geht auf keinen Fall. Da habe ich Vorstandssitzung.«

Vorstandssitzung war bei Frido eine Art chronischer Zustand. Elternsprechtag, Kinderfahrdienste, Dekorieren im
Tennisclub, gebrochene Arme, Beine, Kinderherzen: Seit
Jahren hatte Frido grundsätzlich Vorstandssitzung, wenn es
darum ging, familiäre Pflichten zu übernehmen. Dabei war
er nicht einmal unwillig. Er war einfach nur beschäftigt.
»Nimm dir eine Hilfe, Eva«, predigte Frido unablässig. Aber
Eva hatte keine vier Kinder bekommen, nur um sie an ein
rumänisches Au-Pair abzuschieben.

»Das nennt man Arbeitsteilung«, verteidigte Eva sich eilig,
wenn die Freundinnen mal wieder die Augenbrauen hoch-
zogen.

»Das nennt man Sklaverei«, kommentierte Estelle trocken.
Die verwöhnte Freundin war das klassische Beispiel der Frau,
die immer zu viel in den Koffer einpackte und das Tragen
anderen überließ. Estelle arbeitete nicht. Estelle delegierte.
Ihre Aufgaben in der angeheirateten Apothekenkette, ihren

Haushalt, ihr Leben. Bis hin zum Vibrator in der Schublade ihres Nachttischs, der ihren Mann an Ausdauer deutlich übertraf, wie Estelle gerne erwähnte.

Eva hätte sich ein Beispiel an Estelle nehmen können. Aber so war Eva nicht. Sie probierte im Gegenteil, ihr brodelndes Schuldgefühl mit Aktionismus zu übertünchen.

»Essen habe ich fertig. Thailändische Fischsuppe, Schweinebraten, Nudeln mit drei Füllungen, vegetarisch für Lukas, Käse für Lene, Hackfleisch für alle anderen.«

Sie öffnete die Kühlfächer, in der ein Heer von sorgfältig beschrifteten Tupperdosen des Einsatzes harrte. Frido betrachtete seine Tiefkühleinheit, als wäre sie mindestens das achte Weltwunder: staunend und ohne jedes Verständnis für die fremde Kultur. Keiner kam auf die Idee, dass Eva ein Kompliment für ihren familiären Dauereinsatz verdiente. Nicht einmal Eva selbst.

»Bist du dir sicher, dass du dir das antun willst?«, insistierte Frido.

»Nein, bin ich nicht«, hätte Eva fast geantwortet. Doch Anna, ihre Jüngste, mit der Eva ein ganz besonderes Band hatte, sprang ihr unerwartet bei: »Von mir aus darfst du pilgern, Mama. Mir macht es nichts aus, wenn ich die Einzige bin, die beim Mutter-Kind-Backen alleine bleibt. Ehrlich.« Zärtlich schlang die Neunjährige ihre Kinderarme um den Hals der Mutter.

Als Caroline Eva abholte, fühlte die vierfache Mutter sich tödlich erschöpft. Und das noch bevor sie auch nur einen Zentimeter auf der Pilgerstrecke zurückgelegt hatte.

»Vielleicht kann ich den Flug umbuchen und nachkommen.«

»Eva, irgendwas ist immer. Davids Tennisturnier, das Konzert von Lene, Vorstandssitzung …«

»Mutter-Kind-Backen! Stell dir vor, was passiert, wenn Frido mitten in der Vorstandssitzung geht. Weil er in der Schule Marmorkuchen backen muss.« Eva klang aufrichtig verzweifelt. Carolines Mitleid hielt sich in Grenzen.

»Willst du die Wahrheit hören, Eva? Du hast deine Lieben in jahrelanger Arbeit so abgerichtet, dass sie nicht einmal die eigenen Socken erkennen.«

Eva wusste, dass Caroline recht hatte. Und trotzdem kam sie sich egoistisch vor.

»Frido wird das großartig machen, Eva. Er wird sich in der Servicewüste, die du hinterlässt, schon zurechtfinden.«

»Wenn du meinst?«

Caroline seufzte tief auf. Jedes Jahr dasselbe. Erst diskutierten die Dienstagsfrauen ewig, bevor sie sich auf einen Ort und ein Datum einigten. Und dann überlegten es sich Eva, Kiki und Judith wieder anders.

»Zu viel zu tun.«

»Ich schaffe es nicht wegzukommen.«

»Tut mir leid.«

Caroline kannte diese Texte auswendig. Es war immer eine Staatsaktion, bis es wirklich losgehen konnte. Wenn es denn losging.

Zuvor musste jedes Kind ausführlich geherzt und geküsst werden, dann der Mann, dann noch einmal die Kinder. Erst wenn die Familie am Gartentor Aufstellung nahm zum vereinten Winken, war der entscheidende Schritt geschafft. Caroline atmete durch. Eine der Dienstagsfrauen hatte sie im Auto. Jetzt noch die anderen drei.

9

Die Einzige außer Caroline, die sich nicht fragte, ob sie zu Hause bleiben sollte, war Estelle. »Pilgern ist das neue Schwarz«, erklärte sie ihrem Mann voll Überzeugung. »Soll ich die Einzige sein, die unerleuchtet bleibt?«

Estelle hatte ein anderes Problem: Fünfundzwanzig Quadratmeter Kleiderschrank und nichts anzuziehen. Nachdem sie sich vom ersten Schreck erholt hatte, schritt sie umgehend zur Tat. Bei Estelle hieß das, sie rief jemanden an, der ihr die Aufgabe abnahm.

Zwei Stunden später fand sich ihr sortimentskundiger Personal Shopper, ihr Pi-Ess, im noblen Hahnwald ein. Estelle wohnte in einer Straße, in der es keine Häuser, sondern nur Anwesen gab. Die Einrichtung der Villa war so übertrieben wie Estelle. Ein bisschen schwülstig, ein bisschen überladen, ein bisschen zu viel Gold und Medusa. Sie stand nun mal auf Chichi: auf Statuen, Kordeln, Troddeln, Zierkissen und glänzende Versace-Muster auf Desserttellern und Bettdecken.

»Ich habe alles meinem Vater zu verdanken«, erklärte Estelle gerne. »Die Nase fürs Geld und den Sinn fürs Ausgeben.« Estelle hatte ihren Vater Willi vergöttert. Der Flüchtling aus Ostpreußen hatte nach dem Krieg als Schrotthändler ein Vermögen gemacht. Unter Lebensgefahr hatte er in der zerbombten Domstadt die in den Trümmerhaufen herumliegenden Eisenteile, Träger und Schienen aufgelesen, um sie der Wiederverwertung zuzuführen. Sammeln, identifizieren, sortieren, aufbereiten, das war sein Lebenscredo gewesen. Estelle erweiterte es um die Komponente: Zeig, was du hast. Was nutzte es, reich zu sein, wenn niemand es sah?

»Wir brauchen einen Look«, verkündete der Pi-Ess, noch bevor die Haustür ins Schloss gefallen war, »der dem angestaubten Pfadfinderimage von Pilgerfahrten einen ironischen Twist gibt.« Ihr Pi-Ess kannte Estelles Vorlieben. Wann immer große gesellschaftliche Anlässe anstanden, sprang er ihr eilig zur Seite. Mit einem passenden Outfit für das kontemplative Begehen jahrhundertealter Pilgerpfade war er allerdings überfordert. Aber das würde er nie zugeben: In Zeiten der Kreditkrise konnte er sich nicht leisten, eine seiner treuesten Kundinnen zu verlieren. Auf die Idee, dass man in einem Sporthaus in der Abteilung »Wandern« fündig werden könnte, kam keiner von beiden. »Ich habe einen Ruf zu verlieren, Schatz!«, lispelte der Pi-Ess aufgeregt und machte sich auf die Suche.

Am Tag der Abreise konnten die Freundinnen das Ergebnis seiner Bemühungen bewundern. Surrend öffnete sich das enorme Schiebetor, das Estelles Villa vor unliebsamen Blicken und eifrigen Zeugen Jehovas schützte. Automatisch flammte Flutlicht auf. Estelle hatte schon immer ein Gefühl für den großen Auftritt. Aber diesmal verschlug es Caroline und Eva, die Estelle abholten, den Atem.

»Wichtig ist, den Look durch überraschende Details aufzuwerten«, hatte der Pi-Ess empfohlen. Seine persönliche Handschrift fand sich in jedem Einzelstück wieder: figurbetonte Cargohose (auf die Jakobsmuschel aus Swarovskikristallen, die auf dem wohlgeformten Po prangte, war der Pi-

Ess besonders stolz), Windjacke mit einem guten Dutzend multifunktionaler Taschen und Pelzbesatz, für den Rücken einen eleganten, goldenen Burberry-Rucksack. Dazu trug Estelle Pudel. Im Arm. Ihr Schoßhündchen nämlich.

»Nichts sagen«, rief Estelle. »Wie eine Mischung aus Robin Hood und Simba der Löwe.«

Caroline prustete los. Das liebte sie an der Freundin. Estelle konnte herzhaft über sich selbst lachen. Noch lieber allerdings lachte sie über andere. Estelles spitze Zunge garantierte gute Unterhaltung für lange Pilgertage. Vorausgesetzt die Freundin konnte sich von ihrem Pudel losreißen, den sie mit Küssen überschüttete.

Der Abschied von ihrem kugelrunden und glatzköpfigen Mann, der Estelles Reisegepäck im Kofferraum verstaute, fiel bedeutend kühler aus. Ein gehauchter Kuss. Doch der Apothekenkönig, sicher einen Kopf kleiner als Estelle, zog seine Frau zu sich heran und küsste sie mit einer Leidenschaft, die Caroline und Eva die Schamröte ins Gesicht trieb.

»Und ich dachte immer, es geht Estelle um die fünf Apotheken«, murmelte Caroline.

»Und das nach so langer Ehe«, seufzte Eva.

Je intensiver die Küsse wurden, umso mehr wuchs bei den beiden die Erkenntnis, dass die Geschichte mit dem Vibrator übertrieben war. Aber das war alles, was Estelle tat und sagte.

»Man muss übertreiben, um verstanden zu werden«, betonte Estelle immer und behauptete steif und fest, dass das Zitat von Mao stammte. Judith solle nicht meinen, sie sei die Einzige, die sich in fernöstlichem Gedankengut auskannte.

Wer weiß, zu welchen Intimitäten Estelle und ihr Apothekenkönig sich hätten hinreißen lassen, wäre da nicht das
Fahrrad gewesen, das die beiden fast umgefahren hätte. Kiki,
die eigentlich als Letzte auf der Abholliste stand, war angekommen.

»Ist doch einfacher, wenn du nicht bei mir vorbeifahren
musst«, entschuldigte sie sich in Richtung Caroline.

Wie immer wirkte sie leicht verweht. Über ihren Wan-
derhosen trug sie ein kurzes Kleidchen und einen bunten
Rucksack. Obwohl sie Mitte dreißig war, wirkte sie wie ein
Mädchen. Im Fahrradkorb lagen einzelne Sachen, die es
noch im Rucksack zu verstauen galt.

»Ich muss unterwegs was fertig machen«, verteidigte sie
sich, bevor jemand auf die Idee kommen konnte, unangenehme Fragen zu stellen. »Im Studio war es in letzter Zeit
ein bisschen …«

Krampfhaft suchte Kiki nach der passenden Umschrei-
bung für das, was ihr bei der Arbeit im Studio widerfahren
war. Und entschied, dass es nicht der rechte Moment war,
die Freundinnen in ihr Geheimnis einzuweihen. »Es war ein
bisschen hektisch«, vollendete sie ihren Satz.

Caroline sah kopfschüttelnd, was da alles in den Rucksack
wanderte. Kamera, Papier, Stifte, das Skizzenbuch, Tesafilm,
eine Schere. »Du siehst aus, als wärst du auf der Flucht.«

»Soll das ein Verhör werden?«, fuhr Kiki Caroline an.

Caroline und Eva sahen sich betroffen an. Es musste einen
wichtigen Grund geben, dass Kiki ihr Fahrrad, das sie jeden
Tag brauchte, bei Estelle zurückließ. Die Freundin benahm
sich ausgesprochen merkwürdig. Warum reagierte Kiki so
aggressiv?

»Sie ist in einem schwierigen Alter«, meinte Estelle. »Aber
wer ist das nicht.«

Zum ersten Mal kroch ein leiser Zweifel in Caroline hoch: Vielleicht wäre es besser, sie bliebe dieses Jahr zu Hause. Ihr Leben lang hatte Caroline Leute um einen guten Abgang beneidet. Aber so etwas bekam sie nicht hin. Caroline war pünktlich und blieb bis zum bitteren Ende. Und das sollte kommen.

Gemeinsam machten sie sich auf den Weg zu Judith, die kurzfristig beschlossen hatte, vor der Abfahrt noch einmal auf den Friedhof zu gehen. Nun stand sie vor dem liebevoll geschmückten Grab von Arne und hatte Mühe, sich loszureißen. In dem übergroßen karierten Flanellhemd von Arne, das sie übergezogen hatte, wirkte sie verloren.

»Ich weiß nicht, ob ich so eine Pilgerreise schaffe«, vertraute sie sich Caroline an, die es übernommen hatte, Judith loszueisen.

»Du wirst mich nicht mit den Mädels alleine lassen. Das kannst du mir nicht antun«, entgegnete Caroline.

Judith hatte ihre Zweifel: »Traust du mir das zu? Pilgern? All die Kilometer? Zu Fuß?«

Caroline nahm eine Kerze von Arnes Grab und drückte sie Judith in die Hand.

»Die bringen wir für Arne nach Lourdes. Das ist fast so, als wäre er selbst gepilgert.«

Caroline schulterte Judiths Rucksack, legte den Arm um Judith und geleitete sie zum Ausgang des Friedhofs, wo die drei Freundinnen warteten.

Es gab Momente im Leben, da passte alles zusammen und fügte sich zu einem großen sinnvollen Ganzen. Das war keiner dieser Momente. Während die fünf Frauen sich im Flugzeug häuslich einrichteten, tickte Arnes Bombe bereits. Der Zündmechanismus war ausgelöst. Es hatte kleine Anzeichen gegeben, Vorwarnungen. Sie hatten jede einzelne übersehen. Stattdessen prosteten sie einander mit dem Billigsekt der Airline zu.

»Auf die Pilgerfahrt der Dienstagsfrauen!«

»Auf Lourdes und die heilige Maria!«

10

»Auf Mama!«

Als das Flugzeug sich der französischen Mittelmeerküste näherte, saßen Frido und seine jüngste Tochter Anna in der nächtlichen Küche und ließen ihre Becher Kakao gegeneinanderklacken. Auf Seite acht von Evas Aufzeichnungen stand, dass Kakao bei kindlicher Schlaflosigkeit half.

Schon beim ersten Schluck schüttelte es Anna. »Ich glaube, Mama macht Kakao mit Milch.«

Frido nickte ernst. Er leitete eine Abteilung mit hundertzweiunddreißig Mitarbeitern, aber mit der Zubereitung von Kakao war er offensichtlich überfordert. Es hatte ihn bereits Mühe gekostet, den Gasherd überhaupt anzubekommen.

»Wenigstens ist er heiß«, meinte Frido, der mit gutem Vorbild voranging und das grauenhafte Gebräu tapfer runterstürzte.

Anna kniff die Augen zu und tat es ihm nach.

Von oben jauchzte Super Mario in einer Lautstärke, die nur Teenager als sozialverträglich empfanden. Die drei Großen hatten sich offenbar in Davids Zimmer versammelt und fuhren Autorennen auf der Wii. Dabei hatte Frido sie schon vor Stunden ins Bett geschickt.

»Ich kann nicht schlafen, wenn Mama mir keinen Gutenachtkuss gibt«, meinte Anna traurig.

Am liebsten hätte Frido »Ich auch nicht« entgegnet. Aber

damit konnte er seine Tochter wohl kaum trösten. »Sollen wir schauen, wo Mama sich rumtreibt?«

Endlich erschien ein Lächeln auf dem Kindergesicht.

Gemeinsam markierten Anna und Frido auf dem Laptop den Weg, den die fünf Frauen sich vorgenommen hatten. Le Chemin du Piémont Pyrénéen.

»Von Köln sind sie nach Montpellier geflogen. Dort übernachten sie. Morgen früh nehmen sie den Bus bis hierhin.«

Beherzt setzte Frido ein Kreuz an den Anfangspunkt. Er hatte eine Landkarte auf die Homepage von Anna kopiert. Nun konnte sie jeden Tag die Fortschritte der Dienstagsfrauen einzeichnen. Anna sah ratlos zwischen Computerschirm und Vater hin und her.

Das Kreuz befand sich im Niemandsland.

»Da ist nichts!«

»Doch, Anna, da muss etwas sein.«

Das hoffte er inständig. Und wenn es nur eine Mobilfunkantenne war. Frido hatte das unangenehme Gefühl, dass die Zubereitung von Kakao nicht das einzige Hindernis bleiben würde, das ihn in den nächsten Tagen erwartete.

11

So hatten sie sich das nicht vorgestellt. Ein paar nackte Felsen, die zum Massif de la Clape gehörten, eine einsame Straße, eine verlassene Busstation. Fünf entgeisterte Gesichter blickten in den französischen Morgen. Die Dienstagsfrauen hatten den Ausgangspunkt ihres Pilgerwegs erreicht. Judith hatte darauf bestanden, in der Nähe von Narbonne Plage zu starten. Dort, wo Arne seine letzte Pilgeretappe begonnen hatte. In den ersten Tagen hatte er noch besonders viel im Tagebuch notiert, und Judith hoffte, all die Details wiederzufinden. Nach Tag drei würden sie ein paar Etappen mit öffentlichen Verkehrsmitteln überbrücken, um die Strecke von St. Liziers bis Lourdes komplett abzulaufen. Zehn Tage volles Programm: Über zweihundertfünfzig Kilometer Wegstrecke zu Fuß hatten sie sich vorgenommen. Und jetzt waren sie am Anfang: fünf Frauen aus der großen Stadt in the middle of nowhere.

Caroline trug Hut, Kiki ein mädchenhaftes Kopftuch, Judith eine Leidensmiene, Eva den gewohnt nachlässigen Pferdeschwanz und Estelle eine übergroße, mondäne Sonnenbrille. Bis sie merkte, dass man damit nichts sah. Sie riss sich das modische Teil von der Nase und stellte fest, dass es nicht an den dunklen Gläsern lag. Man sah nichts, weil es hier einfach nichts gab, was man hätte sehen können. Außer Landschaft natürlich. Davon allerdings jede Menge.

Am Horizont entfernte sich der Überlandbus, der sie hier abgesetzt hatte. Das Motorengeräusch verebbte. Die aufsteigende Junihitze ließ die Luft flimmern, Zikaden zirpten, ein Vogel schlug die Flügel, ein Käfer raschelte durch die Blätter, die den trockenen Boden bedeckten. Irgendwo in der Ferne bellte ein Hofhund. Keine Menschenseele weit und breit.

»Zumindest ist dieser Jakobsweg nicht so überlaufen wie der in Spanien.«

Caroline war die Erste, die ihre Sprache zurückfand. Der erste Schock legte sich. Während Kiki die denkwürdige Szene mit ihrer sündhaft teuren digitalen Kamera festhielt, suchte Judith bereits den Straßenrand ab, bis sie fand, was sie gesucht hatte. Auf einem verwitterten Stein am Rand prangte eine Jakobsmuschel, das untrügliche Zeichen, dass sie auf dem Jakobsweg angekommen waren.

»Hier muss Arne zu seiner letzten Tour aufgebrochen sein«, flüsterte Judith bewegt.

Caroline begriff nur zu gut, was dieser Moment für Judith bedeutete. Sie beschloss, alles daranzusetzen, die Reise zu einem Erfolg zu machen. »Worauf warten wir?«

Sie hakte sich bei Judith unter. Die beiden traten den Weg so beschwingt an, dass die an den Rucksäcken befestigten Jakobsmuscheln fröhlich auf und ab wippten. Zum ersten Mal seit Arnes Tod war Judith glücklich. Es fühlte sich gut und richtig an: das Weite suchen, die Schuld ablaufen, einfach nur laufen. Und Arne noch einmal ganz nahe sein. In diesem Anfang lag ein Zauber, etwas Heiliges fast.

Es gab Menschen, die hatten die Gabe, auf dem Pilgerweg den Kontakt mit dem Höheren, dem Göttlichen herzustellen. Judith wünschte sich, dass sie einer dieser Menschen war. Sie war offen dafür. Genau wie Arne würde sie sich bewusst dem Weg hingeben. Eins sein mit der Schöpfung, und wieder eins werden mit sich selbst.

»Wo bleibt unser Sherpa?« Estelles Stimme holte sie gnadenlos auf den Boden der Realität zurück.

»Welcher Sherpa?«, fragte Caroline zurück.

»Für das Gepäck! Eine spirituelle Reise würde mir leichter fallen, wenn man mich von den äußeren Lasten befreite.«

Caroline grinste nur. »Du wusstest, worauf du dich einlässt.«

Estelle blieb ungerührt. »Es war einen Versuch wert, oder nicht?«, verkündete sie und setzte sich in Bewegung. Sie zog allen Ernstes einen eleganten Koffer mit überdimensionierten Rollen hinter sich her. »Sonderanfertigung. Hat Yves mir praktisch auf den Leib geschustert«, erklärte sie auf Kikis neugierigen Blick hin.

»Geländegängiger Vierradantrieb. Hätte von mir sein können.«

»Ich denke, du bist fürs Wegwerfgeschirr zuständig.«

»Bis heute. Aber jetzt gibt es bei uns in der Firma einen internen Wettbewerb. Thalberg hat einen Riesenauftrag an Land gezogen. Stellt euch vor, unser Studio soll Vasen für Ikea entwerfen. Wer den internen Wettbewerb gewinnt, kann seinen Entwurf weltweit in Hunderten von Filialen wiederfinden. Das ist meine Chance.«

Estelle hatte fast schon Mitleid mit Kiki. War es nur dieser neue Auftrag, der sie so nervös machte? Seit Jahren bastelte Kiki unermüdlich an ihrer Karriere. Es war nicht der erste interne Wettbewerb, von dem Kiki begeistert erzählte. Aber so richtig gezündet hatte bisher keiner von ihren Entwürfen. Wie auch? Kiki entwarf Haushaltsgegenstände: Wegwerfbesteck, Plastikteller, Cocktailpicker, namenlose Kunststoffprodukte, Massenware, hinter der niemand einen Designer vermutete. Dabei hoffte sie eines Tages von der Wegwerfware wegzukommen. Bei Aufträgen und bei Männern. Doch im Studio bei Thalberg drängten inzwischen junge Designer nach. Praktikanten, kaum der Akne entwachsen, aber hoch motiviert, voller Ideen und bereit, Kiki endgültig ins Abseits zu befördern. Dieses Mal musste es klappen: »Design ist wie Hochleistungssport«, erklärte sie Estelle. »Mit dreißig gehörst du zum alten Eisen.«

Estelle fragte sich, wohin man in der Designwelt gehörte, wenn man wie Kiki die dreißig längst überschritten hatte. Aber da redete Kiki bereits weiter.

»Du glaubst nicht, wie anders unsere Praktikanten sind«, beschwerte sie sich. »Die laufen den ganzen Tag mit ihren Wasserflaschen rum und fingern unablässig an ihren Telefonen. Die gehen nur auf Partys, um am nächsten Tag die Fotos ins Internet zu stellen«, empörte sich Kiki. »Connected sind die.«

Sie verschwieg, dass sie durchaus die Verbrüderung mit den jungen Kollegen probiert und sich bei Facebook angemeldet hatte. Bereits bei der öffentlichen Angabe des Beziehungsstatus kamen ihr Zweifel. »It's complicated«, war die einzige Option, die ihren Zustand einigermaßen beschrieb. Innerhalb einer Woche hatte sie mehr Exfreunde auf ihrer Facebookseite versammelt als andere in einem ganzen Leben. Aber es kam noch schlimmer. Als sie die Nachricht erreichte, dass ein gewisser Matthieu aus Rouen Kontakt zu ihr suchte, reichte es ihr. Um keinen Preis der Welt wollte sie ihr »It's complicated« mit Matthieu teilen und als Gegenleistung an seinem glücklichen Eheleben mit seiner Exfreundin-jetzt-Ehefrau-und-Mutter-seiner-bezaubernden-Töchter teilhaben. Noch weniger wollte sie sich dabei von ihren jungen Arbeitskollegen, mit denen sie sich flugs vernetzt hatte, beobachten lassen.

»Du wirst alt, Süße«, konstatierte Estelle uncharmant und traf damit den Kern von Kikis Problemen. Im ewigen Schielen auf Morgen hatte Kiki ganz ungewollt eine Menge Vergangenheit aufgehäuft. Und so wuchs bei Kiki langsam die Erkenntnis, dass es möglicherweise nie mehr was wurde mit der großen Designerkarriere. Es sei denn, sie lieferte einen spektakulären Entwurf. Sie zückte die Kamera, bereit, alles aufzunehmen, was ihr als Inspiration für die Vasenkollektion dienen konnte. Die eigentümlichen Farben Südfrankreichs, der Geruch des frühen Morgens, die leisen Geräusche der Natur, das alles konnte Anstoß für eine einzigartige Idee sein. Diesmal würde es klappen.

Eva stand noch immer an der Bushaltestelle und fummelte an ihrem Handy rum.

»Komme gleich«, rief sie ihren Freundinnen zu.

Sie brauchte keine Zeugen für ihr Telefonat. Sie wusste, dass die Freundinnen sie gern als Übermutter abstempelten. Aber bevor sie sich befreit und entspannt auf den Weg machen konnte, musste sie wissen, ob zu Hause alles glattlief.

Eva drückte angespannt auf den Tasten herum, schüttelte das Telefon. Sie kletterte gar auf einen kleinen Felsbrocken und hielt es in die Luft. Der Versuch, Kontakt mit dem Basislager zu Hause zu bekommen, scheiterte. Null Empfang.

Die Freundinnen drehten sich nach ihr um. Eva winkte. »Bin schon unterwegs.« Eilig griff sie den Rucksack, wuchtete ihn auf den Rücken und kippte postwendend nach hinten. Vielleicht hatte sie ein bisschen viel eingepackt? Ihre Weggefährtinnen verschwanden bereits hinter der Biegung, als Eva sich ächzend in Bewegung setzte. Eins, zwei, drei, vier. Die Hitze drückte, der Rucksack drückte, die Schuhe nicht. Kein Wunder. Schließlich hatte sie gerade mal fünf Schritte zurückgelegt. Wenn ein Schritt siebzig Zentimeter hatte, wie viele waren es dann bis Lourdes? Als die Zahl auf dem Display ihres Telefons (mit Rechenfunktion) aufleuchtete, wünschte sie sich, sie hätte nie mit dem Rechnen angefangen. Vierhunderttausend Schritte bis Lourdes! Da hatte sie die Strecken, die sie mit Bus und Taxi zurücklegen würden, schon abgezogen. Das würde sie nie schaffen.

Eva ahnte nicht, dass hinter der nächsten Biegung bereits eine Pause eingelegt wurde. Unfreiwillig. Denn mit der ersten Weggabelung kam die Uneinigkeit.

»Wir müssen links. Dann kommt man von selbst zu dem Kloster«, verkündete Judith. Estelle probierte, über Judiths Schulter die Wegbeschreibung in Arnes Tagebuch mitzulesen. Judith wendete sich brüsk ab.

»Was steht denn so Geheimes in dem Buch?«, empörte sich Estelle.

Judith ging nicht darauf ein. Anders als Arne befürchtet hatte, behandelte sie das Tagebuch wie ihre ganz private Reliquie. Dabei war es nicht einmal spektakulär, was Arne über das Kloster schrieb. Er berichtete in allen Einzelheiten, wie herzlich die Benediktinermönche ihn empfingen und mit Brot, Ziegenkäse und selbst angebautem Wein bewirteten. In den Messestunden erfüllten gregorianische Gesänge die Luft. Judith konnte kaum erwarten, dieselbe Abtei zu betreten, in der Arne Zuflucht gefunden hatte. Wer weiß, vielleicht erinnerten die Mönche sich sogar an einen Pilger, der aussah, als wäre er ein Cowboy aus dem Wilden Westen.

»Lassen Sie den Weg links liegen und folgen Sie dem wenig benutzten Pfad Richtung Osten«, zerstörte Caroline ihre Gedanken. Sie las aus ihrem Buch, einem Pilgerführer, vor. Typisch Caroline. Sie wollte sich nie darauf verlassen, dass jemand anderes wusste, was zu tun war. »Rechts geht's weiter.«

»Links.«

Was jetzt? Judiths und Carolines Finger wiesen eindeutig in zwei unterschiedliche Richtungen.

Endlich keuchte auch die schwitzende Eva heran.

»Achtung. Dicke Luft«, flüsterte Kiki ihr zu.

Judith und Caroline standen sich mit ihren Büchern gegenüber wie Boxer in einem Ring, die auf das Signal zum Start der ersten Runde warten. Wut stieg in Judith auf: Wie kam Caroline dazu, sich auf diese Weise einzumischen?

»Für mich ist wichtig, denselben Weg einzuschlagen wie Arne!«

»Trotzdem ist es die falsche Richtung.«

»Wenn du auf den Wegen des Sankt Jacobus wanderst, kannst du nicht planen, schreibt Arne. Du musst offen sein für die Dinge, die dir auf dem Weg begegnen.«

Die Augen der übrigen drei wanderten zwischen Judith und Caroline hin und her, als trügen die beiden ein Tennismatch aus.

»Ich bin offen für alles. Solange wir in die richtige Richtung gehen.«

»Es ist mein Weg. Arne hat ihn mir aufgetragen.«

»Das ist ein jahrhundertealter, festgeschriebener Jakobsweg. Arne ist nicht der Erste, der ihn gegangen ist.«

»Du begleitest mich! Nicht andersrum«, fuhr Judith Caroline mit einer Vehemenz an, die man dieser zarten, dünnen Person kaum zutraute. Sie stapfte davon, ohne weiter auf Caroline und ihre Einwände einzugehen. In die Richtung, die Arne in seinem Tagebuch angab.

»Wir sind hierhergekommen, um Judith zu unterstützen.« Kiki schloss sich ihr mit einer entschuldigenden Geste in Richtung Caroline an. Die anderen beiden taten es ihr gleich.

»Arne kannte wahrscheinlich eine Abkürzung«, rechtfertigte sich Eva.

Auch Estelle setzte sich wieder in Bewegung: »Bewirtschaftete Klöster üben einen unwiderstehlichen Reiz auf mich aus.«

Die Rollen ihres Koffers knatterten über die steinige Piste.

Caroline war in Köln extra ins Pilgerbüro gegangen. Sie hatte sich informiert und einen Pilgerführer angeschafft. Der Einzige, den es für diese Strecke gab, war in Französisch abgefasst. Schließlich handelte es sich um einen der weniger begangenen Jakobswege. Sie wusste, dass Judith sich irrte. Caroline unternahm einen letzten Versuch, die Gruppe zu überzeugen: »Wir müssen heute mindestens achtundzwanzig Kilometer zurücklegen. Wenn wir bereits am Anfang in die falsche Richtung gehen, schaffen wir es nie bis Lourdes.«

Keine der Frauen reagierte. Sie hatten Position für Judith bezogen.

Caroline blieb verärgert zurück. Fünf Minuten nach Beginn des Pilgerwegs standen die Dienstagsfrauen vor ihrer ersten Zerreißprobe. Zu früh, alles aufs Spiel zu setzen, befand Caroline.

Mit grimmiger Miene marschierte sie den vier Freundinnen hinterher. Vorbei an einem Stein mit einer Jakobsmuschel, der vom Gras fast völlig überwuchert war. Allein der Pfeil ragte aus dem Grün heraus. Er zeigte in die entgegengesetzte Richtung.

12

»Wer hat sich das mit dem Pilgern bloß ausgedacht?«, waberte es durch Evas Kopf. Sie hatte aufgegeben, ihre Schritte zu zählen. Auf dem schatten- und endlosen Weg durch monotone Weinfelder, die die sanfte Hügellandschaft prägten, ging es für sie darum, den aktuellen Schritt zu überleben und Kraft für den nächsten zu sammeln. Schwer wog die Last ihrer Sünden. Kein Wunder, denn Eva beging sie vor allem nachts am Kühlschrank. Bei den Mahlzeiten gelang es ihr gerade noch, Verzicht zu üben. Wenn das Küchenschlachtfeld geräumt, die letzte Waschmaschine aufgehängt, Lateinvokabeln abgefragt und vier Kinder in ihre eigenen Zimmer verschwunden waren, hatte sie keine Kraft mehr, irgendeiner Versuchung Widerstand zu leisten. Vielleicht sollte sie weniger kochen. Ohne Reste keine Versuchung. Eva aber liebte die Idee, ein offenes Haus zu haben, wo Überraschungsgäste immer einen Platz am reich gedeckten Tisch fanden.

Vermutlich eine Altlast ihrer eigenen Kindheit. Als Teenager wagte Eva nicht, jemanden zu sich nach Hause einzuladen. Sie konnte nie sicher sein, ob ihre Mutter nicht im gewagten Flower-Power-Outfit das Zimmer stürmte, sich auf das Bett fallen ließ und potenzielle Freunde in die Flucht schlug mit Worten wie: »Ich bin Regine, die Alte von der Eva.« Regine hielt sich nicht nur für die beste Freundin ihrer Tochter, sondern auch für die Inkarnation ewiger Jugend. Sie bestand darauf, von der Tochter und den Enkeln mit Vornamen angeredet zu werden. Das hielt Anna nicht davon ab, Regine bei jedem ihrer gefürchteten Besuche mit einem begeisterten »Oma« um den Hals zu fallen. Anna war in dieser Hinsicht beratungsresistent. Es leuchtete ihr nicht ein: Regine wurde bald siebzig und war ihre Großmutter. Und eine Oma nannte man Oma. Basta. Eva hatte vollstes Vertrauen, dass die neue Generation eine wunderbare Zukunft vor sich hatte.

Regine würde es großartig finden, dass Eva auf Selbstfindungspfaden wandelte. »Drei Wochen Indien, dann halte ich wieder elf Monate Köln aus«, pflegte sie früher zu verkünden. Als Kind hatte Eva das Gefühl, dass auch sie Teil dessen war, was Regine nur mit Mühe aushielt. Regines Ausflüge in den Ashram waren für Eva Inseln der Glückseligkeit. Denn dann wurde sie bei Lore untergebracht, der gestrengen Großmutter. Oma Lores fester Regelkatalog, zu dem auch der sonntägliche Kirchgang gehörte, war für Eva ein wohltuendes Kontrastprogramm. Eva liebte die Verlässlichkeit, das Aufgehobensein, selbst die Verbote. Und die Kirche sowieso. Eva war glücklich, als sie feststellte, dass Frido praktizierendes Mitglied einer katholischen Gemeinde war. Sie fühlte sich auf Anhieb wohl in ihrer ausgedehnten Schwiegerfamilie, die sie warm empfing. Familien wie die von Frido kannte Eva nur aus dem Fernsehen, vornehmlich von den Waltons. Leider hatte Regine nach fünf Ferienaufenthalten in drei Jahren genug von Indien und war fortan in Köln auf der Suche nach sich selbst. Wenn Eva wenigstens ihren Vater gekannt hätte. Aber dessen Identität hatte Regine nie preisgegeben. »Wen interessiert schon die bürgerliche Kleinfamilie«, wehrte sie ab, wenn Eva wieder einmal bohrte.

»Mich«, gestand Eva vorsichtig.

Aber Regine hatte das nie hören wollen.

Es war zum Haareraufen: Anstatt die faszinierenden Aus- und Rundblicke in eine unbekannte Landschaft zu genießen, quälte sie sich mühsam Meter für Meter weiter und dachte über ihre Mutter nach. Dabei hatte sie Regine längst hinter sich gelassen. Eva bemühte sich jeden Tag, ihr Leben anders anzupacken als Regine. Manchmal hatte Eva sich selbst im Verdacht, die Idee eines offenen, gastfreundlichen Hauses, in das ihre Kinder angstfrei Freunde einladen konnten, mehr zu schätzen als die reale Umsetzung. Das großzügige Haus am Parkrand, das sie vor ein paar Jahren gekauft hatten, war immer voller Leben. Der Spiel- und Bolzplatz der Grünanlage war Anziehungspunkt für alle Minderjährigen der Umgebung. Ihr Haus wurde zur ersten Adresse, wenn die Spielfreunde mal mussten: aufs Klo, was trinken, ein Pflaster, telefonieren, eine Fahrradpumpe, wieder aufs Klo. Eva regelte alles. Vermutlich war sie die einzige Kölnerin, die ihre Haustür offen stehen ließ, damit sie nicht bei jedem Klingeln laufen musste.

Laufen. Ja. Laufen. Noch ein Schritt. Und noch einer. Wie weit war der Weg? Eva blickte vom staubigen Untergrund auf und sah Licht am Ende des Tunnels. Der schnurgerade Schotterpfad stieg langsam an. Eva war sich sicher: Von dort oben konnte man das Kloster sehen. Selbst Mönche hatten heutzutage Telefon. Endlich würde sie in Köln anrufen können. Eva fasste Mut. Die verbliebenen Lebensgeister meldeten sich zur Stelle. Das letzte Stück schaffte sie auch noch. Sie hatte die erste Etappe beinahe hinter sich. So schwer war Pilgern gar nicht. Ein paar Schritte noch.

Als ihr Blick vom bewachsenen Sattel in die Senke fiel, die genauso menschenleer wirkte wie die Strecke, die hinter ihnen lag, erkannte Eva, dass sie auf ihrem Pilgerweg bislang nur einen einzigen Fehler gemacht hatte. Das war, überhaupt Ja zu dieser wahnwitzigen Unternehmung gesagt zu haben.

13

»Ist das nicht großartig?«, kommentierte Kiki den faszinierenden Blick auf das Mittelmeer und den Ferienort Narbonne
Plage, die in ihrem Rücken lagen. Im Gegensatz zu Eva, die
bei jedem Schritt ächzte und stöhnte, bereitete ihr das Laufen keinerlei Probleme. Es erwies sich als unschätzbarer Vor-
teil, dass sie sich kein Auto leisten konnte. Studio Thalberg
lag am Rande der Stadt in einem alten Industriegelände. Die
alten Ziegelhallen, in denen früher Fleisch in mundgerechte
Happen zerteilt wurde, boten inzwischen tonangebenden
Medien- und Designunternehmen eine Heimat. Kiki radelte
die Strecke bei jedem Wetter. Zwölf Kilometer hin. Zwölf
Kilometer zurück. Von den Besuchen bei Kunden und in der
Produktion einmal ganz zu schweigen. Auch die absolvierte
sie fast immer radelnd. Kiki war gut vorbereitet für einen
Pilgermarsch.

Die Wärme streichelte ihre Haut. Es duftete nach Überfluss, nach Sommer, nach Pinien, Thymian und Rosmarin.
Ob Gott oder der Urknall für das Schauspiel aus Licht, Farbe, Schatten und Gerüchen verantwortlich zeichnete, war
Kiki herzlich egal. Darüber sollten andere sich den Kopf zer-
brechen. Sie war glücklich, weg von Köln zu sein, wo nicht
nur das Wetter eher wolkig als heiter war.

Kiki hatte den Dienstagsfrauen nichts erzählt. Die Freundinnen hatten keine Ahnung. Weder von ihren Problemen

im Studio noch von den schlechten Nachrichten, die ihr jeden Montag in Form von Kontoauszügen ins Haus flatterten. Kiki arbeitete sechzig Stunden die Woche, um arm wie eine Kirchenmaus zu sein. Thalberg ging davon aus, dass die Erwähnung seiner renommierten Firma im Lebenslauf Entlohnung genug war für seine Mitarbeiter. Hätte Estelle ihr nicht heimlich Geld vorgestreckt, wäre der jährliche Ausflug für Kiki ins Wasser gefallen.

»Warum lässt du dich von Thalberg ausbeuten?«, fragte Estelle kritisch, als Kiki selbst auf dem Pilgerweg nicht von ihrem Skizzenblock lassen konnte.

»Eine Arbeitsstelle bei Thalberg ist wie die Erhebung in den Designerhimmel«, schwärmte Kiki.

Sie war so stolz gewesen, als sie ihm bei ihrem Vorstellungsgespräch vor sechs Jahren ihre Mappe präsentierte und Thalberg ihr Talent bescheinigte. Thalberg, der Designer, der Artdirector und gerissene Geschäftsmann. Thalberg, der mehrmals von Zeitschriften zum »Designer of the Year« ausgerufen wurde. Thalberg, dessen Entwürfe in den führenden Design-Museen der Welt ausgestellt wurden. Dieser Thalberg glaubte also an ihr Talent. Frisch fand er ihre Entwürfe, innovativ, witzig und sinnlich. Als sie das Wort Festanstellung vernahm, rauschte das Lob so laut in ihrem Kopf, dass sie die Höhe des monatlichen Fixums überhörte. Viele Designer würden ihr letztes Hemd geben, um für Thalberg arbeiten zu können. Kiki war einen Schritt weiter. Sie hatte ihr letztes Hemd gegeben und versuchte nun, mit dem, was Thalberg ihr dafür bezahlte, über die Runden zu kommen.

»Thalberg ist ein Phänomen«, verteidigte Kiki ihre Entscheidung. »Man kann so viel lernen. Du müsstest sehen, wie er mit ein paar Handgriffen eine mittelmäßige Idee in einen brillanten Entwurf umformt.«

Sie verschwieg wohlweislich, dass der letzte mittelmäßige Entwurf, den er auf diese Weise in seine erfahrenen Hände genommen hatte, ihr eigener war. Dieses verdammte Plastikbesteck für die Airline! Schon in der Entwicklungsphase war sie dicht davor gewesen, sich mit einem ihrer Messerprototypen zu entleiben. Leider waren sie zu stumpf, zu zerbrechlich, zu porös und vor allem hässlich. »Offenbar haben Sie keine Ahnung, was heute Standard in der Business Class ist«, hatte Thalberg sie vor versammelter Mannschaft abgekanzelt.

»Wie auch«, meckerte Kiki. »Mit dem, was Sie mir bezahlen, kann ich mir höchstens eine Billigairline leisten. Und da servieren sie trockene Brötchen.« Das sagte sie natürlich nicht. Denn Thalberg war längst zum nächsten Arbeitstisch gewandert, wo es ihrem Kollegen, der die dazugehörigen Teller entworfen hatte, nicht viel besser erging.

»Design ist wie Zehnkampf. Man muss lernen, die schnellen Wechsel zwischen Höhen und Tiefen auszuhalten«, hatte sie im Studium gelernt. Kiki wollte keine Niederlagen mehr akzeptieren. Sie wollte endlich Erfolg haben. Sie wollte etwas schaffen, das sie aus dem Heer der Designer, die Thalberg zuarbeiteten, herausstechen ließ.

Alles konnte zur Basis ihrer Vasenkollektion werden. Auf jedem Meter Pilgerweg entdeckte Kiki neue Motive für ihre Kamera. Eine knorrige Weinrebe, die von vergangenen Ernten erzählte, eine besondere Steinformation, auf der eine Eidechse in der Sonne badete, wilde Orchideen am Wegrand, der Raubvogel, der majestätisch aus den Kalkklippen des Massif de la Clape aufstieg.

»Das ist ein Aasgeier, der auf liegen gebliebene Pilger wartet«, befürchtete Estelle mit mitleidigem Blick auf die ächzende Eva. Estelle hatte keinen Sinn für die Schönheiten der Natur.

»Was fotografierst du jetzt schon wieder?«, erkundigte sie sich ratlos, als Kiki sich hingebungsvoll über einen ausgeblichenen Fetzen Papier beugte, der zu lange in der Sonne gelegen hatte.

»Schau diese vagen Farben an. Als wären sie hingehaucht«, pries Kiki ihr Fundstück, wohl wissend, dass zerlaufene Muster bei Estelle nur ankamen, wenn sie aus der Kollektion von Emilio Pucci oder Missoni kamen.

Kiki fotografierte alles: das Stück alte Zeitung, die Libelle, deren Flügel die Farbpalette widerspiegelten. »Naturmotive gefallen Thalberg.«

»Johannes Thalberg findet nur sich selbst gut«, warnte Estelle, die Kikis Chef ein paarmal live im Golfclub erlebt hatte. »Der ist so eitel, der hätte am liebsten ein Gruppenbild von sich selbst.«

Ganz unrecht hatte sie nicht. Aber das lag an Thalbergs Herkunft. Er war in einer hessischen Kleinstadt aufgewachsen. Der Ort wurde dominiert von der ansässigen Schuhfabrik. Alle Väter und Mütter arbeiteten dort. Nur die Thalbergs nicht. Denen gehörte die Fabrik. Thalberg war mit Personal aufgewachsen und hatte von Kindesbeinen gelernt, soziale Unterschiede zu betonen. Kikis Chef verkehrte in anderen Kreisen, dort, wo altes Geld auf jungen Unternehmergeist traf. In einer Branche, in der jeder jeden duzte, bewahrte Thalberg Abstand zu seinen Angestellten.

Der Vasenauftrag war Kikis Chance, in die oberste Liga aufzusteigen und ihr Können zu zeigen. Thalberg und der Presse, die über den Großauftrag von Ikea berichten würde. Sie sah den Artikel bereits vor sich: »Göttliches Design«, stand da in riesigen roten Lettern und darunter die Entstehungsgeschichte ihrer Entwürfe. »Die Ideen entstanden während meiner Pilgerreise«, so ein Satz machte sich gut in einem *Schöner Wohnen* Interview. »Ich bin nicht gläubig«, würde sie einer beeindruckten Journalistin in die Feder diktieren, »aber meine Pilgerreise nach Lourdes markiert den Wendepunkt in meiner Karriere.«

So ähnlich würde das wohl klingen. Vorausgesetzt ihr fiel etwas ein, das die Überschrift verdiente. »Göttliches Design«: Danach hielt sie Ausschau.

Der Sucher ihrer Kamera fand ein leuchtend grünes Insekt. Es hing mit dem dreieckigen Kopf nach unten an einer Pflanze und wartete darauf, dass sich ein unvorsichtiges Beutetier näherte. Die Fangbeine hielt das Insekt angewinkelt vor dem lang gestreckten Oberkörper.

»Eine Gottesanbeterin«, erkannte Caroline. »Die sind selbst im Süden selten geworden.« Kiki wunderte sich immer wieder, welches Wissen Caroline aus dem Ärmel schüttelte.

Estelle rollte die Augen: »Gottesanbeterin? Typisch Jakobsweg. Hier sind sogar die Insekten katholisch.« Estelle hatte genug von der Landschaft. »Wir müssten längst bei Arnes sagenhaftem Kloster sein«, empörte sie sich.

»Müssten wir nicht«, stellte Caroline lapidar klar. »Wir laufen in die verkehrte Richtung.«

Sie sagte es so laut, dass Judith, die alleine an der Spitze voranschritt, es hören musste.

14

Judith schwitzte Blut und Wasser. Es lag nicht an der Sonne, die sich allmählich dem höchsten Stand näherte, die Farben auswusch und das Arbeitsleben in dem hügeligen Reben- meer zum Erliegen brachte. Es lag nicht an dem, was sie sah und fühlte. Was Judith beunruhigte, waren die Dinge, die sie nicht sah. Der idyllische Bachlauf mit dem kühlen Trinkwas- ser, das marode Brückengeländer, an dem Arne sich verletzt hatte, die altersschwache Bank im Schatten, eine vom Blitz getroffene Pinie, aus deren Strunk neues Leben wuchs: Bis- lang hatte Judith vergebens Ausschau gehalten nach all den Details, die Arne so blumig in seinem Tagebuch festgehalten hatte.

»Du musst genauer hinsehen«, beschwor sie sich selbst. Aber wie sollte sie die Eindrücke aufnehmen, wenn die Kom- mentare in ihrem Rücken unaufhörlich dahinplätscherten?

»Wenn wir das Kloster nicht finden«, sagte Estelle, »hätte ich ein paar Ideen. Meine Assistentin hat im Internet alle Restaurants der Gegend zusammengesucht.«

Sie zog ein paar Computerausdrucke aus ihrem Ruck- sack und zitierte schwelgerisch die Speisekarte des nächst- gelegenen Sternerestaurants. »Hirschpastete mit Pistazien, marinierte Flusskrebse in Vermouth-Sauce. Keine zwanzig Kilometer von hier. Wir könnten uns verwöhnen lassen.«

»Pilgern muss wehtun. Sonst hilft es nicht«, belehrte Kiki

ihre Freundin. »Am Ende des Weges werden dir alle Sünden erlassen.«

Wenn es etwas gab, das Estelle noch mehr interessierte als gutes Essen, waren das gute Geschichten. Es lag ihr nicht, um den heißen Brei herumzureden. Dafür war das Leben zu kurz. Besser war, gleich nachhaken: »Schon wieder eine Männergeschichte aus dem Ruder gelaufen?«

Kiki winkte ab: »Wenn wir nach Hause kommen, hat sich das Problem von selbst erledigt.«

»Probleme, die sich in Luft auflösen?«, kommentierte Caroline in fröhlichem Singsang. »An so was glauben meine Kriminellen auch. Die Rechnung geht nie auf. Aber was soll's: Wenn sie nicht auf mich hören, müssen sie in die Irre laufen.«

Judith verstand nur zu gut, dass Carolines Bemerkung auf sie gemünzt war. Sie wünschte, sie wäre ebenso eloquent wie Caroline oder schlagfertig wie Estelle. Arne hätte sicher eine amüsante Replik auf Lager gehabt. Er hatte es immer wieder geschafft, Spannungen mit einem Witz zu entschärfen.

Ein penetrantes Geräusch zerschnitt ihre trüben Gedanken. Das Telefon von Eva klingelte. Erleichtert nahm Eva auf. Endlich eine Stelle, an der sie Empfang hatte. »Frido! Wie geht es euch? Ich habe mir solche Sorgen gemacht.«

Leider war die Verbindung so schlecht, dass Eva brüllen musste, um sich verständlich zu machen. Judith und die anderen waren gezwungen, das ganze Gespräch anzuhören. Es war unschwer zu erraten, was Frido am anderen Ende der Leitung bewegte.

»Frido, ich habe bestimmt Sauce vorgekocht.«

Ihre Anweisungen kamen in schnellem Stakkato. Judith wunderte sich über die Geduld, die Eva mit Frido hatte.

»In der Tiefkühltruhe, nicht im Kühlschrank.«

»Und die mittlere Schublade?«

»Rote Beschriftung.«

Reden und Wandern zugleich fiel Eva schwer. Sie rang nach Luft.

Während Judith ein stummes Stoßgebet gen Himmel schickte, schlug Kiki eine Wette vor. »Zehn Euro, dass Frido keine Mahlzeit auf den Tisch bekommt.«

Estelle hielt dagegen: »Selbst mein Pudel findet sein Essen selbstständig.«

Gespannt lauschten sie, wie sich das Gespräch mit Frido entwickelte.

»Genau! Und jetzt musst du das Ganze erhitzen«, dozierte Eva.

Estelle befürchtete das Schlimmste: »Ich hoffe, er kann die Mikrowelle bedienen.«

Sie hatte den Satz kaum ausgesprochen, als Eva empört aufschrie. »Frido, doch nicht in der Mikrowelle.«

»Du solltest mal wieder selbst kochen, Estelle«, kicherte Kiki.

Estelle reagierte mit gespielter Entrüstung: »Ich kann kochen. Bei Tee macht mir keiner was vor.«

Judith hatte manches gelesen über Pilgerreisen. In keiner der Geschichten war ein Pilger vorgekommen, der am Telefon hing und den Daheimgebliebenen einen Vortrag hielt über den Einsatz einer Mikrowelle und dem daraus resultierenden Verlust von Antioxidantien und Folgeschäden wie Arteriosklerose, Krebs oder Grauer Star.

Evas Kopf hatte inzwischen Tomatenfarbe angenommen.

»Ich wusste, dass Frido es schwer haben würde«, raunte sie ihren Freundinnen zu. »Aber ich hatte keine Ahnung, dass er sich wie ein Analphabet aufführt.«

Kopfschüttelnd nahm sie die Hand vom Mikrofon und wechselte in den Geduldige-Ehefrau-Tonfall: »Du musst die Sauce im heißen Wasserbad aufwärmen. Nimm einfach einen Topf Wasser, den flachen. Nein, nicht den roten. Genau. Fünf bis sieben Minuten. Ja, ich bleibe dran, natürlich.«

Judith hörte nicht mehr zu. Sie hatte etwas entdeckt. Das da vorne, das musste die Brücke sein. Der schmale Steg über den Bach hatte ein durchgerostetes Geländer, das gefährlich hervorstand. Sie atmete erleichtert durch. Das musste das Stück Eisen sein, an dem Arne seine rechte Hand verletzt hatte. Sie waren auf dem richtigen Weg. Als ihre Hand vorsichtig über das scharfe Metall strich, wusste sie wieder, warum sie sich auf dieses Abenteuer eingelassen hatte.

Seltsamerweise empfand sie das ganz anders, als der Steg nach zwei Stunden verbissenen Marschierens wieder in ihrem Blickfeld auftauchte. Das verbogene scharfrandige Metallgeländer ragte immer noch in den Weg. Diesmal auf der linken Seite. Judith war heilfroh, die Details des Tagebuchs nicht mit ihren Freundinnen geteilt zu haben.

15

Es war genug. Sie brauchten dringend eine Pause. Erschöpft ließ Judith sich in den Schatten einer ausladenden Pinie fallen.

Kiki schälte sich aus ihren Wanderschuhen und massierte die malträtierten Zehen. Sündenerlass war harte Arbeit. Vor allem für die Extremitäten.

»Meine Füße sind taub«, jammerte sie.

Estelle, die im Gras alle viere von sich streckte, als würde sie einen Engel im Schnee nachbilden, rümpfte angewidert die Nase: »So wie die riechen, dachte ich, sie sind bereits tot.«

Selbst Kiki, die gewohnt war, in allem das Gute zu suchen und zu finden, zeigte Nerven. »Wir laufen seit Stunden im Kreis herum«, beschwerte sie sich mit vorwurfsvollem Blick in Judiths Richtung.

Estelle sprach aus, was Caroline schon seit Stunden predigte: »Das ist definitiv der falsche Weg.«

Judith vermied den Blickkontakt mit Caroline. Natürlich hatte sie Fragen, natürlich waren ihr die Ungereimtheiten aufgefallen. Aber das ging nur Arne und sie etwas an. Sie probierte zu retten, was zu retten war: »Und wenn schon. Wichtiger ist, was in dir passiert.«

Estelle entledigte sich ihrer Schuhe. Blasen. Entsetzliche Blasen. Rohes Fleisch!

Judith fuhr ungerührt fort: »Arne sagt, der Pilgerweg bringt Gefühle in einem hervor, die man nicht von sich erwartet.«

»Mordgelüste«, stellte Estelle fest.

»Du musst bewusst gehen, Estelle«, klärte Judith sie milde auf. »Dann stellt der Körper sich auf natürliche Weise auf das neue Lebenstempo ein. Nur dann entdeckst du dich neu.«

Der esoterische Singsang, diese verständnistrunkene, gehauchte Stimme gab Estelle den Rest: »Wer sagt das? Arne, der Prophet? Lass sehen.«

Neugierig griff Estelle nach dem Tagebuch, das im Gras lag. Noch bevor sie zugreifen konnte, riss Judith die Notizen vehement an sich. Das Vermächtnis von Arne ging niemanden etwas an.

»Ich wollte nur wissen, welche spirituellen Herausforderungen mich erwarten«, verteidigte sich Estelle.

Ohnmacht und Ärger kochten in Judith hoch. Warum hatte sie die Freundinnen auf den Jakobsweg mitgenommen? Sie hätte die Pilgerreise alleine antreten sollen. Auch ohne die Einmischung der Dienstagsfrauen war es schwer genug, auf Arnes Spuren unterwegs zu sein. Die ätzenden Kommentare der Freundinnen, ihre stumme Kritik und das permanente Geplapper im Hintergrund vergifteten die Atmosphäre. Sie entfernte sich ein Stück von der Gruppe und versuchte sich darauf zu konzentrieren, warum sie nach Frankreich gekommen war. Sie wollte das Tagebuch von Arne mit einem Schlusskapitel zu einem würdigen Ende bringen.

Vorsichtig schlug sie das Buch auf und schraubte die Kappe von Arnes Füller ab. Seit Judith mit ihrem Pelikano-Füller die Grundschulhefte zerkratzt hatte, hatte sie keinen Füller mehr in der Hand gehabt. Arnes altmodisches Erbstück war ein Auslaufmodell. Und das im wahrsten Sinne des Wortes. Statt wohlgesetzte und weise Gedankensplitter zu Papier zu

bringen, war das Erste, was Judith in Arnes Tagebuch hinterließ, ein nasser Fleck in Kobaltblau. Judith fühlte die Tränen
aufsteigen. Es waren immer die kleinen Dinge, die sie aus
dem Konzept brachten. Ein Lied im Radio, das sie gemeinsam gehört hatten, ein Schreiben von Volvo, das Arne zur
Präsentation des neuen Modells einlud, das ausgetrocknete
Milchschälchen, das Arne immer gefüllt hatte, um die Nach-
barkatze auf ihren Balkon zu locken. Und jetzt dieser häss-
liche Fleck in seinem Tagebuch. Arne hätte versucht, aus der
Form des Kleckses etwas Positives herauszulesen. So wie er
ihr in ihrem ersten gemeinsamen Urlaub die Zukunft aus
den Wolken über der Ostsee vorausgesagt hatte.

»Ich bin ein geübter Wolkenleser«, hatte er behauptet
und ihr glaubhaft versichert, dass die Wolken aussahen wie
Schwarzwälder Kirschtorte. »Fette, süße Jahre kommen auf
uns zu«, hatte er ihr ins Ohr geflüstert. Und Judith hatte ihm
geglaubt. Bis alles anders kam.

Sie wollte nicht weiter darüber nachdenken. Sie musste die
Dinge, die geschehen waren, loswerden. Sie wollte Arne
nicht mehr vermissen. Manche Leute schrieben Tagebuch,
um sich zu erinnern. Judith wollte schreiben, um zu vergessen. Die Wolken und alles, was danach kam. Es brauchte
keine große Fantasie, zu erkennen, was die Tintenlache bedeutete. Der Klecks sah aus wie eine Unwetterwolke. Die
Götter waren bereit, Blitze auf sie herabzuschleudern.

Hastig blätterte Judith um und begann von vorne. Don-
nerstag, 17. Juni. Erneut stockte sie. Was sollte sie über das
erste Stück ihres Pilgerwegs schreiben? Sie hatte sich penibel
an Arnes Angaben im Tagebuch gehalten. Und war trotzdem
in die Irre gelaufen. Judith redete sich ein, dass es nur die
Müdigkeit war, die sie sprachlos machte.

16

»Ich weiß, was wir brauchen«, rief Eva fröhlich. Als Letzte ächzte sie heran und erfasste mit einem Blick, dass der Haussegen bei den Dienstagsfrauen schief hing. Judith saß im Lotussitz ein Stück abseits, die Innenflächen der Hände zum Himmel gewandt, die Augen geschlossen.

»Die macht um ihren toten Arne mehr Theater als um den lebenden«, kommentierte Estelle das merkwürdige Verhalten der Freundin.

»Sie hat ihren Mann verloren, Estelle. Da darf man übertreiben«, nahm Eva Judith in Schutz. Sie machte sich Sorgen um die Freundin. Judith war die Dramaqueen der Dienstagsfrauen. Schon zu Kais Zeiten besprach sie Probleme lieber, als sie zu lösen. Seit dem Tod von Arne war sie verstummt. Wenn Judith nicht mehr reden wollte, war das ein Alarmzeichen.

Eva entledigte sich ihres schweren Rucksacks. In Köln stand inzwischen eine warme Mahlzeit auf dem Tisch. So konnte sie sich beruhigt um sich selbst kümmern. Und um die Freundinnen, die dringend einer Aufmunterung bedurften. Zur großen Verblüffung ihrer Mitpilger zauberte Eva aus ihrem Rucksack ein sagenhaftes Picknick hervor. Und eine ultradünne Plastiktischdecke, in der Kiki gerührt einen ihrer ersten Entwürfe für Studio Thalberg erkannte. Bald war nichts mehr von dem Muster zu sehen. Auf der Tischdecke drängten sich die Leckereien. Oliven, Salami, Käse, gefüllte Blätterteigtaschen neben Parmesancrackern, Minimuffins mit getrockneten Tomaten und Walnuss-Karottenschnitten. Pilgertechnisch unverantwortlich, das alles mit sich rumzuschleppen. Doch jetzt bedeutete ihre kulinarische Geheimwaffe die Rettung sämtlicher Lebensgeister.

»Ich verstehe Frido. Ich würde dich auch nicht weggehen lassen. Du bist großartig«, seufzte Estelle.

Eva wand sich schüchtern. Komplimente konnte sie schlecht annehmen. »Nur ein paar Kleinigkeiten. Nicht der Rede wert«, wiegelte sie ab. Dabei war sie tagelang mit der Planung und Vorbereitung des Picknicks beschäftigt gewesen. Von der Mühe, den schweren Rucksack bis hierherzuschleppen, ganz abgesehen.

Eva füllte die mitgebrachten Plastikteller, bediente und freute sich daran, wenn es den anderen schmeckte. Nach stundenlangem Fußmarsch fühlte sich ein simpler Platz im Schatten wie das Schlaraffenland an. Müßig streckten die Dienstagsfrauen alle viere von sich, genossen die mundfertigen Happen, die Eva ihnen kredenzte, und ließen den Blick über die Hügel schweifen. Raue Felsen ragten aus dem satten Grün, die Luft sirrte in der Mittagshitze und die Zikaden zirpten ihr ewiges Lied. Es roch nach trockenem Staub, nach Rosmarin und Urlaub. Hochgefühle traten anstelle der Erschöpfung. Sie waren unterwegs. Sie waren fernab von Köln, einer Stadt, wo man ein halbes Buch damit füllen konnte, die Hässlichkeit des Barbarossaplatzes zu beschreiben.

Es hätte ein idyllisches Picknick sein können. Wenn Judith sich nicht von der Gruppe separiert hätte und wenn es die moderne Technik nicht gegeben hätte, die einen in jeder Lebenssituation aufspürte. Als Eva den ersten Happen nehmen wollte, meldete sich ihr Handy. Und wie immer war sie sofort zur Stelle. Das peinigende Gefühl im Magen, dass in Köln etwas nicht in Ordnung sein könnte, ließ sie nicht zur Ruhe kommen.

»Hallo Lene. Wie? Eine Fünf in Mathe? Wie konnte das passieren?« Eva seufzte auf. Auch kleine Katastrophen konnten ihre Große aus dem Gleichgewicht bringen.

Eva hatte gerade erst begonnen, Lene gut zuzusprechen, als ihr die vernichtenden Blicke auffielen, mit denen die Freundinnen sie bedachten. Was guckten die so abfällig? Die konnten gar nicht mitreden. Estelle hatte zwei erwachsene Stiefsöhne, die weit weg lebten, Carolines Kinder waren natürlich perfekt geraten, Kiki auf der Suche nach einem passenden Vater hängen geblieben, und Judith hatte so lange über das Kinderkriegen nachgedacht, bis es zu spät war. Keine der Dienstagsfrauen hatte eine Ahnung, wie es war, wenn man vier Kinder durch die Schule schleppen musste. Regine behauptete immer, es läge an der mangelnden Frühförderung. Wenn man wichtige Zeitfenster in der kindlichen Entwicklung verpasste, hinkte man automatisch hinterher. Regine hatte gut reden. Wie hätte sie das tun sollen? Vier kleine Kinder zu PEKiP-Kursen schleppen, zur musikalischen Früherziehung, zu Babyschwimmen und Chinesischunterricht. Nicht zu vergessen die Intelligenztests bei Schulproblemen. Manchmal hatte sie den Eindruck, dass sie die einzige Mutter war, die bei schlechten Noten und chronischer Schulunlust nicht auf Hochbegabung tippte. »Underachiever« nannte man so etwas auf dem Schulhof. Lene war einfach nur pubertär und manchmal schlicht faul. Aber sollte sie deswegen ihre Tochter im Stich lassen? Bloß weil sie auf Pilgertour war? Sie wollte nicht wie Regine sein, die wochenlang verschwand, ohne sich um irgendetwas zu kümmern. Es war zum Verzweifeln. Seit sie in Frankreich war, fiel ihr alle fünf Minuten ihre Mutter ein.

17

»Als ich Eva kennenlernte, wollte sie am Herzzentrum in Paris promovieren. Und dann heiratet sie Frido, bekommt ein Kind nach dem anderen und kriegt nicht mal den Französischkurs zu Ende«, maulte Estelle.

Caroline antwortete mit vollem Mund: »Hast du auch nicht.«

»Ich habe es probiert, ehrlich. Ich dachte sogar, ich habe Talent. Bis ich zum ersten Mal in Frankreich eine Busfahrkarte kaufen wollte.« Estelle legte eine ihrer gekonnt platzierten Kunstpausen ein.

»Und?«, fragte Kiki ungeduldig nach.

»Ich weiß nicht, was ich gesagt habe, aber der Fahrer muss verstanden haben, ›zieh die Hose aus‹.«

Sie prusteten los. Nicht einmal der böse Seitenblick von Judith konnte ihrem Heiterkeitsausbruch Einhalt gebieten.

»Und deswegen lernst du jetzt Polnisch«, piesackte Kiki Estelle.

»Wie soll ich mich sonst mit der Haushälterin verständigen? Die sagt immer denselben Satz, und ich versteh nur Bahnhof.«

Caroline mischte sich wieder in das Gespräch.

»Hast du inzwischen rausgekriegt, was der Satz bedeutet?«

Estelle imitierte einen polnischen Akzent.

»Keine Angst, mein Mann klebt das wieder zusammen.«
Wieder prusteten sie los.

»Könnt ihr einfach mal die Klappe halten?«, herrschte Judith die Freundinnen an.

Caroline blieb das Lachen im Hals stecken. Estelle und Kiki gaben sich hemmungslos ihrer albernen Laune hin.

»Vermutlich eine allergische Reaktion auf die Landschaft«, meinte Estelle. »All die Pollen, die frische Luft, das kann nicht gut sein.«

Um Judiths Fassung war es geschehen: »Für euch ist das alles ein großer Spaß«, klagte sie. »Aber nicht für mich. Ich will das hier so aufnehmen, wie Arne es erlebt hat. Ich habe es mir so schön vorgestellt, und, und, und jetzt habe ich nicht einmal eine Ahnung, wo wir sind.«

Tränen quollen hervor. Die Erschöpfung und Verzweiflung, die sich in den letzten Stunden aufgebaut hatten, schlugen endgültig zu. »Ich hatte mir so vorgenommen, stark zu sein«, presste sie heraus.

Das Lachen wich betroffenen Mienen. Kiki biss unschlüssig auf ihrer Unterlippe herum. Sie fühlte sich schuldig. Estelle weit weniger. Wie oft hatte sie sich darüber aufgeregt, dass Judith ihrem verstorbenen Mann einen Heiligenschein aufsetzte. Früher hatten sie sich oft anhören müssen, dass Arne sie mit seiner Liebe erdrückte. Aber das hatte Judith längst vergessen. Zu Carolines Erleichterung ersparte Estelle sich weitere Kommentare. Selbst Estelle wusste, wann es genug war.

Caroline nahm Judith einfach in den Arm. Sie hatte nicht das geringste Interesse, irgendetwas besser zu wissen. Sicher nicht, wenn man fünfzehn gemeinsame Jahre hinter und vierhundertdreißig Kilometer Wegstrecke bis Lourdes vor sich hatte. Vierhundertsiebenundzwanzig, um genau zu sein. Denn Caroline wusste exakt, wo sie waren.

»Wir wissen vielleicht nicht, auf welchem Weg Arne gewandert ist, aber wir wissen, wo er hinwollte.«

Judith reagierte kaum. Sie war am Ende ihrer Kräfte.

»Es ist sinnlos. Das Pilgern macht alles nur noch schlimmer«, schluchzte sie. »Am liebsten würde ich umdrehen.«

Caroline holte ihren Wanderführer hervor. »Genau das müssen wir auch. Ein paar Hundert Meter von hier ist die Landstraße. Das ist der kürzeste Weg, wieder auf die Route zu kommen. Ein paar Kilometer nur.«

Estelle ließ sich theatralisch fallen: »Wo bleibt eigentlich der Notarzt, den ich bestellt habe?«

18

Man sagt, mit den Jahren ähneln Hunde ihren Besitzern. Für Bauern und ihre Tiere schien Gleiches zu gelten. Es war ungeklärt, wer verwunderter war, auf der verlassenen Schotterstraße fünf einsame, großstädtisch wirkende, durchgeschwitzte Damen anzutreffen: der wortkarge Bauer oder die Schafe, die von der Ladefläche des Anhängers hochnäsig auf die merkwürdige Pilgergruppe herabstarrten. Worte mussten nicht gewechselt werden. Der Bauer verstand auch ohne Erklärung, dass hier ein Akt christlicher Nächstenliebe gefragt war. Wortlos klappte er den Zugang zur Ladefläche herunter und drängte die Schafe zur Seite. Mit einer simplen Geste lud er die fünf erschöpften Pilgerinnen ein, auf seinem Anhänger Platz zu nehmen.

Judith stieg auf und gab damit das Signal, dass sie für heute bereit war, das Tagebuch und seine Anweisungen zu vergessen. Caroline und Eva folgten. Selbst Kiki verzichtete auf ein weiteres Ringen um Sündenerlass. Sie waren alle vier der übereinstimmenden Meinung, dass sie für einen ersten Pilgertag genug geleistet hatten. Großes geradezu! Auf jeden Fall genug, um aufzugeben.

Nur Estelle hatte Zweifel. Man konnte nie wissen, inwiefern Blutrache unter französischen Schafen verbreitet war. Möglicherweise waren diese Schafe mit dem Paulliac-Lamm verwandt, das sie am Vorabend in Montpellier genossen hatte. Milchlamm mit Zwiebelmarmelade. Eine Ewigkeit schien das her. Wie eine Erinnerung aus einem früheren Leben. Aus einem schönen Leben. Die verdreckte Ladefläche wirkte wenig einladend. Aber hatte sie eine Wahl? Der entsetzliche Gedanke, auch nur einen Meter weiterlaufen zu müssen, gab den Anstoß, Heldenmut zu beweisen und ihrer ausgeprägten Bauernhofphobie den Kampf anzusagen. Während Estelle probierte, möglichst weit entfernt von den Schafen einen sicheren Platz zu finden, hatte Eva es sich im Schneidersitz auf der Ladefläche bequem gemacht. Vergnügt widmete sie sich den Resten des Picknicks, das sie verpasst hatte.

Das wacklige Gefährt setzte sich in Bewegung. Der Wind blies Estelle den scharfen Schafsgeruch ins Gesicht, der Motor knatterte. Aus dem Fahrerhäuschen des Traktors erklang blechern Radiomusik. Wie eine Stimme, die aus der Vergangenheit herüberwehte, sangen die Poppys davon, dass sich nichts verändert habe. »*Non, non, rien n'a changé.*« Und mit der simpel gestrickten, aber fröhlichen Melodie kam Leben in die Frauen.

»Das Stück haben wir im Französischkurs übersetzt«, rief Kiki. Estelle konnte sich vage daran erinnern, den französischen Jungenchor im Fernsehen gesehen zu haben. Vermutlich zu einer Zeit, als Rudi Carrell der unangefochtene Held des Samstagabends war.

Kiki fing an zu klatschen und zu singen. »*Mais tout a continué, mais tout a continué.*« Alles ist so weitergegangen wie zuvor, behauptete der Text. Nichts hat sich verändert. »*Non, non, rien n'a changé.*«

Selbst Judith ließ sich von dem ausgelassenen Lied anstecken. Gemeinsam mit Eva und Estelle übernahm sie den Refrain, Kiki war für die Solostimme und die Strophen zuständig. Textsicher war sie nicht. Dafür schmetterte sie mit großer dramatischer Geste. Nur Caroline wehrte lachend ab: »Ich kriege nie den richtigen Ton raus.«

Es reichte ihr, ihre Mädels anzusehen. Und während sie fröhlich sangen, pflügte sich der Traktor samt Anhänger durch die sanfte Hügellandschaft, vorbei an ein paar versprengten Wanderern, die zeigten, dass sie nicht die Einzigen waren, die sich diesen abgelegenen Jakobsweg ausgesucht hatten.

Estelle war glücklich: Vielleicht war dieser Traktoranhänger der beste Ort, um sich von der Einzigartigkeit und der Schönheit der Landschaft zu überzeugen. Und der beste Ort zu fühlen, dass sie zusammengehörten. Wenn sie die anderen vier heute kennenlernen würde, hätte ihre Freundschaft keine Chance. Aber nach fünfzehn Jahren konnten sie sich Wahrheiten sagen, die andernorts zu Mord und Totschlag führen würden.

»*Non, non, rien n'a changé.*« Nichts hatte sich verändert. Es würde immer so bleiben. Was immer auch geschah.

Estelle ließ ihre malträtierten Füße über den Rand des Anhängers baumeln. Jemand kraulte sie sanft im Nacken. Als sie den Kopf zur Seite wandte, blickte sie in zwei feuchte Schafsaugen, die verliebt auf den Pelzbesatz an ihrer Jacke glotzten. Wie hatte Judith gesagt: »Beim Pilgern entdeckt man neue Seiten an sich.«

Estelle fand gerade heraus, dass ihr Kleidergeschmack bei Schafen besonders gut ankam.

19

Ächzend bremste der Traktor vor ihrer ersten Unterkunft, der Auberge Sainte Marie, der Herberge der heiligen Maria. Sie hatten es geschafft. Die erste Etappe lag hinter ihnen. Ebenso wortlos, wie er die Frauen aufgeladen hatte, ließ der schweigsame Bauer die Ladeklappe und dann die Frauen herunter.

Fast schon mittelalterlich mutete das Ambiente des Dorfes an. In den engen Gassen schmiegten sich gedrungene zweistöckige Häuser aus groben Natursteinen in Grau, Ocker und mattem Gelb aneinander. Die bröckelnden Fassaden erzählten vom endlosen Kampf gegen den Verfall. Man schien immer nur die Stelle zu flicken und zu putzen, die es gerade nötig hatte.

Caroline war froh, angekommen zu sein. Bei der Fahrt durch das Dorf war der Anhänger den Häusermauern gefährlich nahe gekommen, ohne dass der Bauer es für nötig gehalten hatte, das Tempo zu drosseln. Spuren an den Häuserwänden zeugten davon, dass es längst nicht jedem Autofahrer gelang, den rechten Abstand zu den Mauern zu halten. Vielleicht gab es deswegen so wenige und so kleine Fenster in den Fassaden. Deren Größe schien sich eher nach dem verfügbaren Platz zu richten, denn den Gesetzen der Symmetrie zu folgen.

Abweisend wirkten die Steinfassaden, denn die wenigen

Fenster waren mit Fensterläden und Jalousien verrammelt. Satellitenschüsseln auf den Schindeldächern zeugten davon, dass hier nicht viel los war. Man holte sich die Welt per Funk ins Dorf.

Die Auberge Sainte Marie lag an einem Platz mit einer kleinen Kirche, einer Charcuterie und einem kleinen Tabac, wo man nicht nur Nachrichten aus der großen weiten Welt erhielt, sondern auch den neusten Dorfklatsch. Und der drehte sich heute um fünf Damen aus der großen weiten Welt, die sich in das Dorf verirrt hatten.

Aufmerksam betrachtete Caroline die holzgeschnitzte Statue der Namenspatronin, der man im Eingangsbereich der Auberge eine Nische aus dem dicken Mauerwerk herausgeschlagen hatte. Maria war dargestellt als weiß gekleidete Dame, deren fließendes Kleid mit einem blauen Gürtel festgehalten wurde. Auf jedem Fuß trug sie eine goldene Rose. Genauso hatte das vierzehnjährige Müllermädchen Bernadette Soubirous 1858 Maria beschrieben, nachdem sie ihr in einer Felsgrotte erschienen war. Caroline hatte die Geschichte im Internet nachgelesen und dabei ganz nebenbei festgestellt, dass man in der säkularisierten Welt auf der Suche nach dem Wallfahrtsort Lourdes die gleichnamige Tochter von Madonna mitgeliefert bekam.

Richtig einleuchtend fand Caroline die Geschichte der Bernadette nicht. »Ich verspreche Ihnen nicht, Sie in dieser Welt glücklich zu machen, wohl aber in der anderen«, soll die Erscheinung dem Kind mitgegeben haben. Da war man als Maria natürlich fein raus, denn so etwas entzog sich jeder Nachprüfbarkeit.

Carolines Berufsdeformation, Aussagen auf Beweisbarkeit und Plausibilität überprüfen zu müssen, ließ sich nicht abstellen. Vage Geschichten machten Caroline nervös. Vage

Geschichten bedeuteten Arbeit, Komplikationen, Nacht-schichten und unangenehme Überraschungen im Gerichts-saal. Auf Stimmen, die ihnen etwas eingeflüstert hatten, be-riefen sich vor allem die Klienten, die keine Verantwortung für ihr Leben übernehmen wollten.

Es war schon ein merkwürdiger Zufall, dass die rätselhafte Erscheinung in Lourdes so gut in das vier Jahre zuvor ver-abschiedete Dogma von der unbefleckten Empfängnis Mari-as passte. »Que soy era Immaculada Councepciou«, hatte die Frau, die vor Bernadettes Augen in der Felswand schwebte, geantwortet, als das Mädchen sie nach dem Namen fragte. »Ich bin die unbefleckte Empfängnis.«

Noch so etwas, was Caroline nicht verstand. Unbefleckte Empfängnis bezog sich nämlich nicht auf Jesus. Es ging um Maria selbst. In dem Dogma hatte Pius IX. als Glaubens-grundsatz fixiert, dass nicht nur Jesus das Produkt einer Jungfrauengeburt gewesen sei. Durch einen Akt göttlicher Gnade war auch Maria vom ersten Moment an von der Erbsünde ausgenommen. Auch wenn die Schwangerschaft von Jesu Großmutter Anna ansonsten ganz natürlich war. Caroline runzelte die Stirn: Normaler Geschlechtsverkehr? Und trotzdem eine unbefleckte Empfängnis? Um so etwas zu verstehen, musste man wohl katholisch sein.

Ein gegnerischer Anwalt jedenfalls wäre mit einer solch abenteuerlichen Beweisführung bei ihr nicht durchgekom-men. Aber so war das wohl mit der Religion. Entweder man glaubte, oder man glaubte nicht. Caroline jedenfalls glaubte kein Wort von der Geschichte Bernadettes. Nicht einmal das heilende Wasser von Lourdes war das, was es versprach. Caroline hatte gelesen, dass in wissenschaftlichen Unter-suchungen keine außergewöhnliche Mineralstoffzusam-mensetzung des Quellwassers festgestellt worden war. Im allgemeinen Sprachgebrauch nannte man das, was man da untersucht hatte, Trinkwasser. Aber wenn Menschen an die Geschichte der Bernadette glaubten oder ihre Herberge nach ihr benennen wollten, sollte das Caroline recht sein.

Judiths Jubelschrei riss sie aus ihren Gedanken. »Sainte Marie! Wir sind wieder auf Arnes Route.« Strahlend hüpfte Judith von der Ladefläche. Sie konnte ihr unerwartetes Glück kaum fassen. »Wir werden dort schlafen, wo Arne die Nacht verbracht hat. Es war vielleicht nicht exakt die Strecke, die er gegangen ist, aber wir sind wieder auf seinem Weg. Ihr werdet es toll finden«, versprach sie ihren Freundinnen. »Arne hat es geliebt. Sie haben einen Weinkeller, herrliche weiche Betten, großzügige Badezimmer. Genau das Richtige nach einem langen Wandertag. Arne wollte nicht mehr weg.«

Die Modulation in ihrer Stimme war zurückgekehrt. Die Verunsicherung, die sich während der ersten Etappe bei Judith breitgemacht hatte, war wie weggeblasen. Sie waren auf Arnes Pilgerstrecke angekommen und Judith war bereit, wieder die Führung zu übernehmen. Alles war gut.

Bis zu dem Moment, als die von einem Leben unter südlicher Sonne verwitterte Herbergsmutter Ginette ihnen die quietschende Tür zu ihrem Zimmer öffnete. Caroline brauchte die Herberge nicht weiter zu inspizieren. Ein Blick genügte, um den letzten Zweifel auszuräumen: Etwas stimmte nicht mit Arnes Tagebuch. Und dieses Etwas war mehr als nur ein kleiner Irrtum in der Richtungsangabe.

20

»Ich nehme das obere Bett«, verkündete Kiki fröhlich. Schwungvoll wuchtete sie sich und ihr Gepäck auf das Etagenbett, das dem blinden Fenster am nächsten war. Die anderen waren noch nicht über ihren Schock hinweg. Von wegen Luxus. Der Raum hatte die Ausstrahlung einer kargen Klosterzelle. Und das lag nicht nur an dem überdimensionierten Kruzifix, das den Raum schmückte.

Schonungslos beleuchtete eine Neonlampe die tristen Details der Einrichtung: drei Etagenbetten, ein Stuhl, ein windschiefer Tisch, ein Kleiderschrank mit sechs Bügeln und Türen, die nicht mehr schlossen. Alles aus allerfeinstem Resopal. Auf den Betten lagen verfilzte Wolldecken, die möglicherweise als Sammlerstücke aus der Vorkriegszeit durchgingen.

»Eine Freundin macht aus so etwas Taschen. Die gehen weg wie warme Semmeln«, begeisterte sich Kiki. Sie hatte weder Zeit noch Lust, sich über die Einrichtung eines Hotelzimmers zu sorgen. Was Arne in seinem Tagebuch schrieb, war ihr herzlich egal. Kiki brannte darauf, sich an ihren ersten Entwurf zu setzen. Sie hatte so viele interessante Formen und Farben gesehen, den Klang der Landschaft in sich aufgesogen. Geräusche und Musik waren wichtig für sie. Im ersten Semester hatte sie sich an der Designakademie komplett lächerlich gemacht, als sie bei ihrer ersten Produktpräsentation eine CD vorspielte, um zu demonstrieren, welches Gefühl sie mit ihrem Sofaentwurf einfangen wollte.

Alle anderen hatten in stundenlanger Kleinarbeit Möbel aus Polyurethan-Schaum gefeilt und liebevoll angepinselt. Inzwischen gab es längst Geräte, die auf Knopfdruck aus Computerentwürfen dreidimensionale Modelle erzeugten.

Kiki war guten Mutes. Der Tag hatte ihr so viele besondere Eindrücke geschenkt. Jetzt ging es darum, diese in einen Entwurf umzusetzen. Sie konnte hier viel besser arbeiten als im Studio in Köln, wo sie immer von Kollegen umgeben war, die sie von der Arbeit abhielten. Hier war es still. Zu still.

Judith, die bei der Ankunft in der Auberge vor Enthusiasmus übersprudelte, hatte es beim Anblick des Sechsbettzimmers die Sprache verschlagen.

Estelle war in das Untergeschoss entschwunden, um einen guten Tropfen auszusuchen. Als sie wieder auftauchte, schwenkte sie frohgemut ihr Fundstück: einen Mehrliterkarton Wein.

»Das Einzige, was ich in dem sogenannten Weinkeller auftreiben konnte«, berichtete sie, während sie Gläser verteilte und füllte.

Caroline hob ihr Glas: »Trinken wir uns die Bruchbude schön. Genau wie Arne«, deklamierte sie feierlich.

Sie meinte das überhaupt nicht böse, aber Judith fühlte sich sofort angegriffen.

Ihre Miene versteinerte. Caroline schien es nicht zu merken. »Der Wein schmeckt gar nicht mal schlecht«, lobte sie.

»Was soll das, Caroline?«, fauchte Judith.

»Möglicherweise hat Arne Dinge nicht mehr so wahrgenommen, wie sie wirklich waren?«, wiegelte Caroline ab. Sie suchte keinen Streit. Doch Judith war auf Kollisionskurs unterwegs: »Er hatte es am Magen, nicht am Kopf.«

Kiki seufzte. Manchmal war es ein Elend mit Caroline und ihrer krankhaften Wahrheitsliebe. Was machte es aus, ob Arne den Weg und die Unterkunft exakt beschrieben hatte? Sie hatten ein Dach über dem Kopf, sie waren gesund, sie hatten zehn freie Tage in Frankreich vor sich und der Wein schmeckte herrlich. Was wollten sie mehr?

»Halt dich raus. Lass Judith die Illusionen«, wollte Kiki der Freundin zurufen, da setzte Caroline bereits nach: »Findest du es nicht merkwürdig, dass die Angaben im Tagebuch so gar nicht stimmen?«, bohrte sie weiter.

Kiki war nicht die Einzige, die spürte, dass das schiefgehen würde. Eva stellte sich zwischen die Streithähne und goss Wein nach. Betont munter versuchte sie den Streit zu schlichten, bevor er richtig ausbrach. »Es gibt so viele Jakobswege und alle führen nach Santiago de Compostela.«

Judith schob Eva beiseite.

»Wahrscheinlich haben die Besitzer gewechselt«, widersprach Judith trotzig.

Estelle inspizierte ihr Bett mit spitzen Fingern: »Hier hat man in den letzten sieben Monaten nicht mal die Wolldecke gewechselt.« Estelle war auf alle Eventualitäten vorbereitet. Aus dem Koffer zauberte sie ein Insektenvertilgungsmittel.

»Worauf wollt ihr hinaus?«, fragte Judith.

»Glaubst du wirklich«, rechtfertigte sich Caroline, »dass Arne das als Luxus empfunden hat?«

»Nach einem Tag pilgern? Definitiv. Ja«, warf Kiki vergnügt ein. Sie meinte jedes Wort, das sie sagte. Sie hatte es sich oben auf ihrem Bett gemütlich gemacht und heftete ein paar der Skizzen, die sie unterwegs für ihre Vase gemacht hatte, an die Wand und fand alles großartig. Bis auf die Mäkelei der Freundinnen. In der unteren Bettenetage ging der Streit unvermindert weiter. Caroline gab nicht auf, Judith ebenso wenig: »Arne war todkrank, er wusste, dass er stirbt.

Da erscheint einem jeder Moment wie ein Geschenk. Jede Begegnung mit der Schöpfung ist ein Wunder. Selbst mit der allerkleinsten Kreatur.«

Ein penetranter Geruch machte sich im Zimmer breit und nahm Judith den Atem zum Weitersprechen. Estelle sprayte gnadenlos eine kleine Kreatur, die sich mitsamt ihrer Großfamilie in ihrem Bett versteckt hatte, ins Jenseits. Bis sie die Bestürzung ihrer Freundinnen bemerkte. Schuldbewusst sah sie erst zu Judith, dann auf das Massaker, das sie unter dem Krabbelgetier angerichtet hatte.

»Wir könnten zum Buddhismus konvertieren«, schlug Estelle reumütig vor. »Die glauben an Reinkarnation.«

Judith verließ Türen knallend den Raum. Eva folgte ihr, nicht ohne ihre Wandergefährtinnen zurechtzuweisen.

»Das war ganz und gar unnötig«, zischte sie. Es blieb undeutlich, wen sie damit meinte. Caroline mit ihren sezierenden Fragen oder Estelles anarchischen Humor.

»Großartig«, beglückwünschte Kiki Caroline und hielt den Daumen hoch. »Jetzt hat Judith wieder einen Grund, die halbe Nacht zu schluchzen.«

»Wenn ich nichts sage, laufen wir morgen wieder in die Irre«, verteidigte Caroline sich.

Doch Estelle war bereits dabei, den Gedanken, den Caroline aufgebracht hatte, weiterzuspinnen. »Hattest du nicht mal einen Klienten, der ein komplettes Tagebuch gefälscht hat?«

»Hitler?«, fragte Kiki nach.

Caroline lachte auf: »Estelle meint den Serieneinbrecher. Der glaubte, er kann sich seine Alibis selbst schreiben.«

Estelle nickte bedeutsam: »Wer weiß, was Arne zu verbergen hatte.«

21

Den ganzen Tag hatte Caroline darüber nachgedacht, wie sie Judith dazu bringen konnte, sich weniger sklavisch an Arnes zweifelhafte Tagebuchangaben zu halten. Am Ende hatte sie sich spontan für die Holzhammermethode entschieden.

Nun warf sie sich vor, dass es ihr nicht gelungen war, ihr Ansinnen diplomatischer zu formulieren. Auf der Bank vor der Auberge trank sie ein Glas Wein und blickte auf das abendliche Dorfleben. Die letzten Sonnenstrahlen gossen warmes Gold über die grauen Fassaden. Es war angenehm warm. Auf der Gasse verfolgten ein paar Jugendliche zwei kichernde Mädchen und übertrumpften sich gegenseitig mit halbstarken Gesten und überlautem Gejohle. An der Kirche versammelten sich die alten Männer des Dorfes zum abendlichen Plausch. Immer wieder gingen die Blicke zu Caroline. Sie merkte es nicht einmal.

Caroline haderte mit sich. Warum reagierte sie so heftig? Sie beneidete Kiki um ihr Talent, Dinge hinzunehmen. Kiki stellte keine überflüssigen Fragen. Vermutlich war es ihr egal, ob sie in Lourdes, Timbuktu oder nirgendwo ankamen. Sie genoss die Tage und was der Zufall ihr bescherte. Und war trotzdem ehrgeizig in dem, was sie tat. Warum gelang es ihr nicht, das Leben entspannter zu sehen? Kiki wurde geliebt. Sie selbst allenfalls geschätzt, oft gefürchtet, bisweilen offen bekämpft.

Im Berufsleben konnte sie das so gut: taktieren, abwarten, im rechten Moment das Rechte sagen. Warum klappte das im Privatleben nicht?

»Dafür hat man Freundinnen. Um sich von seinem Job zu erholen«, besänftigte sie sich selbst. Lügen gehörten zu ihrem Berufsalltag wie das Amen in der Kirche. Tag für Tag war sie mit Falschaussagen und Halbwahrheiten konfrontiert, mit Ausreden und Schönrednereien. Das Recht nahm die Lügner in Schutz. »Nemo tenetur se ipse accusare«, hieß das so schön. Niemand ist verpflichtet, sich selbst zu belasten und an seiner eigenen Überführung mitzuwirken. Sosehr sie sich mit den Lügen im Gerichtssaal abgefunden hatte, so allergisch war sie im Privatleben gegen jede noch so kleine Flunkerei.

Anstatt Judith weiter mit unangenehmen Fragen zu reizen, setzte sie nun auf ihren Mann. Den ganzen Abend schon versuchte sie, Philipp zu erreichen. Arne war sein Patient gewesen. Gut möglich, dass sie über die letzte Pilgerfahrt von Arne gesprochen hatten. Philipp besaß zwar ein Handy, benutzte es aber nur im äußersten Notfall und lud es selten auf. Er hielt weder etwas von der modernen Technik noch von der Erwartung, außerhalb seiner festgelegten Sprechzeiten und Notdienste allzeit erreichbar zu sein. Und von den Gebühren hielt er gleich gar nichts.

Viermal hatte Caroline schon in der Praxis angerufen, viermal von der Sprechstundenhilfe dieselbe singende Antwort bekommen. »Herr Dr. Seitz ist auf Hausbesuch.«

Ganz Köln schien unter einer epidemischen Erkrankung zu leiden, die es Patienten unmöglich machte, die Praxis von Philipp eigenständig aufzusuchen.

Es war durchaus nicht ungewöhnlich, dass sie einander ein paar Tage nicht sprachen. Sie gehörten nicht zu den Ehepaaren, die eine Standleitung unterhielten. Weder im Alltag noch auf Dienstreisen. Caroline lag es fern, sich ununterbrochen mit Anrufen, einer SMS oder Mails zu vergewissern, dass Philipp noch lebte und sie liebte. Jetzt ärgerte sie sich, dass sie ihren Mann nicht erreichte. Sie hoffte so sehr, dass Philipp ihr weiterhelfen konnte.

Seufzend lehnte Caroline sich zurück. Es war immer noch angenehm warm. Aus einem offenen Fenster hallte lautstark das »Journal de 20 heures«, das seit einiger Zeit von einer Frau moderiert wurde und nicht mehr von der französischen Nachrichtenikone Patrick Poivre d'Arvor, die Caroline durch sämtliche Französischkurse begleitet hatte. Kinder kickten einen Fußball zwischen zwei überquellende Mülleimer und jubelten bei jedem Tor, als ob sie die französische Nationalmannschaft zur Weltmeisterschaft geschossen hätten. Eine Stimme rief die Jungen zum späten Abendessen. Zurück blieben die alten Männer, die auf einem Sims an der Kirchenmauer saßen und die Ereignisse des Tages kommentierten. Seltsam, dachte Caroline, dass auf den Dorfplätzen im Süden immer nur Männer saßen. Aber auch bei den Dienstagsfrauen waren gemischte Abende kein Erfolg. Wann immer die Männer hinzukamen, wurde es kompliziert.

Mit Schaudern erinnerte sich Caroline an die Kommunion von Evas Erstgeborenem David, die groß gefeiert wurde. Groß feiern bedeutete bei Eva, dass sie nicht nur ihre Freundinnen samt Anhang eingeladen hatte, plus Fridos komplette Großfamilie, sondern auch ihre exzentrische Mutter. Caroline wusste noch genau, wie sehr sie sich gewundert hatte, als sie bei diesem Fest zum ersten Mal auf Regine traf. Evas Mutter war fassungslos, dass ihre Tochter eine Familientradition hochhielt, aus der sie sich mühsam freigekämpft hatte. »Da schlägt voll Oma Lore durch«, verkündete sie noch in der Eingangstür. Ihr Ton machte deutlich, dass das nicht als

Kompliment zu verstehen war. Zwischen Regine und der streng katholischen Familie von Frido, die der Kommunion von David mit allen verfügbaren Kindern und Kindeskindern beiwohnte, kam es zu unschönen Wortwechseln. Mittendrin in diesem Trubel die Dienstagsfrauen und ihre Männer.

Während Kiki Fridos jüngstem Bruder erst das Herz und dann die Nase brach (beides unabsichtlich), hatten Estelle und ihr Apothekenkönig ausführlich Gelegenheit zu bereuen, keine Großpackung Ritalin mitgenommen zu haben, um sie an die zahlreich versammelten Kinder zu verteilen. Oder an Regine, die ausgerechnet Philipp dazu auserkoren hatte, ihr katholisches Kindheitstrauma aufzuarbeiten. Sie konnte so gar nicht nachvollziehen, dass die Tochter, die sie zu Weltoffenheit erzogen hatte, ihrem Enkel David so etwas Dogmatisches wie eine Kommunion zumutete.

»Alleine die Beichte«, brüllte Regine Philipp ins Ohr, um die Kinder zu übertönen. »Ich musste mich als Kind sogar für die Sünden entschuldigen, an die ich mich nicht mehr erinnerte. Immer diese Angst. Gott weiß schon, was du zu beichten haben wirst, bevor du was getan hast.«

Kaum war Philipp Regine erfolgreich entflohen, war er ausgerechnet an Kai geraten, der die arme Judith bei jedem dritten Satz korrigierte. »Das, was du da sagst, stimmt nur zum Teil«, schien sein Lieblingssatz zu sein. Drei Tage später reichte Judith die Scheidung ein.

Nachdem der Kommunionsnachmittag für Eva mit einem mittleren Nervenzusammenbruch endete, verkündete sie, kirchliche Zeremonien zukünftig in der Kernfamilie zu feiern. Auch die Männer der Dienstagsfrauen hatten nicht die besten Erinnerungen an diesen Nachmittag. Von da an blieben sie den Treffen der fünf Frauen nach Möglichkeit fern. Den Freundinnen war es recht.

Der einzige Mann, der versessen darauf gewesen war, an der Dienstagsrunde teilzunehmen, war Arne. Er hatte Judith oft ins Le Jardin gefahren und war nicht nur auf ein Glas, sondern manchmal bis zum Ende des Abends geblieben. Judiths Glück war, dass Arne es wirklich ernst und gut mit ihr meinte. Ihr Unglück war, dass er ihr das vierundzwanzig Stunden am Tag beweisen wollte. Caroline hatte oft darüber gestaunt, wie symbiotisch die beiden waren. Aber nach Kai war jede Veränderung ein Fortschritt. Judith war nicht stark. Wenn Judith keine Schulter zum Anlehnen hatte, fiel sie um. Komisch, dass ihr das nicht schon früher aufgefallen war: Judith, die sich in all den Jahren von einem Mann zum nächsten geflüchtet hatte, lebte seit Arnes Tod zum ersten Mal in ihrem Leben alleine. Kein Wunder, dass sie Mühe hatte, sich in ihrem neuen Leben zurechtzufinden.

Wider besseres Wissen probierte Caroline noch einmal, Philipp zu erreichen. Die Sprechstundenhilfe war inzwischen nach Hause gegangen. Stattdessen meldete sich der Anrufbeantworter: »Praxis Dr. Philipp Seitz. Im Moment bin ich nicht zu erreichen. In dringenden Fällen wenden Sie sich bitte an den Ärztlichen Notdienst.«

Irritiert legte Caroline auf. Sie brauchte keinen ärztlichen Notdienst. Sie brauchte Philipp. Sie wünschte sich jetzt, ihrer beider Beziehung wäre ein bisschen mehr wie die zwischen Judith und Arne.

Die Gasse hatte sich geleert, die Lichter in den Wohnungen waren erloschen. In der Mauernische flackerte eine Kerze. Die Jungfrau Maria belächelte sie milde. Die hatte gut lachen. Dabei war sie es gewesen, die die Menschen aufgerufen hatte, zu der Grotte in Lourdes zu pilgern. »Sagen Sie den Priestern, dass man in Prozessionen hierherkommen und eine Kapelle bauen soll«, hatte Maria der Bernadette bei ihrem dreizehnten Auftauchen mitgegeben. Nach der achtzehnten Erscheinung blieb Maria verschwunden und ließ die Menschen mit dem alleine, was sie ihnen eingebrockt hatte. Maria hatte gerufen, Arne hatte kommen wollen und Caroline musste die Suppe auslöffeln.

Entmutigt ließ Caroline das Telefon sinken. Sie hoffte, dass ihr siebter Sinn für Lügen sie trog. Es musste einen Grund geben, warum in diesem Tagebuch keine einzige Angabe stimmte. Einen rationalen Grund.

22

Kiki thronte auf dem oberen Bett und skizzierte. Die Pilgerreise lieferte ihr eine willkommene Ausrede, nicht direkt am Computer zu entwerfen. Sie hatte in einer Zeit studiert, als man mit Stift, Lineal und Papier ausgebildet wurde. Die Computerisierung der Branche hatte sie unvorbereitet überrollt. Mittlerweile hatte sie sich die Grundbegriffe angeeignet. Die Selbstverständlichkeit, die jüngere Designer im Umgang mit den rechnergestützten Zeichenprogrammen mitbrachten, blieb ihr fremd. Wann immer es schwierig wurde, griff sie heimlich zum Stift und fühlte sich dabei wie ihr eigener Großvater, der noch immer Charles Aznavour für den besten Sänger und Peter Frankenfeld für die Krone deutschen Humors hielt: ein Dinosaurier kurz vorm Aussterben.

Kikis Blick fiel auf die Freundinnen. Sie hielt alles mit der Kamera fest: die schlafende Judith. Das Beistelltischchen mit der Kerze, die vor dem Foto von Arne flackerte. Daneben frische Blumen und ein volles Glas Wein. Auch in Frankreich hatte Judith ihren Altar für Arne aufgebaut. Sie schlief ruhig. Eva im Stockbett gegenüber wirkte dagegen, als läge sie im Koma. Seit Stunden hatte sie sich keinen Zentimeter gerührt. Noch ein Klick. Auf dem Display erschien das Foto der schlafenden Estelle mit einer blauen Augenmaske. Die verarzteten Füße ragten unter der Decke hervor.

Kiki grinste. Estelle würde sie für dieses Foto hassen. Sie scrollte weiter durch ihre Fotos. Die Ereignisse des Tages zogen im Rückwärtsgang an ihr vorbei. Alles hatte sie festgehalten: die entgeisterten Mienen der Freundinnen beim Betreten des Zimmers, Eva inmitten der Schafe, das großartige Picknick, die Gottesanbeterin, das erste Gruppenfoto, den Champagner am Kölner Flughafen, die Abreise. Wie ein Schock tauchte ein Schnappschuss auf: Kiki Arm in Arm mit Max, einem groß gewachsenen Mann mit klassisch geschnittenem Gesicht, strubbeligen blonden Haaren und einem fröhlichen Lachen, das noch keine Spuren auf seinem Gesicht hinterlassen hatte. Falten hatte man mit dreiundzwanzig noch nicht.

Gerührt klickte Kiki sich durch die digitalen Erinnerungen: ein lebenslustiges verliebtes Paar in einem Zelt, beim Trampolinspringen, halb nackt im Spiegel eines Badezimmers. Unbeschwerte und glückliche Momente, aufgenommen mit dem Selbstauslöser oder dem ausgestreckten Arm. Lächelnd betrachtete Kiki die albern ausgelassenen Schnappschüsse. Bis ihr bewusst wurde, was sie da eigentlich tat. Energisch drückte sie die Deletetaste. Der vergnügte junge Mann zerfiel in tausend einzelne Pixel. Max verschwand aus dem Speicher ihrer Kamera, so wie er aus Kikis Leben verschwunden war. Es war vorbei. Niemand würde je erfahren, was zwischen ihnen vorgefallen war.

Minuten später schlummerte Kiki über ihrer Arbeit und den Erinnerungen an Max ein. Vage hörte sie zwei Katzen, die wütend im Terrainkampf fauchten, von Ferne schlug die Uhr der kleinen Dorfkirche elfmal. Das Licht vor dem Bild von Arne verlösche lautlos. Alles war still und friedlich, bis ein markerschütterndes Telefonklingeln die himmlische Ruhe durchschnitt. Der charakteristische Klingelton war den

Dienstagsfrauen inzwischen ebenso vertraut wie verhasst. Das klingelnde Telefon gehörte natürlich Eva.

Caroline hatte bereits beim Zubettgehen festgestellt, dass der Zwischenraum zwischen unterem und oberem Bett eher für Pygmäen denn für groß gewachsene Kölner Strafanwältinnen geschaffen war. Leider berücksichtigten ihre Reflexe die Erkenntnis vom Vorabend eher weniger. Caroline fuhr hoch und knallte gegen die Latten des oberen Bettes.

Das Telefon von Eva klingelte gnadenlos weiter. Der durchdringende Klingelton war wohl ein Relikt aus einer Zeit, in der Telefone im Flur standen und so laut waren, weil man sie im ganzen Haus hören musste. Doch die guten alten Zeiten waren vorbei und Telefone standen längst nicht mehr an einem festen Platz, sondern lagen mit Vorliebe dort, wo man sie nicht suchte.

Unter zahlreichen Entschuldigungen schälte sich Eva fluchend aus ihrem Bett. Sie wollte von Anfang an nicht oben schlafen. Zum einen, weil sie keine Ahnung hatte, wie sie halbwegs elegant die Treppe hochkommen sollte, zum anderen, weil sie Angst hatte, nachts rauszumüssen. Ungeschickt kletterte sie auf das untere Bett. Mit ihrem ganzen Gewicht knallte sie auf den Unterarm von Judith, die vor Schmerzen aufheulte.

Wo war nur der Lichtschalter? Wo war das verdammte Telefon? Das Einzige, was sie auf Anhieb fand, war die spitze Kante des Beistelltischchens. Leider mit ihrem Knie. Der Wein ergoss sich über ihre nackten Füße. Eva kreischte, Caroline stöhnte und Kiki warf ein Kissen. Nur Estelle träumte selig weiter und merkte nichts. Was sie nicht davon abhalten würde, beim Frühstück am nächsten Morgen wortreich zu beteuern, kein Auge zugetan zu haben.

Schließlich war es Caroline, die das Telefon von Eva im Dunkeln ertastete. Sie nahm das lärmende Ding und schleuderte es in hohem Bogen aus dem Fenster. Von draußen hörte man empörtes Schweinegrunzen. Caroline hatte einen Volltreffer gelandet.

23

Ginette hatte in ihrem Leben viele Gäste beherbergt. In den Jahrzehnten, die sie die Auberge Sainte Marie führte, hatte sie gelernt, Menschen einzuschätzen. Als kurz vor Mitternacht eine aufgelöste, mollige Frau in kurzer Schlafhose, T-Shirt und mit bloßen Füßen vor ihr stand, wies sie mit einer einfachen Geste auf das Telefon im Gang.

Eva gelang es kaum, die Kölner Nummer zu wählen, so sehr zitterte sie. Es war eine Mischung aus Kälte, Müdigkeit und Erschöpfung, die jede Faser ihres Körpers ergriffen hatte. Anna nahm sofort ab.

»Du hast gesagt, ich darf Tag und Nacht anrufen«, entschuldigte sie sich bei ihrer Mutter, die also richtig getippt hatte. Natürlich kam der spätabendliche Anruf aus Köln, von zu Hause.

»Was ist passiert?«

»Mama, da ist ein Werwolf in meinem Zimmer«, bebte die kleine Stimme.

Ein Werwolf. Natürlich. Jeder wusste, dass man die von Frankreich aus am besten bekämpfen konnte. Hatte Frido Anna erlaubt, mit den Großen Filme anzusehen?

»Annamaus, warum gehst du nicht zu Papa?«

»Papa glaubt nicht an Werwölfe. Wie soll er sie dann finden?«

So einfach war das. Wenn man nicht an Werwölfe glaubte, durfte man in Ruhe weiterschlafen, auch wenn man nur zehn Meter von der potenziellen Gefahr entfernt war.

»Und die Großen?«

»Lachen mich doch nur aus.«

Eva verstand nur zu gut, dass es nicht um Werwölfe ging. Anna vermisste ihre Mutter, so wie sie ihre Tochter und den Rest der Familie vermisste. Aber das tröstete in dieser Situation niemanden.

»Anna, weißt du, was Oma Lore mir früher vorgesungen hat, wenn ich nicht schlafen konnte?« Eva hockte sich auf den Steinboden, lehnte den Rücken an das kalte Mauerwerk und summte eine kleine Melodie. Eva hatte eine schöne, weiche Stimme. Ginette, die die Küche auswischte, hielt inne und lauschte gerührt. So wie im fernen Köln ein kleines Mädchen lauschte. Sprechen konnte Anna nicht. Der Kummer schnürte ihr die Kehle ab. Eva wusste auch so, was Anna bewegte.

»Ich vermisse dich auch. Euch alle. Kriech in mein Bett. Und gib Papa einen Kuss von mir. Schlaf schön.«

»Mama, weinst du?«, erkundigte Anna sich misstrauisch.

Eva wischte sich die Tränen von den Wangen und beteuerte: »Nein, nein. Ich weine nicht.«

Als Eva den Hörer einhängte, fiel ihr Blick auf ein vergilbtes Stück Papier: Neben dem Telefon hing der Fahrplan der örtlichen Buslinie. Die dicken rosa Buchstaben verkündigten, dass Rettung möglich war. Es waren nur ein paar Worte, die Eva ins Auge stachen: Abfahrt Richtung Flughafen: 8.15 Uhr.

24

Die Sonne stieg langsam hinter den Hügeln empor und tauchte die grauen Mauern der Häuser in ein warmes Gold, eine einsame Vespa knatterte lautstark durch die engen Gassen, zwei Hähne krähten um die Wette. Und Eva wusste immer noch nicht, was zu tun war. Zwei Seelen wohnten in ihrer Brust und leisteten sich einen verbalen Schlagabtausch.

»Am zweiten Tag wird es besser laufen«, sagte die eine.

»Laufen, um Gottes willen. Keinen Meter mehr. Bitte nicht«, tönte die andere.

»Anna kommt alleine zurecht. Die Einzige, die nicht zurechtkommt, bist du.«

»Du musst nach Hause. Du hast vergessen aufzuschreiben, wie der Wäschetrockner funktioniert.«

»Andere Mütter bekommen das auch hin. Caroline zum Beispiel. Warum du nicht?«

»Willst du aufgeben? Als Einzige?«

»Du bist ein Loser.«

»Aufstehen, Eva!«

Das waren nicht mehr die inneren Stimmen. Das war Caroline, die sie sanft weckte.

»Wieso? Jetzt schon?«, murmelte Eva. Irgendwo zwischen Durchhalteparolen und hoffnungsloser Selbstbezichtigung musste sie eingeschlafen sein.

»Es ist halb acht. Wenn wir gleich nach dem Frühstück aufbrechen, haben wir das anstrengendste Stück geschafft, bevor die Mittagshitze zuschlägt«, munterte Caroline sie auf.

Erschöpft sank Eva in ihr Kissen zurück. Wie machten ihre Freundinnen das nur? Caroline war fit wie ein Turnschuh, Judith hielt ihre Morgenandacht vor dem etwas ramponierten Pseudoaltar von Arne, sogar Estelle war fertig geschminkt.

»Ich komme sofort«, vertröstete sie die Freundinnen, die mit Kaffeedurst und Kohldampf in Richtung Frühstücksraum entschwanden.

Vielleicht war es das Wort »Mittagshitze«, vielleicht war es die Vorstellung, irgendetwas schaffen zu müssen, was anstrengend war. Als die Tür hinter den Freundinnen zuklappte, wusste sie, was zu tun war. Flughafen, nach Hause, der Gedanke war zu verlockend.

Mühsam sortierte Eva ihre schmerzenden Glieder. Ungelenk wie immer kletterte sie aus dem oberen Bett. Wie ein Mehlsack plumpste sie nach unten. Dabei entdeckte sie, dass sie nicht die Einzige war, der es an frühmorgendlichem Pilgergeist mangelte. Kiki, die die halbe Nacht gearbeitet hatte, war nach Carolines Weckruf wieder eingeschlummert.

Klammheimlich verstaute Eva ihre Sachen, ängstlich bemüht, kein Geräusch zu verursachen. Mit jedem Teil, das in den Tiefen des Rucksacks verschwand, wurde ihr leichter ums Herz. Es war naiv gewesen, davon auszugehen, dass man einen Pilgerweg ohne konsequente Vorbereitung und regelmäßiges Training bewältigten konnte. Morgen würde sie sich in Köln im Fitnesscenter einschreiben. In ein paar Jahren, wenn die Kinder größer waren, würde sie mit einem gestählten und durchtrainierten Astralleib einen zweiten Versuch starten. Es war der falsche Ort und der falsche Zeitpunkt. Für die Freundinnen war sie nur eine Last und ein ewiger Bremsklotz.

Nervös kontrollierte sie die Uhrzeit: Kurz vor acht. Höchste Zeit, das Kapitel Pilgern abzuschließen. Sie schulterte ihren Rucksack und kippte wie üblich nach hinten. Gegen das Bett von Kiki. Das mittlere Erdbeben, das das wacklige Stockbett erschütterte, konnte Kikis gesundem Schlaf nichts anhaben.

Auf Zehenspitzen schlich Eva sich aus dem Raum und über die knarzende Treppe nach unten. Mit ein paar Schritten konnte sie beim Ausgang sein. Doch das Pech blieb ihr treu. Die Türen zum Frühstücksraum standen weit offen. Schlimmer noch: Die Dienstagsfrauen hatten von ihrem Tisch einen direkten Blick in den Gang.

Erschreckt verbarg Eva sich in einer dunklen Ecke, in der Staub von Jahrzehnten darauf wartete, ihr in die Nase zu steigen und zu einem verräterischen Niesanfall zu verhelfen. Sie hatte genug Energie wegzulaufen. Sie hatte jedoch keine Kraft, ihre Entscheidung vor den Freundinnen zu verteidigen.

Die Dienstagsfrauen überzeugten sich gerade davon, dass es einen guten Grund gab, warum die Franzosen kein eigenständiges Wort für Frühstück brauchten. Der Morgenimbiss wurde schlicht als »petit déjeuner« bezeichnet, als »kleines Mittagessen«, und war gewöhnungsbedürftig. Estelle kaute missmutig auf Baguette mit Schmelzkäse herum, Caroline trank Ricoré, diese eigentümliche Pulvermischung aus Kaffee und Zichorien, und Judith verzichtete ganz. Sie brütete über einer Landkarte, die sie mit Angaben in Arnes Tagebuch verglich.

8.02 Uhr. Eva zweifelte: Sollte sie das Risiko eingehen, auf dem Weg nach draußen ertappt zu werden? Eva war klar, dass ihre Freundinnen sie nicht einfach so ziehen lassen würden. Genauso klar war ihr, dass sie dem verbalen Ansturm von

Argumenten nicht standhalten würde. Der Hinterausgang blieb die einzige Option. Sie würde Caroline vom Flughafen aus anrufen. Eva setzte alles auf eine Karte. Mit einem entschiedenen Satz war sie an einer Seitentür, riss sie auf und drängte sich hindurch.

Draußen! Geschafft! Mit geschlossenen Augen lehnte sie sich an die Tür, die hinter ihr ins Schloss gefallen war. Sie wartete, ob sich auf der anderen Seite etwas rührte. Es blieb ruhig. Sie atmete durch, öffnete die Augen und erkannte, dass ihre Probleme gerade erst anfingen.

25

Eva war nicht nur Ehefrau, Mutter, Köchin, Kranken-
schwester, Chauffeur, Wasch- und Putzfrau. Für ihre vier
Kinder war Eva zudem eine begehrte Hausaufgabenhilfe.
Vor Kurzem hatte sie Frido jr. beigestanden, als dieser sich
für den Deutschunterricht der Herkunft von Sprichwörtern
widmen sollte. Als besonders interessant stellte sich der Begriff »Schwein gehabt« heraus. In einer der Theorien wurde die Redewendung auf den mittelalterlichen Brauch zu-
rückgeführt, bei Sportfesten dem Verlierer als Trostpreis ein
Schwein zu überreichen. Seit heute hielt Eva diese Version
für die wahrscheinlichste aller Theorien. Denn genau das war
das Schicksal, das sie an diesem zweiten Pilgertag ereilte. Eva
hatte eine Niederlage erlitten. Jetzt bekam sie das Schwein.
Es hieß, wie das Schild am Gatter verriet, Rosa und baute
sich groß und mächtig vor Eva auf. Der Seitenausgang war
keineswegs für heimlich abreisende Gäste gedacht. Es war
der Zugang zu Rosas matschigem Außengehege. Weil Rosa
grundsätzlich Hunger hatte und aussah, als hätte sie bereits
diverse Male die Küche geplündert, hatte die Tür auf der Seite
des Außengeheges keine Klinke. Das Gehege grenzte direkt
an die Straße. Wenn Eva die einmal erreicht hatte, musste sie
nach rechts, am Eingang der Auberge vorbei. Von dort waren
es circa hundert Meter bis zur Haltestelle. Doch vor ihr stand
Rosa. Eva war gefangen, der Fluchtweg versperrt.

Die Uhr sprang auf 8.03 Uhr.

Eva machte einen vorsichtigen Schritt und versank bis zum Knöchel im stinkenden Modder. Das Schweineungetüm grunzte wütend. Auf dem Teller wirkte so ein Tier viel übersichtlicher.

»Weg ... allez ... verschwinde ... disparez.«

Rosa zeigte sich von Evas zittriger Stimme nicht beeindruckt. Neugierig stapfte sie auf ihren kurzen dünnen Beinen näher und näher. Der Glibber leuchtete an ihrem Rüssel.

»Ich bestelle nie mehr Schwein. Ç'est promis. Ehrlich«, flehte Eva.

Warum nur hatte sie diesen Kurs nicht zu Ende gemacht? Wahrscheinlich verstand das Vieh nur französische Kommandos. Der weiche Schweinerüssel stieß nass und glitschig gegen ihre Hand. Eva schloss die Augen und wimmerte leise vor sich hin. Es wäre ihr sehr recht gewesen, in dieser Situation etwas weniger Schwein zu haben.

Sie musste. Jetzt. An. Dem. Schwein. Vorbei. Sie hatte es eilig. Die einzige Waffe, die ihr zur Verfügung stand, waren ihre Vorräte. All die Lebensmittel, die Kekse, die Dauerwurst, die Cracker, die sie am Abend im Supermarkt eingekauft hatte, um ihren Proviant aufzustocken, wurden zu Munition. Vielleicht kam man leichter an einem satten Schwein vorbei? Verzweifelt warf Eva der begeisterten Rosa ihren kompletten Vorrat zum Fraß vor. Bis auf den letzten Krümel.

Der Bus war schon im Dorf angekommen. Die sonore Hupe hallte durch die schmalen Gassen.

Als Eva einen Schritt nach vorne machte, schnappte Rosa nach ihr. Sie vermutete, dass Eva mehr Köstlichkeiten in ihrem Rucksack verborgen hielt.

Eva brüllte ihre Verzweiflung heraus. »Mehr. Mehr. Mehr.

Nie ist es genug. Ich mach doch schon alles. Jetzt lass mich vorbei! Du blödes Vieh. Fous le camp!«

Das Schwein wich ob der energischen Schimpfkanonade entsetzt zurück. Eva konnte nicht glauben, wie ihr geschah. Rosa gab den Weg frei. Eva schulterte den Rucksack, überrascht von ihrem plötzlichen Sieg, und kippte zum ersten Mal nicht nach hinten. Noch eine neue Erfahrung.

Ohne die kiloschwere Verpflegung auf dem Rücken war es ein Leichtes, über das Gatter zu klettern. Sie war auf der Straße. Die alten Männer, die wirkten, als wären sie fest mit der Kirchenmauer verwachsen, reckten die faltigen Hälse und rückten die Brillen näher vor die müden Augen: Endlich passierte hier was.

Vorsichtig schlich Eva am Eingang der Auberge entlang, als sie erneut aufgehalten wurde. Die Herbergsmutter, die vor dem Haus rauchte, stellte sich ihr in den Weg. Aus der Tasche ihres Kittels holte Ginette das verdreckte Telefon von Eva. Die Hoffnung, dass niemand ihre Flucht bemerkt hatte, zerplatzte wie eine Seifenblase. »Es gibt drei Sorten Pilger«, belehrte sie Ginette mit drohendem Unterton. »Die Touristen, die von Erlebnis zu Erlebnis wandern, die Spirituellen, die jeder Schritt ins eigene Herz führt …«

Der Bus rauschte an ihr vorbei in Richtung Haltestelle. Die Bustüren öffneten sich. Eva schwankte zwischen Eile und Höflichkeit. Sie griff nach dem Telefon, doch ohne religiösen Vortrag gab die Herbergsmutter das Gerät nicht frei. Hektisch ratterte Eva die Ausflüchte herunter, die sie sich zurechtgelegt hatte. »Selbstfindung war nie meine Sache. Meine Mutter sucht sich heute noch. Alles hat sie ausprobiert. Überleben mit Mao, esoterischen Tanz, Tantrasex. Ich war immer alleine. So eine Mutter will ich nicht sein. Eine, die pilgert, wenn die Familie sie braucht.«

Die Herbergsmutter verstand. Ganz offensichtlich gehörte Eva in die dritte Kategorie Pilger: »Und dann gibt es die Zauderer, die beim ersten Widerstand nach einer Ausrede suchen.«

In ihrem Gesicht stand die Enttäuschung über Evas Schwäche. Oder bildete Eva sich das ein? Egal. Wenigstens bekam sie ihr Telefon zurück.

Eva raste in Richtung Bus, hämmerte gegen die Tür und wurde zu ihrer großen Erleichterung eingelassen.

Erschöpft ließ Eva sich auf den Platz fallen. Sie hatte es geschafft. Die wenigen Mitreisenden rümpften die Nase über den Hauch von Schweinemist, der mit Eva in den Bus zog. Eva merkte es nicht einmal. Hektisch reinigte sie das verdreckte Display ihres Telefons. Zwanzig verpasste Anrufe, vermeldete ihre Begrüßungsnachricht. Allesamt von ihrer eigenen Familie. Und drei von Regine. Die erste Nachricht stammte von David. Ohne Umschweife brachte er sein Anliegen vor. »Mama, hast du eine Ahnung, wo meine Tennissocken sind«, sagte er mit vorwurfsvoller Stimme. »Ich hatte sie aufs Klavier gelegt, und jetzt sind sie weg.«

Der ausladende Innenspiegel reflektierte das Antlitz des Busfahrers. Eva erstarrte. Gab es geheime Doppelgänger? Goldkette und rosa Dienstoberhemd der Buslinie konnten nicht darüber hinwegtäuschen, dass der Mann am Steuer eine exakte Kopie von Frido war. Mit diabolischem Grinsen signalisierte der Fahrer, dass er bereit war, sie nach Hause zu kutschieren.

Der Bus verließ den Dorfplatz. Ohne Eva.

»Es ist wie bei Rosa«, erklärte Eva der Herbergsmutter, die an Ort und Stelle ausgeharrt hatte. »Man muss angeben, wo die Grenze ist. Sonst fressen sie einen mit Haut und Haar.«

Sie drückte Ginette ihr Telefon in die Hand: »Wenn jemand anruft: Ich muss das Handy wohl verloren haben. Zu dumm aber auch.«

Die Herbergsmutter lächelte zufrieden: »Und dann gibt es immer wieder Pilger, die einen erstaunen.«

Eva strahlte. Sie hatte sich soeben selbst überrascht. Und das war schon lange nicht mehr vorgekommen.

26

»Ich hatte schon Angst, du packst den Rucksack und verschwindest heimlich«, gestand Caroline, als Eva ihren Platz am Frühstückstisch einnahm. Dabei hatte Eva sich bemüht, betont beschwingt den Frühstücksraum zu betreten. So, als hätte es ihren Fluchtversuch nie gegeben. Es war schwer, der gewieften Anwältin etwas vorzumachen.

»Ich habe den inneren Schweinehund besiegt«, bekannte Eva, »und das Schwein da draußen. Was sind dagegen die paar Kilometer nach Lourdes.«

Eva aß mit gehörigem Appetit. Wer pilgert, sollte auch essen. Sie zerfledderte das Baguette und bröckelte es in ihre riesige Tasse, schüttete reichlich Zucker drüber, begoss das Ganze mit heißem Milch-Ricoré und löffelte selig. Im Mund fühlte sich das so weich an, dass man unweigerlich an dritte Zähne dachte. Der Brei war warm und süß und hatte bestimmt unzählig viele Kalorien, die sie wie von Zauberhand über die nächste Etappe tragen würden.

In der Küche beugte sich Ginette über das Tagebuch von Arne, das Judith ihr vorgelegt hatte. Die Hotelwirtin schüttelte energisch den Kopf. Ebenso wie die Köchin und der Getränkelieferant, die flugs hinzugezogen wurden. Das Tagebuch wurde herumgereicht, die eingezeichnete Karte begutachtet, gedreht und verworfen. Mehr als ratloses Achselzucken war auch ortskundigen Gästen nicht zu entlocken.

Kleinlaut kam Judith auf Caroline zu.

»Vielleicht hast du recht«, gab sie mit einem missglückten Lächeln zu, »Hauptsache, wir kommen in Lourdes an.«

Caroline kramte ihre Notizen hervor. »Ich habe die Strecke für heute bereits rausgesucht«, offenbarte sie den Freundinnen. Judith nickte schmallippig. Eva blickte sorgenvoll zwischen beiden hin und her. Konflikte gab es ununterbrochen bei den Dienstagsfrauen. Wann waren sie jemals einer Meinung? Es war diese Sprachlosigkeit, die sie besorgte. Es war, als starre man nach einem Steinschlag auf die kaputte Windschutzscheibe. Der Riss war deutlich. Nicht aber, ob und wohin er sich ausbreitete.

Caroline stand auf. Es war Zeit, aufzubrechen. Sie sah sich suchend um. Wo blieb Kiki?

27

Braun gebrannt die nackten Beine, wohlproportioniert die Figur, verführerisch der Anblick. Kiki hatte keine Probleme, halb nackt durch den Garten zu springen, wo ihre Kleidung auslüftete. Sie hatte es nicht einmal übertrieben eilig. Wozu auch. Kein Schwein interessierte sich für sie. Nicht mal Rosa, die dumpf und vollgefressen im Modder lag.

»Und mit diesem trägen Vieh hattest du Probleme?«, würde Kiki später ratlos fragen, als Eva die Geschichte zum Besten gab. Aber so war das immer mit Kiki. Sie hatte die beneidenswerte Gabe, in allem das Positive zu sehen. Gleich nach dem Aufwachen war sie ans Fenster getreten und hatte den Blick über die Schindeldächer schweifen lassen. Die Sonne kitzelte ihre Nase, an der Wand über dem Bett hingen vielversprechende Skizzen und Köln war weit weg. Was wollte sie mehr?

Kiki hatte im Garten gerade ihre Kleidung von der Leine geholt, als sich von hinten zwei Arme um ihre Mitte schlangen. Sie fuhr herum und erschrak sich zu Tode. Vor ihr stand ein junger Mann mit strubbeligem blondem Haar und fröhlich glänzenden Augen. Es war der Mann, den sie am Vorabend aus ihrem virtuellen Gedächtnis gelöscht hatte. Es war Max. Und der war unverschämt gut gelaunt wie immer.

»Freust du dich?«

Keine Erklärung, keine Erläuterung, kein gar nichts. Ein einfaches:

»Freust du dich?«

So ähnlich musste die kleine Bernadette sich gefühlt haben, als ihr die Jungfrau Maria erschien. Nur war Kikis Erscheinung ganz und gar irdisch. Max schaffte in einem Bruchteil von einer Sekunde, was der kilometerlange Fußmarsch am Vortag nicht zuwege gebracht hatte: Ein universales Schwächegefühl ergriff Kiki. Ihre Knie fühlten sich an wie Pudding, ihr Puls schnellte in die Höhe wie auf einer Achterbahnfahrt und ihr Gehirn war vollkommen leer. Alles Blut war mit einem Schlag aus der Region, die Denken erst möglich machte, weggesackt. Es wurde dringend dazu benötigt, hektische rote Flecken auf Kikis Hals und Gesicht zu zaubern.

»Max«, presste sie hervor. Zu komplexeren Äußerungen war sie im ersten Schock nicht fähig. Sie realisierte, dass sie immer noch in Unterwäsche im Garten stand. Hastig schlüpfte sie in ihr Kleid.

»Du hast vollkommen recht, aus dem Studio zu flüchten. In einer neuen Umgebung kommt man auf die besten Ideen«, meinte Max.

Im Moment hatte Kiki weniger kreative Geistesblitze als ganz banale Fragen. Woher wusste Max, wo er sie finden konnte? Sie hatte niemandem im Studio verraten, wo sie ihre freien Tage verbringen wollte.

»Wer hat dir erzählt … wir wussten selbst nicht einmal, wo wir schlafen werden«, stammelte sie verwirrt.

»Die Tochter deiner Freundin Eva setzt alles auf ihre Homepage. Mit den genauen Uhrzeiten.«

Das Handy von Max klingelte durchdringend. Er wühlte in seiner Umhängetasche. Doch er kramte nicht etwa nach dem Telefon, sondern nach dem Computerausdruck, der erklären sollte, wie er hierherkam. Auf der Karte, die Frido mit Anna angefertigt und online gestellt hatte, war der Weg von Eva minutiös eingezeichnet. Kiki stöhnte auf. Sie hatte längst begriffen, dass Eva sich nur schwer von ihrer Familie lösen konnte. Aber sie konnte sich prima trennen. Sie hatte überhaupt keine Mühe damit. Nur Max begriff das nicht. »Ich habe dir gesagt, dass es vorbei ist.«

Max korrigierte sie. Sachlich. Ohne jeden Vorwurf in der Stimme. »Du hast eine SMS geschrieben. ›Es geht nicht. Es tut mir leid. Kiki.‹ Acht magere Worte.«

»Mehr gab es nicht zu sagen«, verteidigte sich Kiki.

Max blieb gelassen. Die freundliche Abgeklärtheit verunsicherte Kiki. Nicht im Traum hatte sie gedacht, dass die Situation, die ihr bereits in Köln über den Kopf gewachsen war, sie in Frankreich so heftig einholen würde.

Paul Simon kannte »Fifty ways to leave your lover«. Vielleicht hätte sie gründlicher über neunundvierzig Alternativen nachdenken müssen, bevor sie sich für die schnelle Lösung via SMS entschied. Kiki wollte keine Trennungsgespräche, in denen man sich tränenüberströmt zu Sätzen wie »Lass uns Freunde sein« hinreißen ließ. Sie wollte keinen Krach und vor allem keinen Abschiedssex. Sie wollte, dass die Affäre mit Max aufhörte, bevor es zu spät war. Sie hatte geahnt, dass ihre Mitteilung Max nicht gefallen würde. Dass er sie komplett ignorierte, haute sie um.

»Ich glaube dir kein Wort«, lachte er unverschämt. »Kein einziges. Nicht mal das ›Kiki‹. Die Kiki, die ich kenne, rennt nicht einfach weg.«

Kiki wurde nervös. Was wollte er hier? Warum war er ihr überhaupt hinterhergereist? Das penetrante Dauerklingeln seines Telefons machte sie zusätzlich nervös.

»Geh endlich ran«, platzte sie heraus.

»Das ist nur mein Vater«, erklärte Max lapidar. »Der regt sich immer gleich auf, wenn er nicht weiß, wo ich bin.«

Jeder Satz eine neue Bombe.

»Du bist abgehauen? Ohne jemandem Bescheid zu geben?«, versuchte Kiki das soeben Gehörte zu einem sinnvollen Ganzen zusammenzusetzen.

Das Klingeln erstarb. Kiki spürte die Panik aufsteigen.

»Ich erkläre ihm alles, wenn ich zurück bin. Falls ich es bis dahin verstanden habe«, versprach Max.

Kiki antwortete nicht mehr. Hinter dem Gartenzaun tauchten vier neugierige Gesichter auf. Die Dienstagsfrauen waren bereit für die heutige Etappe. Caroline schwenkte Kikis Rucksack.

Wie viele Sekunden blieben ihr, bevor sie den Freundinnen die Anwesenheit von Max erklären musste? Was konnte sie zu ihrer Verteidigung vorbringen? Max hatte unrecht. Sie hatte stundenlang an ihrer SMS gefeilt. Und sie meinte jedes der acht Wörter. Vor allem das »Es geht nicht.«

28

»Was treibt Kiki da?«, rätselte Caroline. Vom Gartenzaun aus beobachteten sie, wie Kiki wütend auf einen jungen Mann einredete und dabei gestikulierte, als wolle sie einen Schwarm Fliegen vertreiben. Von der entspannten Haltung, die Caroline am Vorabend an ihrer Freundin bewundert hatte, war nichts mehr übrig.

»Was sie da treibt?«, wiederholte Estelle. »Streiten. Mit Max Thalberg.«

Estelle genoss die großen Augen ihrer Freundinnen. Selbst Judith vergaß für einen Moment ihren Kummer:

»Thalberg? Wie Studio Thalberg?«

»Wie Thalberg, für den Kiki arbeitet?«, hakte auch Caroline nach.

»Der Thronfolger höchstpersönlich. Max soll die Firma übernehmen. Sobald er mit dem Studium in London fertig ist.«

Eva hatte ihre eigene Art, sich einen Reim auf die Szene zu machen: »Wahrscheinlich hat das was mit der Arbeit zu tun. Kiki musste irgendetwas fertig machen.«

»Du glaubst sicher auch an die unbefleckte Empfängnis«, lachte Estelle sie aus.

Erst jetzt begriff Eva: »Du meinst, Kiki ... der ist doch viel zu ... wie alt ist der?«

Caroline brachte es auf den Punkt: »Alt genug für eine

Kreditkarte, jung genug, damit eine Menge Unfug anzustellen.«

Estelle ließ sich zu ganz anderen Gedanken hinreißen. Ihr Blick ruhte mit sichtlichem Wohlgefallen auf dem jungen Mann: »Ich kann Kiki verstehen. Wenn ich ein, zwei Jahre jünger wäre …«

Sie führte den Gedanken nicht zu Ende. Sie wusste auch so, dass das genug war, um Eva zu schockieren.

»Kleiner Scherz, Eva. Ich bilde nicht aus«, grinste Estelle.

»Genug geschwatzt«, beschied Caroline. Sie schwenkte Kikis Gepäck. Das Signal zum Aufbruch.

»Das Schöne am Pilgern ist, dass man so leicht in Kontakt mit anderen kommt«, redete Kiki sich raus, als sie in die Träger des Rucksacks schlüpfte. Ihr Lachen klang falsch. Um nichts in der Welt wollte sie zugeben, dass der junge Mann an ihrer Seite ihr Liebhaber war, der ihr peinlicherweise hinterhergereist war. Trotzdem fühlte sie sich verpflichtet, eine Erklärung abzugeben.

»Das ist«, begann sie forsch, hielt inne und wandte sich, in der Hoffnung, dass Max sie nicht bloßstellte, direkt an ihren Überraschungsgast: »Wie war gleich der Name?«

»Max Thalberg«, half Estelle Kiki auf die Sprünge. »Du könntest dir wenigstens seinen Namen merken, wenn du schon mit ihm schläfst.«

Kiki blieb der Mund offen stehen. Eigentlich hätte sie ahnen können, dass Estelle nicht nur ihren Chef, sondern die ganze Familie Thalberg kannte.

»Max ist im Golfclub eine Legende, seit er den Rasenmäher geklaut und bei Loch Sieben in den Ententeich gefahren ist«, klärte Estelle auf.

Max grinste frech. »Da war ich neun.«

Eva irritierte etwas anderes.

»Wenn Kiki ihren Freund mitnimmt, hätte ich Frido auch einladen können«, warf sie beleidigt ein. Kiki wehrte sich heftig gegen die Unterstellung: »Ich habe Max nicht eingeladen.«

Estelle fand das nicht weiter dramatisch:

»Geschenkt, Kiki, Hauptsache, du bist glücklich.«

»Und ich bin auch nicht glücklich«, brüllte Kiki. Sie stapfte energisch von dannen.

Die anderen Dienstagsfrauen folgten.

Max trat einen Moment unschlüssig von einem Bein aufs andere. Dann nahm er seine Umhängetasche und folgte den Frauen in gebührendem Abstand.

29

»Der Jakobsweg beschenkt den Wanderer mit aufregenden Begegnungen, eindrucksvollen Landschaften und einem besonderen spirituellen Erlebnis«, hatte Eva in Carolines Wanderführer gelesen. An diesem Tag beschenkte er die Dienstagsfrauen mit einem Spaziergang durch das mittelalterliche Narbonne, das siebzehn Kilometer entfernt von dem Strandort Narbonne Plage lag, wo sie am Vortag gestartet waren. Eva beneidete die Touristen, die mit ihren Hausbooten auf dem Canal du Robine durch einen gemütlichen Urlaub schaukelten. Die hatten die Muße für die berühmte Kathedrale, für sonnige Straßencafés, für römische Reste und französischen Alltag. Eva wäre am liebsten den ganzen Tag über den Markt geschlendert, hätte die Stände mit lokalen Produkten bewundert, all das Gemüse, das Obst, die Gewürze, die Fleischwaren und glänzenden Meeresfrüchte. Doch nach dem Desaster vom Vortag bescherte der Jakobsweg den Dienstagsfrauen einen straffen Zeitplan und eine wenig glanzvolle Strecke: Weiter ging es auf einer viel befahrenen, planierten Ausfallstraße. Hinter den Industriebauten zu ihrer Linken verlief die vierspurige Autobahn A 61, die das Mittelmeer mit dem Atlantik verband. Diese Hitze! Dieser Gestank! Es war die Sorte Straße, die einem schon beim puren Hinsehen in die Glieder fuhr und einem die Kraft raubte. Glücklich schien allein Estelle. Auf der schnurgeraden Rennpiste erwies sich ein Koffer mit Rollen als das einzig wahre Pilgeraccessoire.

Eva konnte an Judiths zusammengekniffenen Lippen ablesen, dass das Wort Autobahn in Arnes Tagebuch vermutlich nicht vorkam. Lastkraftwagen rauschten an ihnen vorbei, wirbelten ihnen trockenen Staub und Abgase ins Gesicht. Der Besitzer einer Imbissbude, die aus einem unerfindlichen Grund Le barracuda hieß und laut Anschrift »Salades, Frites, Panini et Grillades« anbot, pfiff ihnen anzüglich hinterher. Arbeiter der danebenliegenden Autowerkstatt schoben ihre öligen Baseballmützen nach hinten, um einen besseren Blick auf die ungewöhnliche Damenformation zu haben. Ihre Mienen changierten zwischen neugierig und spöttisch amüsiert. Die feixenden Gesichter verrieten, dass man auf dieser Strecke nicht oft Wanderern begegnete, an deren Rucksäcken Jakobsmuscheln baumelten. Vermutlich konnten sie gerade noch nachvollziehen, dass man nach Graceland pilgerte, zur letzten Ruhestätte von Elvis. Aber zum Grab eines Apostels laufen, der seit zweitausend Jahren tot war?

Eva konnte sich nur zu gut vorstellen, wie sie nach außen wirkten: fünf verwöhnte Frauen aus wohlsituierten Verhältnissen, die pilgerten, weil sie alles andere in der Welt schon getan und gesehen hatten. Wer weiß, vielleicht war sogar die Ausstattung der Auberge Sainte Marie bewusst gewählt. Die kluge Ginette, die so genau verstand, was Pilger bewegte, bot ihren Gästen genau das, was sie suchten: Mühsal, schlechten Komfort und Unbequemlichkeiten. Das waren die Sorte Erlebnisse, die sich zu Hause bei einem guten Glas teurem Rotwein besonders gut machten.

»Typisch«, dachte Eva. Wenn sie schon pilgerte, dann nicht einmal auf der Hauptstrecke Richtung Santiago de Compostela, wo Pilger ins normale Straßenbild gehörten. Sie schleppte sich über eine unbekannte, schlecht beschilderte

Nebenstrecke. Vielleicht war das symptomatisch für ihr Leben. Sie schien schon seit Längerem auf der Seitenspur unterwegs zu sein.

Den Freundinnen war es egal, dass sie angegafft wurden. Estelle sah so aus, als stände sie kurz davor, dem neckischen Wirt vom Le barracuda ein Autogramm zu geben.

Eva war erleichtert, als sie die Autobahn über eine Brücke überquerten und der graue Beton von karg bewachsenen Hügeln abgelöst wurde. Hinter ihnen verschwanden Narbonne und der Lärm der Autobahn. Die typischen, niedrigen Gewächse der Garrigue wurden abgelöst durch baumreiches Gebiet. Auf dem Weg tanzten die Schatten der Bäume, die in der sommerlichen Brise schaukelten: hochaufgereckte, sattgrüne Zypressen an der einen, raschelnde Laubbäume an der anderen Seite. Kilometerlang kein Dorf, keine Stadt, keine kritischen Beobachter. Auf dem Weg lag nur das Benediktinerkloster von Fontfroide, wo es zwar keine Mönche mehr gab, dafür ein Restaurant und eine blutjunge Bedienung. Die Dienstagsfrauen saßen fast alleine unter dem Gewölbe aus Bastmatten. Ein paar Tische weiter nahmen zwei italienische Motorradfahrer, die mit ihren antiken Moto Guzzis ihrem Alltag entflohen waren, ihre Mittagsmahlzeit ein. Viel mehr als das junge Gemüse auf dem Teller interessierte sie die Bedienung, die die ergrauten Easy Rider ebenso gelangweilt bediente wie die Dienstagsfrauen. Das Essen war großartig.

Die Mahlzeit begann mit einem Mesclun-Salat aus jungen grünen Blattsalaten, Kohl und Blumenblättern, mit viel Olivenöl, Zitrone und frischem Brot. Danach Steak mit Kartoffelgratin und zum Nachtisch Erdbeersorbet. Judith stocherte in ihrem Eieromelette. Mit Müh und Not widerstanden die Dienstagsfrauen der Verlockung, Wein zur gemütlichen Mahlzeit zu bestellen. Sie hatten noch nicht einmal die Hälfte des Tagespensums geschafft. Vermutlich hätten sie den Rest des Tages hier verbracht, gäbe es nicht das Busunternehmen Spatz aus Fulda, das eine rüstige Rentnertruppe auf dem Parkplatz der Abtei auskippte. Die Pensionisten befanden sich, wie das Schild am Bus verkündete, auf der Rundreise »Katharer und Katalanen« und erkundeten im Schnellverfahren Nordspanien, Andorra und Südfrankreich. Eilig hatten sie es: drei Länder in neun Tagen, Essen bitte in fünfzehn Minuten und die Getränke sofort. Zack, zack.

»In dem Alter hat man keine Zeit mehr zu verschwenden«, entschuldigte Eva die Ungeduld der Rentner. Doch als die Ersten sich lautstark über den langsamen Service beschwerten, ergriffen die Dienstagsfrauen die Flucht. Dorthin, wo es still war und man keine peinlichen Landsleute traf.

Eva entspannte sich mit jedem Schritt mehr. In der einsamen Landschaft, wo es keine Arbeiter und feixenden Wirte gab, die sie bei ihrem schweißtreibenden Unterfangen beobachten konnten, lief sie wie befreit. Und ohne den schweren Rucksack sowieso. Stolz machte sich breit. Beschwingt lief sie nach der Mittagspause neben Caroline. Dahinter Kiki, deren Gesicht nur eins zu sagen schien: »Nicht ansprechen!«

30

Kiki sah nichts. Nicht die Abtei Fontfroide, die malerisch in den dicht bewachsenen Hügeln in einer Mulde lag, nicht die schönen bunten Fenster, die die schnörkellosen Innenräume in vielfarbenes Licht tauchten, nicht den von Grün über- wucherten Kreuzgang mit seinen Doppelsäulen und Arka- den, nicht den Rosengarten. Kiki entdeckte dennoch etwas Neues. Diesmal in sich. Es war das Gefühl von Reue.

Wie hatte ihr das mit Max nur passieren können? Es war nicht mal Liebe auf den ersten Blick gewesen. Wie auch? Als Kiki bei Thalberg anfing, war Max ein hoch aufgeschossener Gymnasiast, dem die langen Arme um den mageren, unpro- portionierten Körper schlackerten, als gehörten sie in Wirk- lichkeit einem anderen. Die Modellbauer, bei denen er ab und an geparkt wurde, um sich mit der Basis des Geschäfts vertraut zu machen, taten ihn als hoffnungslosen Fall ab. Ar- beiten mit den Händen hieß für Max, die Innenflächen mit hilfreichen Hinweisen für die nächste Französischschulauf- gabe zu beschmieren.

Kiki war fast vom Stuhl gefallen, als Thalberg ihr vor weni- gen Wochen mitteilte, dass der Junge seine Semesterferien in ihrer Abteilung verbringen würde. Die Kreditkrise hatte ihre Branche hart getroffen: Vielerorts waren die Umsätze einge- brochen, eine Reihe von wichtigen italienischen Abnehmern in Konkurs gegangen, Wohnzeitschriften, die zuverlässig ihre

Produkte angepriesen hatten, wurden eingestellt. In Zeiten, wo feste Kräfte durch billige Praktikanten ersetzt wurden, war es kein gutes Zeichen, wenn man den Sohn des Chefs und designierten Firmenleiter auf dem eigenen Arbeitsplatz einarbeiten sollte.

Kiki malte sich aus, was auf sie zukam. Sie hatte viele Praktikanten kommen und die meisten gehen sehen. Es gab die Schüchternen, die vor Ehrfurcht verstummten, die Schleimer, die alles taten, solange der Chef es ihnen persönlich auftrug, und die Karrieristen, deren Ego und soziale Kompetenz im Ellenbogen saß. Und es gab die Guten, die ihr gefährlich werden konnten, weil ihre Entwürfe frisch, innovativ und sexy waren. Zu welcher Gruppe würde Max gehören?

Auf den ersten Blick wirkte Max wie einer der Ehrfürchtigen. Man vergaß, dass er da war, so zurückhaltend war er bei den ersten Zusammenkünften. Bis zur Brainstorming-Session über die Umgestaltung eines mondänen Hotels in Bahnhofsnähe. Thalberg wollte Vorschläge von allen Mitarbeitern.

Im Team nahmen sie das Briefing durch. Die Kollegen beugten sich über Zielpublikum und Altersstruktur, über Marketinganalysen und neueste Untersuchungen zu Farbwirkungen und Trends in der Hotelbranche. Ein Kollege schraubte sich dazu hoch, das plüschige Foyer verbal einzureißen und mit gradlinigen hellen Entwürfen neu einzurichten, als Musik erklang.

Max war aufgestanden und hatte eine CD in den Computer eingelegt. »Man muss erst einmal ein Gefühl für die Räume entwickeln, bevor man alles in Schutt und Asche legt«, entschuldigte er sich ohne jede Verlegenheit.

Statt grauer Theorie durchwehte eine kleine melancholische Melodie das Studio. Ein Kontrabass im Hintergrund, davor hüpften federleichte Klaviertöne. Ein Kollege tippte auf die Uhr, die Praktikanten stießen sich kichernd unter dem Arbeitstisch an. Wäre Max nicht der Sohn des Chefs, sie alle hätten eine deutliche Meinung über diese Art der Zeitverschwendung und würden sie auch äußern.

Kiki versank in der Musik. Das Lied klang nach nassem Pflaster, nach einsamer Nacht. Es klang nach einer Frau, die nach einer durchtanzten Nacht barfuß durch die Lobby des Hotels schwebte, in der Hand ihre High Heels schwenkte und an der Bar einen letzten Drink bestellte. Die Melodie war melancholisch und trotzdem sonderbar heiter.

Verblüfft blickte Kiki von ihrem Stapel Papier auf. Vierzehn Tage hatte sie Seite an Seite mit Max gearbeitet, ohne dass er ihr wirklich aufgefallen war. Erst jetzt nahm sie wahr, dass aus dem unproportionierten Jungen ein ansehnlicher Mann geworden war, der sich betont lässig kleidete, als wolle er klarstellen, dass er mit dem Geld seiner Großeltern und den teuren Maßhemden seines Vaters nichts am Hut hatte. Man merkte seiner Haltung an, dass er das von der Mutter verordnete Cello längst in die Ecke gestellt hatte und stattdessen Sport trieb. Gefühl für Musik hatte er immer noch.

Kiki verstand, was Max mit der Musik ausdrücken wollte. Das Lied fing sehr genau die altertümliche Atmosphäre ein, die das Hotel einzigartig machte. Wollte man das wirklich alles wegfegen? Es war ein wortloses Plädoyer, bei der Umgestaltung auf dem morbiden und geheimnisvollen Charme aufzubauen, den das Hotel ausstrahlte.

»Was war das für ein Lied?«, fragte sie, als die letzten Töne im Raum verhallt waren und der letzte Praktikant an den eigenen Computer zurückgekehrt war.

»Schwedischer Jazz«, erklärte Max. »Ein Überbleibsel des Sommers.«

Kiki brauchte keine weiteren Erläuterungen: Es waren die

unglücklichen Urlaubslieben, die sich in Musik materialisierten. Davon konnte sie auch ein Lied singen. Eins von den Poppys zum Beispiel.

Als sie an demselben Abend auf YouTube »Jan Johansson – Visa Från Utanmyra« suchte und das Lied ein zweites Mal hörte, war ihr klar, warum die Frau in der nächtlichen Hotelhalle so fröhlich war: Vermutlich hatte sie auf der Party, die sie gerade eben verlassen hatte, einen Seelenverwandten getroffen.

Kiki lächelte bei den Erinnerungen stumm vor sich hin, bis sie bemerkte, dass Caroline, die auf dem Pilgerweg neben ihr marschierte, sie aufmerksam beobachtete. Sie sagte nichts. Kiki fühlte sich trotzdem genötigt, eine Erklärung abzugeben: »Ja, ich wusste, wie alt er ist, als es anfing. Nein, Probleme lösen sich nicht von selbst. Ja, du hattest recht«, ratterte Kiki eilig herunter.

Caroline war verblüfft über die heftige Reaktion: »Niemand macht dir einen Vorwurf, Kiki.«

Das war auch nicht nötig. Kiki machte sich selbst Vorwürfe. Es gibt Leute, die meinen, man könne Privates und Berufliches strikt trennen. Kiki hatte das nie verstanden: Wie konnte man miteinander arbeiten, ohne dass Gefühle aufkamen? Etwas zu entwerfen hatte damit zu tun, Gefühle in tastbare Gegenstände umzusetzen.

Während die Kollegen ihrem Schutt-und-Asche-Konzept Gestalt gaben, entwickelten Kiki und Max einen Gegenvorschlag. Aus den Diskussionen über Dichte und Transparenz, über Knallfarben und dezente Erdtöne, über Material und Empfindungen wurde ein ausgelassenes Wortgeplänkel. Aus Frotzeleien unerwartete Komplimente, aus verstohlenem Beobachten über Kaffeetassen hinweg lange Blicke und scheinbar zufällige Berührungen. Sein Aftershave übertünchte den

Mief im Druckerraum, wo der Plotter das Ergebnis ihrer gemeinsamen Arbeit ausspuckte. Ihre Köpfe berührten einander, als sie sich über die fertige Präsentation beugten.

Es dauerte drei Wochen, bis eine Reaktion von Thalberg kam. Kein Lob, kein Kommentar. Nur die versteckte Mitteilung, dass der Chef ihr ab heute schwierigere Aufgaben zutraute. Sie bekam eine E-Mail, in der Thalberg sie einlud, einen Entwurf für die IKEA-Vasenserie vorzulegen.

Max und Kiki feierten den Erfolg stilecht in der Bar »ihres« Hotels, wo ein Pianospieler die Hintergrundmusik zum koketten Geflüster lieferte. Zum Abschied küsste er sie auf den Mund. Eine Sekunde später bat er sie um Verzeihung. »Dafür brauchst du dich nicht zu entschuldigen«, antwortete Kiki. Das war der Anfang. Der Anfang vom Ende. Und der Beginn ihrer Probleme, die sie jetzt nach Frankreich verfolgten. Und das nicht nur im übertragenen Sinne.

»Von wegen, beim Pilgern fallen alle Sorgen von einem ab«, beschwerte sich Kiki. Sie hatte sich umgedreht und stellte fest, dass Max immer noch hinter ihnen lief. Kiki wusste nicht, ob sie lachen oder weinen sollte. Die Notbremse, die sie nach sechs Wochen heimlicher Beziehung gezogen hatte, hatte versagt.

31

»Bei dir sieht alles so einfach aus«, pries Kiki Caroline. »Du hast eine Karriere, du hast Kinder, du führst eine gute Ehe.«

Caroline wand sich. Sie hätte zum Thema Philipp durchaus etwas zu sagen gehabt.

»Herr Dr. Seitz ist zur Fortbildung des Hausärzteverbands abgereist«, hatte die Sprechstundenhilfe erklärt, als sie heute morgen anrief.

»Wie bitte?«

»Die ist immer um den 15. Juni herum, Frau Seitz. Seit zehn Jahren«, fügte sie nicht ohne latenten Vorwurf in der Stimme hinzu. »Er lässt Sie grüßen. Dr. Seitz meldet sich, wenn er wieder zurück ist.«

Philipp hatte gestern seine Sprechstundenhilfe angerufen, nicht aber die eigene Frau? Vermutlich weil das ein Ortsgespräch war. Philipp litt unter einer schweren Telefongesellschaftsgebührenphobie. Seit er vor sieben Jahren in einem Italienurlaub ständig von einer aufdringlichen Patientin belästigt worden war und dafür Hunderte von Euro bezahlen musste, war er der festen Überzeugung, dass Handyanrufe ins Ausland ruinös und Telefongesellschaften Verbrecher waren, die man unter allen Umständen boykottieren musste. Gebührensenkungen gingen unbemerkt an ihm vorüber. Philipp benutzte sein Handy nur im absoluten Notfall. Also nie.

»Caroline hat einfach Glück mit ihrem Mann. Philipp war nie so unselbstständig wie Frido«, stimmte Eva ein. Sie japste nach Luft. Das Laufen fiel ihr zunehmend schwerer.

Die Freundinnen hatten recht: Philipp kochte, Philipp kaufte ein, Philipp wusste, wo der Staubsauger stand und wofür man ihn benutzte. Er brachte seine Hemden in die Reinigung und nahm die Kostüme von Caroline gleich mit. Nur telefonieren war nicht seine Stärke.

Caroline ärgerte sich über die Geschichte mit dem Seminar und den Kommentar der Sprechstundenhilfe. Sie konnte es sich nicht zusammenreimen. Hatte Caroline überhört, dass er auf das Seminar fuhr? Weil sie mit dem Kopf noch im Gericht und mit den Beinen schon auf Pilgerfahrt war? Vermutlich fand er das Seminar so normal, dass er es nicht der Erwähnung wert gefunden hatte. Sie war ja ohnehin unterwegs.

Sie ließ die Komplimente von Eva und Kiki im Raum stehen. Anstatt über sich und ihre Ehe und Philipps Telefonphobie zu reden, wechselte sie lieber das Thema: »Was hat Max eigentlich verbrochen, dass du so sauer auf ihn bist?«

»Er wollte mich seinen Eltern vorstellen. Beim Sonntagsgolf«, erklärte Kiki in dramatischem Ton.

Caroline lachte laut los: »Das nenne ich einen echten Trennungsgrund.«

»Da gibt es nichts, was man offiziell machen muss. Schon gar nicht bei seinem Vater. Es war eine Affäre, ein dummer Fehler.«

»Max scheint das anders zu sehen«, verkündete Eva, die sich umgedreht hatte. Kiki und Caroline folgten ihrem Blick. Max hatte inzwischen aufgeholt und wanderte einträchtig an der Seite von Judith, die ihm gerade das Foto von Arne zeigte. Sie erzählte, gestikulierte und lachte. Judith sah so gelöst aus wie schon lange nicht mehr.

»Was tut Max da?«, fragte Kiki irritiert.

»Er tut das, was wir seit Monaten vergeblich versucht haben: Er heitert Judith auf«, erkannte Caroline.

Tatsächlich war von hinten fröhliches Gelächter zu hören.

»Das kann er nicht bringen«, wandte Kiki ein.

»Judith scheint froh, dass sie jemandem von Arne erzählen kann, der keine Fragen über das Tagebuch stellt«, hielt Eva dagegen.

Das hätte sie besser nicht gesagt. Denn sofort geriet sie aus dem Takt und außer Atem. Caroline musterte sie kritisch.

»Es geht gleich wieder«, hechelte Eva. Pilger-Multitasking überforderte sie. Es ging nur eins. Laufen oder reden.

»Max sieht nett aus«, meinte Caroline.

»Er ist dreiundzwanzig«, fiel Kiki ihr ins Wort. »Als Max geboren wurde, war ich dreizehn und bekam meinen ersten Zungenkuss. Von Robert. Der ekligste Kuss meines Lebens. Ich habe ein ganzes Wochenende gebraucht, um mich von dieser Begegnung der nassen Art zu erholen. Ich verarbeitete mein erstes Beziehungstrauma, da brüllte Max nach dem Schnuller.«

Eva lachte nur.

»Wem macht der Altersunterschied heutzutage was aus, Kiki?«, warf Caroline kopfschüttelnd ein.

Kikis Antwort kam wie aus der Pistole geschossen: »Mir! Mir macht das was aus. Ich bin da ganz konservativ.«

Selbst ohne Reden konnte Eva nicht mehr mit dem Tempo der Freundinnen mithalten. Nach Fontfroide kämpften die Freundinnen sich über den langen Anstieg auf den Mont Grand hinauf. Die hundertfünfundvierzig Höhenmeter forderten Eva alles ab. Sie wurde langsamer. Ihr blieb gerade noch die Kraft, es so aussehen zu lassen, als wäre das gewollt.

»Ich schau mal, was die anderen treiben«, log sie.

32

Eva fiel zurück. Caroline und Kiki zogen in unvermindertem Tempo weiter, ohne ihr Gespräch zu unterbrechen. Für einen Moment landete Eva auf derselben Höhe wie Judith und Max. Sprachfetzen drangen an ihr Ohr.

»Arne und ich haben uns in einer esoterischen Buchhandlung kennengelernt«, berichtete Judith. »Er hat mich die ganze Zeit beobachtet. Und dann kam er mit einem Buch in der Hand auf mich zu. Das passt zu Ihnen, hat er gesagt. Und er hatte recht.«

Eva fühlte sich schuldig, als sie hörte, wie fröhlich Judiths Stimme klang. Mit einem Schlag wurde ihr bewusst, dass Max etwas tat, was sie nicht mehr schafften: aufmerksam zuzuhören, wenn Judith über Arne redete. Unterschwellig erwarteten sie, dass Judith so viele Monate nach dem Tod von Arne auch mal ein anderes Thema fand. Max war erfrischend anders. Er hatte keine Meinung. Weder zu Arne noch zur angemessenen Dauer der Trauerzeit noch über das Tagebuch.

»Sie waren sofort sicher, dass er der Richtige ist?«, fragte er.

Judith war über den alten Geschichten so emotional geworden, dass sie Max spontan ins Herz geschlossen hatte. »Sollen wir das Siezen lassen? Ich bin Judith.«

»Max«, sagte Max.

Sein Blick flog in Richtung Eva, die sich auf derselben

Höhe abkämpfte. Sprechen war ihr unmöglich. Sie konnte nur noch den Arm heben. Max, der bereits seit einer Stunde in die Geheimnisse der Dienstagsfrauen eingeweiht wurde, wusste auch so Bescheid.

»Und Sie sind Eva, nicht wahr?«

Eva nickte. Sie malte sich aus, was Kiki und die anderen zu ihrer Einführung erzählt hatten. Was konnte man schon berichten? Sie wusste es selbst nicht: Bei vier Kindern in fünfeinhalb Jahren war sie sich zwischen Wochenbett, Wiege und Waschmaschine selbst abhandengekommen. Sie fiel weiter zurück. Auch das Tempo von Judith und Max konnte sie nicht halten.

»Ich muss mal …« Was musste sie eigentlich? Dummerweise fiel ihr nur das kindische »für kleine Königstiger« ein. Noch eine von Davids animalischen Redewendungen, die sie auf ihren Ursprung zurückführen sollten. Übrigens die einzige Aufgabe, an der sie gescheitert waren. Königstiger war der Spitzname eines Wehrmachtspanzers aus dem Zweiten Weltkrieg. Eva hatte keine Idee, was Hitlers Expansionskurs mit einer Notdurft zu tun haben sollte. Davids Theorie, dass beides Scheiße war, hielt sie für verwegen.

»Ich muss mal für kleine Königstiger«, war der dämlichste Ausdruck, den Eva je gehört hatte, und traf nicht im Mindesten das, was sie tatsächlich bewegte.

»Ich muss mal zusammenbrechen«, wäre die ehrlichere Antwort gewesen.

Von hinten näherte sich das penetrante Geknatter von Estelles Koffer. In zügigem Tempo zog sie an ihr vorüber.

»Tut mir leid, Eva. Wenn ich für dich bremse, gerate ich aus meinem harmonischen Rhythmus.«

Und schon war Estelle vorbei. Eva hatte es wieder geschafft. Sie war erneut an die letzte Position gerutscht. Ein Platz, den sie die nächsten Tage nicht mehr verlassen würde.

33

Tage und Kilometer zogen an Eva vorbei. Der Weg verlief durch ewig gleiche Pinienwälder, deren Strukturen sie mittlerweile in- und auswendig kannte, durch Olivenhaine und Weinfelder. Caroline, die wie immer entsetzlich gut vorbereitet war, wies sie auf die Sehenswürdigkeiten der Region hin: Kirchen mit besonderen Fresken, Klöster, die heute nur noch von Philippininnen bewohnt wurden. Die zahlreichen Ruinen boten Caroline den willkommenen Anlass, von der Glaubensgemeinschaft der Katharer zu berichten, die vor achthundert Jahren in Gralsburgen ihr geheimes Wissen pflegten, bis der Papst dazu aufrief, sie als Ketzer auszurotten. An Eva zogen die Jahrhunderte in rascher Folge vorbei. Während in Carolines Erzählungen die Katharer ausgerottet, Fürsten entthront, Schlösser geplündert und der Weinbau intensiviert wurde, kämpfte Eva mit sich.

Der Geist war willig, Evas Fleisch schwach. Mit jedem Tag Pilgern wuchs die Erkenntnis, dass sie für diese Form der Buße nicht geschaffen war. Rennen von Ort zu Ort, einpacken, auspacken, einpacken, dazwischen eine Nacht in einer Gite, einem Hotel, einer Auberge. Mal besser, mal schlechter das Zimmer, das Essen, der Wein, das Frühstück, und dann weiterrennen. Als sie am dritten Tag in das Bilderbuchdorf Lagrasse einliefen, das aussah, als wäre das vierzehnte Jahrhundert noch längst nicht vorbei, fühlte Eva sich selbst wie ein mittelalterliches Dorf. Eines, das dem Erdboden gleichgemacht war. Sie schaffte es nicht einmal mehr, den Markt, der wie jeden Samstag in Lagrasse abgehalten wurde, in Augenschein zu nehmen. Von der Fahrt mit Bus und Taxi nach Carcassone und dann Franjeaux, die sich die fünf – und auch Max – als Verschnaufpause gönnten, bekam sie ebenso wenig mit wie am nächsten Tag von Mirepoix. Kraftlos hing sie unter den hölzernen Arkaden in einer Bar und trank ihr Perrier Citron, während die Freundinnen den viereckigen Platz, die Kirche und die Geschäfte in den zweistöckigen Fachwerkhäusern erkundeten und Max lässig auf der Rasenfläche ausruhte. Von den Balken der Häuser sahen schöne Frauen und grässliche Bestien auf Eva herab. Wie sollte sie irgendetwas genießen, wenn sie im nächsten Moment schon wieder aufbrechen und weiterlaufen musste?

Laufen. Laufen. Laufen. Der Weg, die Freundinnen und ihre Probleme verschwanden im Dämmerzustand ständiger körperlicher Überforderung. Nach den sanften Hügeln der ersten Etappen und einer komfortablen zweieinhalbstündigen Busfahrt zwischen Mirepoix und St. Girons erwartete Eva die wahre Herausforderung. Die Pyrenäen lagen vor ihr. Zwar nur das Vorgebirge. Aber für Eva war das genug. Schweren Schrittes schleppte sie sich auf den Col du Portet d'Aspet. Ein Gipfel, der viele Tour-de-France-Fahrer Nerven und einen italienischen Radsportler das Leben gekostet hatte. Es war Tag sechs. Noch immer lagen mehr als hundertfünfzig Kilometer vor ihr.

Ein Kinderreim spukte in Dauerschleife durch Evas Kopf.

»Und eins, und zwei, und drei, ein Hut, ein Stock, ein Regenschirm und vorwärts, rückwärts, Seit und ran, und eins, und zwei.«

Mit diesem unsinnigen Vers hatte sie David und Lene früher motiviert, wenn die kleinen Beine sie nicht mehr vom Kindergarten nach Hause tragen wollten. Später, als Frido jr. und Anna geboren waren, verzichtete sie auf solche Griffe in die Trickkiste mütterlicher Überzeugungskraft. Bei vier Kindern konnte sie es sich nicht leisten, jedes Einzelne motivationstechnisch zu betreuen. Ungeduldig war sie manchmal, von den vierfachen Ansprüchen überfordert. Und müde. »Und eins, und zwei, und drei.«

Die dicht bewachsene Berglandschaft flirrte, der Weg waberte und die Sonne kochte ihr Muskelgewebe weich. Eva kramte nach ihrer Wasserflasche. Kein Tropfen mehr drin. Kein einziger Tropfen. Sie schaffte das nicht. Sie war nicht so stark wie die Freundinnen, die wie üblich an der Gabelung auf sie warteten. Eva blieb nur des Pilgers letzte Rettung: Sie faltete die Hände und schickte ein Stoßgebet zum Himmel.

»Hilf, heiliger Jakobus! Hilf einer armen Pilgerseele«, rief sie nicht ohne Pathos.

Natürlich passierte nichts. Nach ein paar letzten Metern ließ Eva sich auf den trockenen Sandboden fallen. Auf die Knie. Sie. Konnte. Nicht. Mehr. Vielleicht musste man in einem anderen Ton mit dem Apostel reden. Mit zunehmender Verzweiflung wiederholte sie ihre Bitte: »Cher St. Jacques, beeil dich. Beam me up.«

Es passierte immer noch nichts.

Eva hielt den Daumen raus. Eine Verzweiflungstat. Denn in der abgeschiedenen Landschaft fuhr kein einziges Auto. Um sie herum nur Weite und Einsamkeit. Irgendwo bellte ein Hund, eine Ameise krabbelte über ihre Hand. Sie war zu schwach, um sich dagegen zu wehren. Sie streifte den Rucksack ab und fiel zur Seite.

Eva hatte das Ende ihres Pilgerwegs erreicht. Sie lag regungslos auf dem Boden, als hätte sie ihre endgültige Bestimmung erreicht. Die Vögel tirilierten über ihrem Kopf. Wenn sie noch lauter zwitscherten, würde es nicht mehr lange dauern, bis es sich zu den Raubvögeln herumgesprochen hatte, dass hier leichte Beute zu finden war. Sie erwartete jeden Moment den geräuschlosen Anflug eines Adlers. Stattdessen näherte sich ein heiseres Motorengeräusch. Bremsen quietschten. Eva hob mühsam den Kopf.

Als sich die Staubwolke legte, erschien im gleißenden Licht ein dreirädriger knallroter Mini-Pick-up. Auf der kleinen Ladefläche klingelten Orangina-Flaschen gegeneinander, Tomaten und Südfrüchte kugelten ob der abrupten Bremsung durcheinander. Ein Korb mit Baguettes fiel um. Was war das? Eine Fata Morgana, die den Wanderer in die Irre lockte? Ein Traumbild? Die Beifahrertür öffnete sich quietschend. Wie in Zeitlupe.

Das Ganze erinnerte Eva an eine Szene aus den Western, die ihre Jungs liebten. Es war die Sekunde vor dem großen Showdown. Der Wind wehte Sand und Strohballen über den staubigen Dorfplatz. Die Gegner hielten sich verborgen. Die Musik dräute. Man spürte, gleich würde etwas passieren. Spannung hing in der Luft.

Doch das hier war kein Western und Eva ohne jeden Arg. Ohne einen weiteren Gedanken zu verschwenden, erhob sie sich schwerfällig, sortierte ihre angeschlagenen Glieder und schleppte sich zum Auto. Auf dem Fahrersitz ein kerniger Kerl mit verspiegelter Sonnenbrille und Fünftagebart. Obwohl das Gefährt wohl kaum vierzig Stundenkilometer erreichte, hatte er die Ausstrahlung eines verwegenen Easy Riders. Wenig vertrauenerweckend auf den ersten Blick. In Köln wäre das der perfekte Moment, um schreiend davonzulaufen. Der Mann hielt Eva die Hand hin und stellte sich kurz und bündig vor: »Jacques.«

Eva strahlte über das ganze Gesicht: »Ich weiß.«

Ohne zu zögern zwängte Eva sich und ihren Rucksack in das wacklige Gefährt. Die unfassbare Selbstverständlichkeit, mit der sie neben ihm Platz nahm, überrumpelte Jacques. Er brach in schallendes Gelächter aus. Jacques nahm die Sonnenbrille ab. Darunter kam ein sonnengegerbtes, freundliches Gesicht mit unzähligen Lachfalten zum Vorschein. Er wischte sich die Tränen aus den Augen. Immer noch lachend, klärte er sie auf: »Wunder kann ich nicht bewirken. Aber ich kann Sie zu unserem Hotel mitnehmen.«

Eva nickte. Nichts anderes hatte sie erwartet. Sie lehnte sich zum Fenster hinaus, hob die Augen gen Himmel und sagte ein einziges Wort:

»Danke.«

34

Eva betete, Estelle fluchte. »So ein dummes Ding«, schimpfte sie lautstark vor sich hin. Estelle haderte mit ihrem Koffer. Sie hatten nicht einmal die Hälfte der Strecke hinter sich, als Estelle genug hatte von dem unangenehmen Geschaukel. Dabei hatte Yves an alles gedacht. Geringes Eigengewicht, bewegliche, geländegängige Rollen mit verbreiteter Spur, groß und weich wie die von Inline-Skates. In der Rückwand hatte Yves selbst Rucksackträger versteckt. Estelle war der tiefen Überzeugung, dass sie eindeutig aus dem Alter raus war, in der man als Backpacker durch die Welt zog. Ehrlich gesagt war sie nie in dem Alter gewesen. In einer Zeit, in der ihre Kommilitonen als Rucksacktouristen bei hinduistischen Gurus ihren Seelenfrieden suchten, setzte Estelle auf gemachte Betten. Zu Hause und im Urlaub. Sie hatte nie begriffen, warum Kiki von ihren Reisen ohne Geld, Vorbereitung und Plan schwärmte. Jahr um Jahr schleppte Kiki sich mit den Mitbringseln aus fernen Ländern ab. Matthieu hatte sich von selbst verkrümelt, der Rest war meist materieller Natur und verschwand bei Kikis häufigen Umzügen. Ein Set Weingläser, das sie unter Qualen auf dem eigenen Rücken aus Mexiko importiert hatte, weil sie sich in das dicke Glas mit den Luftblasen verliebt hatte, erlebte einen Glanzmoment, als eine eifersüchtige Ehefrau Kiki zu Hause aufsuchte, um sie zur Rede zu stellen. Nicht einmal die Polizei schenkte Kiki

Glauben, als sie beteuerte, sie habe keine Ahnung, dass ihre neue Liebe verheiratet war.

Der ausziehbare Griff des Koffers glitt aus Estelles Hand und knallte auf den Boden. Die Räder waren mal wieder an einem Hindernis hängen geblieben. Sie bückte sich, hob den Griff wieder an und wuchtete den Koffer mühsam über die dicke Astgabel. Die Schulter schmerzte, die Blasen an den Handinnenflächen wuchsen. Der kilometerlange, stete Anstieg verwandelte den Koffer in Blei. Caroline hatte Pflaster in ihrem Rucksack. Doch die lief ein paar Meter vor ihr. Estelle nahm Tempo auf und blieb an einem Stein hängen. Von wegen »die beweglichen Räder machen das Transportieren zum Vergnügen«. Das hier war eine Qual. Ungehalten wechselte sie die Hand, als eine quäkende Autohupe sie vom Weg jagte. Hinter ihr näherte sich ein rostiger Mini-Pick-up. Einer von vielen, die in der Gegend fuhren. Das Besondere an diesem Transporter war, dass Evas Kopf rausschaute. Die Freundin, die seit Frido keinen anderen Mann mehr angesehen hatte, saß dicht gedrängt in einem Minifahrerhäuschen mit einem fremden Mann und strahlte, als wäre ihr die Mutter Gottes persönlich begegnet. Was in aller Welt hatte Eva vor?

»Auberge de la Paix«, rief Eva ihr aus dem Auto zu, während das Auto an den Freundinnen vorbeifuhr. »Acht Kilometer von hier.«

»Das gilt nicht. Das ist unfair«, beschwerte sich Estelle.

Doch der Pick-up tuckerte bereits in Richtung Judith, die entgeistert war, dass Eva es wagte, aus der Gruppe auszuscheren.

»So wird das nie was mit dem Pilgern«, rief sie Eva vorwurfsvoll zu. Evas gute Laune trübte das nicht im Geringsten. Sie hatte an die Freundinnen gedacht: »Ich habe bereits Betten geregelt. Auch für Max.«

Max war in den letzten Tagen fester Teil der Wandergruppe geworden. Auf die ihm eigene Art. Sich in den Vordergrund zu spielen, war ihm fremd. Er mischte sich nicht ein, er wahrte Abstand, bisweilen war er ein paar Stunden fast unsichtbar. Aber spätestens, wenn sie in einen Bus einstiegen, war er wieder da. Er blieb an ihrer Seite. Und winkte Eva jetzt fröhlich zu, als sie mit dem Auto an ihm vorbeizog und zur Spitze aufschloss.

»Jacques hat eine Unterkunft für uns«, rief Eva zu Caroline und Kiki. »Ich warte auf euch.«

Das Auto entfernte sich, die Staubwolke verschwand, das Motorgeräusch verlor sich. Übrig blieben der Weg und die Frauen, die marschierten. Stein für Stein. Schritt für Schritt. Meter für Meter. In die andächtige Stille hinein ein metallischer Knall. Und dann das Fluchen von Estelle. Niemand sah sich um. Die charakteristischen Geräusche, die ihren Pilgerweg begleiteten, gehörten zusammen. Wie Blitz und Donner.

35

Das kleine dreirädrige Gefährt schaukelte in gemächlichem Tempo über die holprige Piste. Jacques erzählte: von dem Schäfer, der bereits in der vierzehnten Generation seinem Gewerbe nachging, von den Bärenspuren, die man gestern gefunden hatte, von gerissenen Schafen und vehementen Diskussionen. In der Gegend gab es mehr Vereine gegen die Bären als lebende Tiere. Trotzdem war eine der frisch ausgewilderten Kreaturen neulich von einem durchgedrehten Jäger erschossen worden.

Jacques hätte Eva einen Bären aufbinden können (um bei den Sprichwörtern zu bleiben): Sie hörte doch nur die Hälfte von dem, was er ihr so blumenreich beschrieb. Die Erschöpfung war der jähen Erkenntnis gewichen, in welch prekäre Situation sie sich gebracht hatte. Sie hatte sich von den Freundinnen getrennt und ließ sich von einem Wildfremden entführen, von dem sie gerade mal den Vornamen kannte. Sie hatte keine Ahnung, wohin der Weg sie führte und was auf sie zukam. Wie ein lebenshungriger Teenie hatte sie sich unüberlegt auf einen Unbekannten eingelassen. Es fühlte sich großartig an.

Während draußen slowenische Einwandererbären und wild gewordene Jäger lauerten, war sie in Sicherheit. Neugierig sah sie auf den Mann auf dem Fahrersitz. Genau wie sie selbst war er nicht mehr jung, und er war noch nicht alt. Das Leben hatte sich in unzähligen Linien in sein Gesicht eingeschrieben. Man ahnte Wind, Wetter und Widrigkeiten, die Jacques durchstanden hatte. Sie spürte seinen Oberschenkel, die Wärme, die er ausstrahlte. Es hätte nicht viel gefehlt und Eva hätte ihren Kopf an seine starke Schulter gelehnt. Bevor sie die kecke Tat ausführen konnte, bremste das Gefährt mit heiserem Quietschen vor einem imposanten grauen Steinbau mit industrieller Ausstrahlung. Die drei Etagen der Auberge de la Paix waren direkt in den felsigen Hügel gebaut und überblickten einen kleinen Olivenhain. Die ausladenden Kronen der Bäume, die in dem kargen Steinboden wurzelten, erzählten von jahrhundertealter Tradition und harter Arbeit. An der Eingangstür prangte das verwitterte Bild einer Friedenstaube mit einem Olivenzweig im Schnabel.

»Früher wurden hier Oliven zerkleinert, gemahlen und gepresst. Als meine Eltern das Grundstück in den Sechzigern kauften, war die Mühle eine Ruine. Sie träumten von einer Begegnungsstätte für die Jugend der Welt. Daher der pathetische Name. Und die Schlafsäle«, erklärte Jacques.

Eine Jugendherberge? Mit Schlafsälen? Zur Völkerverständigung? Um Gottes willen. Warum hatte sie sich nicht genauer erkundigt, in was für eine Unterkunft sie die Freundinnen lockte? Sie hatten bereits ein paar unbequeme Nächte hinter sich und verdienten wahrlich etwas Besseres als eine Gemeinschaftsunterkunft, die auf ein jugendliches Publikum ausgerichtet war. Dass man hier die ganze Nacht Party machen konnte, ohne dass ein Nachbar sich gestört fühlte, würde die Dienstagsfrauen kaum begeistern.

Kritisch sah sie sich um: Wäsche trocknete im Garten, ein leerer Vogelbauer baumelte im Gebälk, in den Holzbohlen nagte der Wurm und webten die Spinnen unermüdlich ihre

Netze. Wieso sollte sie eine andere Unterkunft suchen? Die alte Ölmühle von Jacques gefiel ihr.

Während er die Vorräte nach drinnen schleppte, drängte er Eva, in einem der Korbstühle Platz zu nehmen, die unter einer Platane zum Verweilen im Schatten einluden. »Lehn dich zurück, tu nichts und lass es dir gut gehen«, trug Jacques Eva auf.

Eva genoss die Ruhe. Es war der Moment, den sie so lange herbeigesehnt hatte. Wie lange war es her, dass sie Zeit für sich alleine hatte? Sie musste nicht mehr laufen, sie musste für niemanden sorgen, keine Einkäufe erledigen. In Köln, so bewiesen ihre täglichen Anrufe, ging alles unfallfrei seinen familiären Gang. Frido bewies sportlichen Ehrgeiz. Längst hatte er aufgegeben, Evas Perfektionismus nachzustreben. Der Frühstückstisch, hatte David beim letzten Anruf berichtet, sah abends in der Regel so aus, wie sie ihn morgens verlassen hatten. Der ambitionierte Speiseplan war dem schnellen Pizzaservice gewichen.

»Ich bin froh, wenn ich die Kinder morgens rechtzeitig in die Schule bekomme. Und mich an den Arbeitsplatz«, gestand Frido. »Ich bin sogar zu spät zur Vorstandssitzung gekommen. Und rate, was passiert ist. Nichts. Nicht mal die Welt ist untergegangen.«

Eva hatte am Telefon gelacht. Sie sah Frido förmlich vor sich, wie er im dezenten dreiteiligen Ich-habe-heute-Vorstandssitzung-Anzug auf seinen sorgsam gewienerten, handgenähten Schuhen durch die Küche eilte, um den Morgenparcours pünktlich zu durchlaufen. Vermutlich hatte er im Büro eine Excel-Tabelle angefertigt, um die Abläufe zu optimieren. Und scheiterte jeden Morgen an versagenden Weckern, überlaufender Milch und den Zöpfen von Anna.

»Lene sagt, ich sehe aus wie Pippi Langstrumpf nach einem Stromschlag«, hatte Anna berichtet. »Dabei hat Papa es besser hinbekommen als gestern.« Trotz gewöhnungsbedürftiger Frisur klang sie vergnügt. »Es ist schön, dass Papa mehr Zeit für uns hat«, gestand sie ihrer Mutter.

Innerlich beglückwünschte Eva sich, Frido eine Chance gegeben zu haben, sich als Haarbändiger und Werwolfjäger zu beweisen. Vielleicht nahm sie Frido und den Kindern sogar etwas, wenn sie alles regelte. Es war der ganz normale Wahnsinn, der sich in Köln abspielte. Nichts, worüber sie sich sorgen musste.

Eva kuschelte sich in den Korbstuhl, schloss die Augen und wartete darauf, dass sich eine himmlische Ruhe in ihr ausbreitete. Aus dem gekippten und mit Folie abgeklebten Fenster in ihrem Rücken drangen Geräusche, die nahelegten, dass sich dahinter die Küche befand. Schranktüren wurden geöffnet und geschlossen, Geschirr klapperte, ein Messer hackte in heftigem Stakkato auf ein Holzbrett, Fett brutzelte. Eine verführerische Duftwolke, in der Knoblauch, Thymian und Lorbeer sich mit Olivenöl vereinten, quoll nach draußen. Das interessierte sie weit mehr als aller Müßiggang. Sitzen, schweigen, sinnieren und dem lieben Gott den Tag stehlen? Das war nichts für sie.

Neugierig betrat Eva das Haus. Ein überraschend hoher Gang mit schweren dunklen Holzbalken und leuchtend rotem Terracottaboden führte in Richtung Küche. An den weiß gekalkten Steinmauern hingen alte Werkzeuge, die von der ursprünglichen Funktion der Gemäuer erzählten. Vergilbte Fotos belegten die wechselvolle Geschichte der Ölmühle und seiner Betreiber.

Posierten um die Jahrhundertwende ernste und ausgezehrt wirkende Arbeiter vor dem Haus, waren es später Soldaten in Uniformen des Zweiten Weltkriegs. Die Schwarz-Weiß-Aufnahmen hingen einvernehmlich neben den fahlfarbenen Fotos der Nachkriegszeit und heutigen Hochglanzporträts. Die Familien auf den Bildern – wohl die jeweiligen Besitzer – wurden im Verlauf der Jahrzehnte immer kleiner, bis sie in den Sechzigern von einer bunten Hippiekommune abgelöst wurden. Ein nackter Junge mit wirrem Schopf streckte dem Fotografen frech die Zunge raus. Daneben ein Paar vor einem bemalten VW-Bus. Sie farbenfroh, mit schwarzer Lockenmähne, die mühsam von einem Stirnband gebändigt wurde, er langhaarig, mit Federschmuck und Schlaghose. War das Jacques mit seinen Eltern?

Noch rätselhafter das Foto daneben: An prominenter Stelle hing ein eigenartiges Gruppenfoto, das Jacques inmitten eines Dutzends von Männern in langen roten Roben zeigte. Was mochte das für eine merkwürdige Vereinigung sein, der Jacques angehörte? Gab es noch immer Geheimbünde in dieser Gegend? Besonders heilig wirkten die Männer nicht. Eher wie die Richter des Bundesverfassungsgerichtes, die sich zum Kölner Karneval verabredet hatten. Anstelle der weißen Spitzenlätzchen, die die Roben der obersten Richter Deutschlands zierten, trugen die Männer auf dem Foto eine glasierte, runde Tonschale an einem grünen Band um den Hals.

»Die Mitglieder der L'Académie Universelle du Cassoulet«, erläuterte eine Stimme in ihrem Rücken. Eva erschrak. Jacques hatte sich ihr unbemerkt genähert. Sie war so vertieft in die Fotos gewesen, dass sie ihn nicht gehört hatte.

»Cassoulet?«, fragte sie nach. Lag es an den hohen Decken, dass ihre Stimme anders klang? Oder war es seine körperliche Präsenz, die sie nervös machte?

»Die Spezialität meiner Großmutter«, erklärte Jacques. »Die kam aus Castelnaudry. Dem Mekka des Cassoulet. Du kannst es heute Abend probieren.«

»Riecht das so köstlich? Darf ich mithelfen?«, fragte Eva enthusiastisch. In fremden Kochtöpfen zu schnuppern, war so viel verlockender, als im Korbsessel auf Olivenbäume zu starren. Vielleicht konnte sie etwas Neues lernen. Statt einer Antwort öffnete Jacques die Tür zur Küche.

36

»Jeder Schritt eine Antwort«, hatte es auf einer Website ge-
heißen, die dem potenziellen Pilger den endlosen Fußmarsch
schmackhaft machen sollte. »Was für ein Kitsch«, hatte Caroline zu Hause gedacht. Jetzt bekam der Satz eine völlig neue
Bedeutung. Das war kein Kitsch, sondern purer Unsinn.

Für Caroline taten sich mit jedem Schritt neue Fragen und
Fallgruben auf. Die letzten Tage hatten bewiesen, dass fünfzehn gemeinsame Jahre nicht ausreichten, das Wesen eines
Menschen zu ergründen. Oder war das der Weg? Brachte
Pilgern Eigenschaften hervor, die im Alltag verborgen blieben? Vor drei Stunden hätte sie gewettet, dass Eva die Letzte
war, die zu einem Wildfremden ins Auto steigen und sich zu
einem unbekannten Ziel entführen lassen würde.

»Jeder Schritt eine neue Frage«, so musste der Satz lauten.
Nicht nur Eva wirkte verändert. Auch Kikis Haltung erschien
ihr mit jedem Pilgertag, an dem sie es schaffte, kein einziges
Wort mit Max zu wechseln, rätselhafter. Sie behandelte Max,
als wäre er ein Möbelstück, an dem man Tag für Tag achtlos vorbeiging. Caroline hatte Kikis Männer kommen und
gehen sehen. So seltsam hatte sie sich noch nie benommen.

»Viens ici! Viens ici! Vite. Vite. Vite!«

Aufgeregte Stimmen rissen Caroline aus ihren Gedanken. Zwei Feldarbeiterinnen schrien laut und winkten auf-

geregt. Ihr Französisch war gebrochen und unverständlich. In Gerichtsakten wurden Menschen wie sie gerne mit dem fürchterlichen Wort »Migrationshintergrund« umschrieben. Die beiden Frauen mit Migrationshintergrund fuchtelten so aufgeregt mit ihren Armen, dass Caroline und Kiki, die dicht beieinanderliefen, intuitiv schlossen, dass sich mindestens ein wild gewordener Bär näherte, der bereit war, sie als Mittagsmahlzeit zu akzeptieren.

Ohne zu verstehen, was vor sich ging, retteten Caroline und Kiki sich mit einem beherzten Sprung über das Gatter des Zauns, der den Weg vom Feld trennte. Nur um festzustellen, dass die Geschichte der Kommunikation zwischen fremden Kulturen eine Geschichte voller Missverständnisse ist. Es gab keine Gefahr. Im Gegenteil: Die Arbeiterinnen wollten ihnen um jeden Preis etwas Gutes tun. Sie glaubten offensichtlich, alle Jakobspilger seien mittellos und auf Almosen angewiesen, und ließen es sich nicht nehmen, ihnen wort- und gestenreich ihre Verpflegung aufzudrängen.

Die Dienstagsfrauen hatten bereits im letzten Dorf gegessen. Bei der Backstation eines Intermarché-Supermarktes hatten sie mit Käse überbackene Riesensandwichs genossen, die unter dem Namen »croque monsieur« firmierten. Doch das ließen die Arbeiterinnen nicht gelten. Sofern Caroline den gebrochenen und dialektgefärbten Sprachfetzen etwas entnehmen konnte, lief es darauf hinaus, dass die beiden der tiefen Überzeugung waren, dass Pilgern zu helfen kaum weniger heilsbringend war, als sich selbst auf den Weg zu einer heiligen Stätte zu machen. Gott merkte sich gute Taten. Ob die Pilger tatsächlich erschöpft, hungrig und hilfsbedürftig waren, spielte in der Gedankenwelt der Feldarbeiterinnen eine untergeordnete Rolle.

Es half nichts. Nachdem sich die Backstation in Portet d'Aspet bereits als kulinarischer Sanierungsfall herausgestellt hatte, mussten sie nun in den sauren Apfel (um nichts anderes handelte es sich bei der angebotenen Verpflegung) beißen. Die Feldarbeiterinnen bekreuzigten sich befriedigt. Und Caroline und Kiki zogen ihrer Wege. Jeder Schritt ein Abenteuer.

37

Das vereinte Knabbern am Apfel hinderte Caroline nicht, auf das Thema zurückzukommen, das sie seit Tagen beschäftigte. »Was ich bei der Sache mit Max nicht verstehe …«

»Du hörst wohl nie auf zu fragen. Du solltest Anwältin werden«, lachte Kiki.

Caroline ließ sich davon nicht beirren. »Seit Jahren suchst du was Festes«, entgegnete sie.

Kiki fiel ihr sofort ins Wort. »Was glaubst du, was passiert, wenn Max mich meinem Chef als Schwiegertochter präsentiert?«

Caroline war da ganz nüchtern: »Er kalkuliert, wie groß der Altersunterschied ist.«

»Er feuert mich«, korrigierte Kiki.

Die Anwältin hatte ihren eigenen Blick auf den Sachverhalt: »Unzucht mit Abhängigen? Zieht nicht. Max ist eindeutig volljährig.«

Kiki war nicht zum Spaßen zumute. Sie wusste, dass die Freundinnen ihren Männerverschleiß kritisch beäugten. Dabei war sie kein bisschen unmoralisch. Sie war nur keine Theoretikerin. Das war wie beim Entwerfen. Manche Kollegen hatten das fertige Produkt vor Augen. Nicht so Kiki. Sie musste zeichnen, ausprobieren, sie musste Dinge sehen, das Material in ihren Händen wiegen. Kiki musste spüren, bevor sie denken und entscheiden konnte. Wie sollte sie wissen, ob sie jemanden liebte, wenn sie nicht ausprobierte, wie die Beziehung sich anfühlte? Liebe, das war kein Gefühl, das auf einen niederprasselte. Für Kiki war das ein Verb. Lieben war etwas, was man tun und testen musste. Das war wie bei Künsten und Berufen: Niemand wird ein guter Konditor, bloß weil er sich jeden Tag am Schaufenster die Nase plattdrückt, ohne die süßen Köstlichkeiten zu probieren.

»Du liebst nach der heuristischen Methode von trial und error. Du probierst systematisch alle Männer durch und hoffst, dass der Wahre dabei ist.«

Versuch und Irrtum kannte Kiki. Damit hatte sie ausführlich Bekanntschaft gemacht. Aber was war heuristisch?

»Das ist die Kunst, mit begrenztem Wissen und wenig Zeit zu einer guten Lösung zu kommen«, erklärte Caroline.

Damit konnte Kiki etwas anfangen. Sie wusste nichts, und die Zeit rannte ihr davon. »Wieso immer ich?«, beklagte sie sich. »Wenn ich mal einen Mann kennenlerne, ist er bestimmt verheiratet, karrieregeil oder ein notorischer Fremdgänger. Und jetzt falle ich auf einen Teenie rein.«

Es war sowieso albern: Wie konnte man mit Mitte dreißig romantische Vorstellungen von der Liebe haben? In jeder Frauenzeitschrift las man, dass feste Beziehungen entsetzliche Nebenwirkungen hatten wie Tennissocken unter dem Sofa, offene Zahnpastatuben und sexuelle Monotonie. Wie sollte man einen Mann attraktiv finden, den man bei der hingebungsvollen Reinigung der Zahnzwischenräume oder dem Schneiden der Zehennägel beobachten durfte. Es war kein Wunder, dass alle romantischen Komödien damit aufhörten, dass das verliebte Paar sich in die Arme fällt und Sätze murmelte wie: »Bis dass der Tod uns scheidet.« Das, was danach kam, ließ sich mit dem Wort »Beziehungsarbeit« zusammenfassen. Kiki war Weltmeisterin im Anfangen. Fürs Durchhalten war sie nicht geschaffen.

»Liebst du Max?«, fragte Caroline vorsichtig nach.

Kiki antwortete ausweichend. Caroline verstand nicht, worum es wirklich ging.

»Wenn der Thalberg mich rausschmeißt, bekomme ich nie wieder einen Job. Wer soll mich einstellen? Mit vierzig bist du steinalt und viel zu teuer. Du müsstest unsere Praktikanten sehen. Seit der Kreditkrise machen die im Handumdrehen Karriere und kosten Thalberg ganze dreihundert Euro im Monat.«

»Liebst du ihn?«, insistierte Caroline.

Kiki wagte einen Blick zu Max, der in geringem Abstand hinter ihr pilgerte und ihr keck zuzwinkerte. Kiki trieb es die Röte ins Gesicht. Caroline grinste.

»Nein. Natürlich nicht«, wies Kiki jeden Verdacht von sich. »Ich liebe ihn nicht.«

Sie war froh, dass das Telefon von Caroline klingelte und dem Gespräch ein jähes Ende bereitete. Wer von beiden war erleichterter? Kiki, die von Carolines unbestechlicher Hellsichtigkeit erlöst war, oder Caroline, auf deren Handydisplay der richtige Name aufleuchtete.

»Philipp. Endlich!«

38

»Aua. Aua. Aua!«, fluchte Estelle. Jeder Schritt war eine Qual.
Es waren nicht die Füße, die Estelle peinigten. Zu ihrer eigenen Verblüffung hatte sie zu einem Rhythmus gefunden,
der sich mühelos und richtig anfühlte. Das permanente Laufen war zum Normalzustand geworden. Sie brauchte nur ein
wenig Unterhaltung. Für Estelle war das gleichbedeutend
mit einem Gesprächspartner.

»Mit mir alleine ist es so langweilig«, bekannte sie und begrüßte jeden Pilger, Wanderer oder Urlauber, der ihren Weg
kreuzte und zu erkennen gab, dass er der deutschen Sprache
mächtig war. Mit manch einem teilte sie über Stunden die
Strecke.

Estelle liebte Lebensgeschichten. Besonders fasziniert war
sie von dem grau melierten Exminister, der pilgerte, weil er
nach zwei Legislaturperioden nicht nur von seiner Partei,
sondern auch von seiner Familie abgewählt worden war. »Ich
war acht Jahre nicht zu Hause. Nicht einmal der Hund erkannte, dass ich zum Rudel gehöre«, beklagte er sich. Leider
verlor sie den Minister bei einer Essenspause.

Stattdessen traf sie in dem 8-à-Huit-Dorfladen, wo man
sich auch zu später Stunde etwas zu essen und zu trinken
kaufen konnte, den Schadensreferenten einer Versicherung,
der eine Auszeit von den Schicksalen seiner unglücklichen
Klienten genommen hatte. In seinem Schlepptau Hanna,

eine frisch geschiedene Friseuse, die klare Vorstellungen davon hatte, was sie vom Pilgern erwartete: Sie wollte entweder Gott oder einen neuen Mann treffen. So wie sie von den Herren der Schöpfung schwärmte, war das für Hanna in etwa dasselbe. Estelle bedauerte, dass sie nie erfahren würde, ob aus den beiden was geworden war. An einer Weggabelung waren sie spurlos verschwunden. Am häufigsten traf man jedoch Lehrerehepaare aus Rheinland-Pfalz, die gerade Ferien hatten. Sie waren allesamt in den späten Fünfzigern, unterrichteten Deutsch und Erdkunde und trugen Klorollen und Computerausdrucke mit kunstgeschichtlichen Hinweisen bei sich. Man traf sich, führte ein, zwei Kilometer sehr persönliche Gespräche und trennte sich mit einem lapidaren »Einen schönen Tag noch«.

»Ich bin der einzige Pilger, der nicht an einer fundamentalen Lebenskrise leidet«, konstatierte Estelle nach ein paar Tagen. Sie hatte nicht mal die kleinste Ehekrise aufzuweisen. Ihr Mann hatte viele Qualitäten. Er konnte Geld verdienen, Gemälde erwerben, auf-, ab- und umhängen, überflüssig gewordene Dübellöcher zukleistern, das neue Auto einparken und Frühstück ans Bett bringen. Und er lachte über ihre Witze. Was wollte sie mehr?

»Vielleicht macht Pilgern deswegen glücklich, weil man merkt, dass es anderen viel schlechter geht«, mutmaßte sie.

Es war nicht die Schau auf ihr eigenes Leben, es war nicht das Pilgern, das sie in den Wahnsinn trieb. Es war der Koffer, der an jeder Unebenheit hängen blieb. Es waren ihre Hände, die brannten. An der rechten Hand waren erste Ansätze zu einer Blutblase erkennbar.

Blasen waren unter dem wandernden Volk ein beliebtes Gesprächsthema. Einer der Lehrer riet ihr, einen Faden mit einer Nadel durch die Blase zu ziehen und zu verknoten.

Innerhalb eines Tages sauge der Faden die Feuchtigkeit auf, wodurch die Haut trockne. Es helfe gut und tue richtig weh. Seine Frau schwörte auf Eigenurin, Judith auf mentale Tricks:

»Du musst dich auf das körperliche Empfinden des Schmerzes konzentrieren und nicht auf die damit verbundenen Gefühle«, hatte Judith Estelle am Morgen mitgegeben, als sie unter ausführlichem Wehklagen den Griff des Koffers anfasste. Aber zu solchen mentalen Kapriolen war Estelle nicht in der Lage. Sie brauchte es nicht erst zu probieren. Stattdessen tobte seit drei Kilometern ein unerbittlicher Kampf zwischen Leidensfähigkeit und Eitelkeit in ihrem Inneren. Katholizismus war nichts für sie, stellte sie fest. Aber das wusste sie schon im Alter von zwölf Jahren, als sie ein kurzes Gastspiel an einer katholischen Mädchenschule gab.

»Die Liebe von Jesus Christus zeigt sich in seiner außergewöhnlichen Opferbereitschaft«, schärften die Nonnen ihrer neuen Schülerin ein. Die verlangte Opferbereitschaft stand in vehementem Widerspruch zu Estelles ausgeprägtem Unrechtsbewusstsein. Und es war Unrecht, wenn die Klassenlehrerin von ihr verlangte, ihre Süßigkeiten mit der ganzen Klasse zu teilen. Selbst mit der dicken Bärbel Witte. Im Gegensatz zu Estelle sang die dicke Bärbel jeden Sonntag in der Messe und war mit ihrer gestochen scharfen Schrift und ihrer aufdringlichen Wohlanständigkeit das Lieblingskind aller Lehrer. Estelle wollte nicht teilen. Auf keinen Fall ihre ehrlich verdienten Süßigkeiten.

Etwas anderes aber teilte sie gerne. Zu ihren Konditionen: Gegen einen kleinen Obolus gestattete Estelle ihren Mitschülerinnen einen Blick in ganz besondere Bücher. Estelle unterhielt einen lebhaften Verleih mit den schwül erotischen Liebesromanen, die ihre Mutter heimlich las und im Bügelkorb versteckte. Von der feuchten Wäsche waren die Bücher auf doppelte Dicke angewachsen. Ein Glücksfall für Estelle, denn der Preis eines Werks richtete sich nach dem Umfang. Leider hatte die dicke Bärbel Witte weniger Sinn für Sinnliches als für Sünde und Sühne. Sie verpetzte sie. Ganze drei Monate hatte die Klosterschule Estelle ausgehalten.

Estelle hatte zwar den Ärger der Nonnen auf sich gezogen, dafür aber ein für alle Mal die Anerkennung ihres Vaters errungen, der in ihr sein eigen geschäftstüchtiges Fleisch und Blut erkannte. Willi machte aus Schrott Geld und verlor es postwendend in todsicheren Geschäften. Er schaffte es zeit seines Lebens nicht, in eine der wichtigen Positionen seiner Karnevalsvereinigung gewählt zu werden. Die Pappnasen hatten den Schrotthändler mit dem robusten Humor, den chronisch schwarzen Fingernägeln und dubiosen Kontakten nie wirklich akzeptiert. Seiner Ehefrau ging es nicht anders. Die Tochter aus höherem Hause hatte bei der Flucht aus Ostpreußen alles verloren. Nur nicht den anerzogenen Standesdünkel. Das Gefühl der Dankbarkeit, dass Willi ihr das Leben gerettet hatte, als er ihr ein Obdach und seine starke Schulter bot, hatte sich in den ersten, kinderlosen Ehejahren aufgebraucht. Sie ging in die innere Emigration und träumte sich in eine Welt romantischer Helden mit zarten Pianistenhänden.

»Estelle soll es besser haben«, befand ihr Vater. Mit der Wahl einer elitären Schule glaubte er, Estelle den Zugang zu den besseren Kreisen zu ebnen. Und die waren in Köln nun mal katholisch. Den Schulverweis nahm er persönlich. »Es sind die Hände, Estelle«, sagte er immer und zeigte seine geschundenen, schwieligen Handinnenflächen, die von dicker Hornhaut überzogen waren.

Noch ein paar Pilgertage und ihre Hände würden genauso aussehen wie die eines Schrotthändlers. Sollten zwanzig Jahre cremen, feilen und ölen umsonst gewesen sein? All die glättenden Handpackungen für nichts? Das konnte sie ihrem verstorbenen Vater nicht antun.

Estelle hatte den kritischen Punkt erreicht: Nach hundertfünfzig Kilometern Quälerei war sie restlos mürbe und zu jeder Konzession bereit, die sie von Yves' unsäglicher Erfindung befreite. »Die richtige Ausrüstung ist alles«, hatte Caroline im Vorfeld gepredigt. Estelle brauchte eine Reihe von Tagen, um zu erkennen, dass die wichtigsten Dinge, die sie nötig hatte, um es nach Lourdes zu schaffen, nicht in ihren Koffer passten: Geduld, Durchhaltevermögen und blasenfreie Hände.

Sich einfach von den Dingen trennen konnte und mochte sie nicht. Die Arbeiterinnen auf dem Feld kamen ihr gerade recht. Die beiden Frauen sahen ungläubig zu, wie Estelle erst den Koffer, dann sich selbst über den Zaun hievte. Wäre vor ihren Augen ein Ufo gelandet, hätten sie kaum verwunderter aus der Wäsche geguckt.

Hatte sich Caroline noch durch das Sprachengewirr manövrieren können, setzte Estelle auf die Tat. Sie drückte den Frauen all das in die Hände, was sie glaubte, entbehren zu können. Lebewohl Insektenstift, auf Wiedersehen Augenmaske und Make-up. Tschüss, du blöder Koffer. Bei ihrem konsequenten Alles-muss-raus stieß sie unweigerlich auf die Papiere mit den Informationen über die Restaurants der Gegend. Nein, so weit runtergekommen war sie noch nicht. Sie hatte die Hoffnung nicht aufgegeben, dass Pilgern nicht nur Darben und Entbehrung war. Vielleicht konnte sie die Freundinnen überzeugen, dass eine feudale Mahlzeit in einem exklusiven Restaurant eine Art Gottesdienst war. Auch wenn man dafür einen Umweg in Kauf nehmen musste.

Skeptisch begutachteten die Feldarbeiterinnen Tiegel und Tuben, Cremes und Augenmaske. Ganz offensichtlich hielten sie Estelle für eine Avon-Beraterin, die mit ihrem Musterkoffer durch die Provinz tingelte. Es bedurfte hektischen Gestikulierens, bis sie erkannten, dass sie alles behalten durften. Gratis. Und ohne weitere Kaufverpflichtung. Die Arbeiterinnen bekreuzigten sich. Sie hatten nicht damit gerechnet, dass der Lohn Gottes sich so unmittelbar materialisierte. Die Botschaft Mariens, Gläubige erst in einer anderen Welt glücklich zu machen, erwies sich an diesem Tag als leere Drohung.

Estelle beeilte sich, so schnell wie möglich aufzuschließen zu den Freundinnen, als sie undeutlich die Stimme von Caroline hörte. Einzelne Worte flogen an ihr Ohr: Arne. Touren. Sprechstunde. Der Rest wurde vom Wind davongetragen. Estelle war dankbar für ihre Opferbereitschaft. Das Geräusch der Rollen, die über den unebenen Boden hüpften, hätte ihre Anwesenheit längst verraten. Estelles Fuß schwebte über dem steinigen Untergrund, berührte vorsichtig den Boden. Kein Stein sollte ins Rollen kommen, bevor sie nahe genug war.

Caroline hatte sich auf einem Baumstumpf niedergelassen. Sie telefonierte. Mit Philipp. Es ging um etwas, was Estelle viel mehr interessierte als die Lebensgeschichten zufälliger Wandergesellen. Es ging um Arne.

39

»Ich habe eine Schweigepflicht. Das weißt du doch«, tönte Philipps Stimme verärgert aus dem Hörer. Caroline konnte es nicht fassen. Tausendmal hatte sie das Argument im Berufsleben gehört. Von Ärzten, die sie zu einer Aussage bewegen wollte, von gegnerischen Anwälten, von Priestern. Aber nicht von ihrem eigenen Mann. Endlich hatte sie Philipp erreicht, und jetzt berief er sich auf die gesetzliche Geheimhaltungspflicht.

»Das ist nicht dein Ernst«, empörte sich Caroline.

»Das war ein Witz«, schwächte Philipp ab. »Ich kann dir nichts erzählen, weil ich nichts weiß.«

Seine Ausflucht klang wie eine glatte Lüge. Wenn Philipp taktierte und manövrierte, tat er es schlecht. Das Gespräch mit Philipp entwickelte sich zum Desaster.

»Philipp. Tu nicht so. Sonst erzählst du auch von Patienten.«

Der Umgang mit der Schweigepflicht wurde am Abendbrottisch nie allzu streng gesehen. Manchmal musste man reden, obwohl es gegen jede Regel war. Vor allem am Anfang ihrer Karriere brauchte Caroline jemanden, mit dem sie die Geschehnisse des Tages teilen konnte. Sie redete, als sie zum ersten Mal mit Leichenfotos konfrontiert war und sich heimlich übergeben musste, sie redete, als ein Klient mit dem Messer auf sie losging, sie redete, als sie zur Pflichtverteidigerin im Fall Nele Bauer berufen wurde. Nele war zwei. Genauso alt wie Josephine damals. Und sie war tot. Polizeibeamte hatten das Mädchen in seinem Gitterbett gefunden. Getötet durch acht Messerstiche. Neles Mutter Stefanie hatte selbst die Polizei gerufen. Obwohl sie einen Überfall meldete, war sie von der allerersten Sekunde an die Haupttatverdächtige. Caroline glaubte nicht an die Version vom großen Unbekannten, der sich als Pizzabote getarnt Zugang zu der Wohnung verschafft und unvermittelt auf das kleine Mädchen eingestochen haben sollte. Stefanie verwies unter Tränen auf die Drogenkarriere des Exfreundes und aggressive Gläubiger, die ihr gedroht hatten. Keiner der Polizisten glaubte an die Unschuld der Frau. Und dementsprechend benahmen sie sich bei der Spurensicherung.

Im Prozess bewies Caroline Schritt für Schritt, dass die Beweise unrechtmäßig erlangt, manipuliert und hingebogen waren. Es war ein Freispruch zweiter Klasse, »aus Mangeln an Beweisen«, und Caroline wurde zur Zielscheibe übelster Presseartikel. Sie tat sich schwer zu erklären, dass die Beweisbarkeit einer Straftat die Archillesferse einer demokratischen Rechtsordnung war. Es fiel ihr schwer, weil Nele Bauer sie in tiefe Zweifel stürzte, ob sie auf der richtigen Seite des Rechts stand. Als sie nach Hause kam und Josephine ihre Ärmchen um sie schlang, brach sie in Tränen aus.

Jeder Strafverteidiger kennt diesen Moment, in dem man zum ersten Mal jemandem zur Freiheit verhilft, den man privat für schuldig hält. Stefanie Bauer markierte ihr erstes Mal. Ohne Philipp wäre sie verrückt geworden. Wie hätte er ihre Verzweiflung verstehen können, wenn sie nicht erzählt hätte: von Neles Verletzungen, von dem mageren Körper und davon, wie emotionslos Stefanie wirkte, wenn sie über die Tochter sprach. Philipp trug das Verfahren mit. Er hatte alle Zeit dafür, denn der erste negative Artikel, der sich mit Caroline beschäftigte und der Frage, ob man ein Monster verteidigen dürfe, fegte sein Wartezimmer leer.

Der ungesühnte Mordfall Nele Bauer blieb eine offene Wunde in ihrer Biografie. Ihre eigenen Kinder waren erwachsen und gingen beruflich eigene Wege. Josephine trat in die Fußstapfen des Vaters und studierte Medizin, Vincent unterhielt einen florierenden Webshop, in dem er T- und Sweatshirts vermarktete. Seine Modelle waren gefragt. Neles Leben dagegen endete mit zwei Jahren. Sie hatte nie eine Zukunft gehabt.

Nach der Beerdigung von Arne war Caroline an ihrem Grab gewesen. Es hatte sie beruhigt, dass die letzte Ruhestätte von Nele auch nach so vielen Jahren liebevoll gepflegt wurde. Caroline war sich sicher, dass die frischen Frühlingsblumen und der neue Teddy nicht von Stefanie Bauer stammten.

Das Bizarre war, dass Nele ihrer Karriere den entscheidenden Kick gab. Sie war kaum dreißig und die bekannteste Strafverteidigerin in Köln. Am Ende waren es die hämischen Artikel, die sie verleiteten, weiterzumachen. Mit jedem Schmähartikel wuchs ihr innerer Widerstand. Wenn man dem wütenden Mob, der sie mit Drohungen überzog und die Praxis ihres Mannes boykottierte, die Rechtsprechung überließ, war das der Anfang vom Ende des Rechtssystems. Ihre Ehe hatte den Sturm überlebt, genau wie die Praxis. Und jetzt kam ihr Philipp mit seiner Schweigepflicht.

»Was ist los mit dir?«, fragte sie entgeistert.

»Du siehst Gespenster«, antwortete Philipp. »Du hast zu viele Kriminelle um dich rum, die dir Lügen auftischen.«

Wie oft hatte Caroline sich das auf den letzten Kilometern vorgesagt. Das ungute Gefühl im Magen blieb: »Irgendwas stimmt nicht mit Arnes Tagebuch.«

»Und wenn schon. Was geht es dich an?«, hakte ihr Mann das Thema ab.

»Judith ist meine Freundin. Ich will ihr helfen.«

»Arne ist tot«, erinnerte Philipp Caroline. »Lass die alten Geschichten ruhen, Line.«

Es machte sie rasend, wenn Philipp sie Line nannte. Das tat er nur, wenn er vergessen hatte, ihre Sachen rechtzeitig von der Reinigung abzuholen, obwohl er es hoch und heilig versprochen hatte, wenn er sich zum Notdienst einteilen ließ, obwohl er wusste, dass Tante Gertrude an diesem Tag ihren Geburtstag feierte: In solchen Situationen nannte er sie Line.

»Wenn du etwas weißt, musst du es mir verraten«, insistierte Caroline.

Seine Antwort ging im allgemeinen Geräuschpegel unter, der Philipp umgab. Da waren Stimmen und Musik.

»Was sagst du? Da ist so viel Krach. Wo bist du eigentlich? Ich versuche seit Tagen, dich zu erreichen. Philipp! Philipp?«

Abgerissen, die Verbindung. Caroline legte auf, wählte hektisch die Nummer. Besetzt.

»Komisch, Telefonleitungen brechen immer dann zusammen, wenn man was mit einem Mann besprechen will.«

Caroline fuhr herum. Estelle stand an einen Baum gelehnt. Sie machte nicht den geringsten Hehl daraus, dass sie gelauscht hatte.

»Glaubst du wirklich, dass Philipp das Geheimnis von Arne kennt?«, erkundigte sie sich ungeniert.

Caroline zuckte die Achseln. Es musste einen triftigen Grund geben, warum Philipp sich ihr gegenüber auf die Schweigepflicht berief. Das hatte es noch nie gegeben. Dabei konnte Caroline sich kaum vorstellen, dass die Männer sich über die terminale Krankheit von Arne nähergekommen waren. So nahe, dass Arne ihm Dinge verriet, die er sogar vor Judith geheim hielt. Arne und Philipp waren so unterschiedlich.

»Der Mann redet zu viel«, hatte Philipp nach der ersten Begegnung befunden. »Und immer über uninteressante Sachen.«

Philipp war zu nüchtern, um sich mit Arnes nebulösen Ideen über Gott, die Welt und alles, was dazwischen schwebte, anfreunden zu können. Philipp wäre nie auf die Idee gekommen, Caroline die Zukunft aus den Wolken zu lesen. Da verließ er sich lieber auf seine Quartalszahlen, den Wirtschaftsteil der Frankfurter Allgemeinen und einen seriösen Steuerberater.

»Die Realität ist nicht berechenbar«, pflegte Arne zu deklamieren. »Selbst die Höhe des Eiffelturms schwankt je nach Außentemperatur um fünfzehn Zentimeter.«

Philipp hätte etwas über die gesetzmäßige Ausdehnung des Stahls dagegensetzen können, fürchtete aber, dass Arne auch darauf eine verschwommene Antwort hatte.

Und diese beiden Männer sollten sich in Arnes letzten Monaten nähergekommen sein? Caroline hatte eher den Eindruck, dass Philipp Arne mied, seit er sein Patient war. Caroline hatte sich schuldig gefühlt, denn sie hatte Philipp gebeten, sich Arnes Krankenakte anzusehen. Das war, nachdem das Krankenhaus ihn aufgegeben hatte. Philipp betreute Arne auch, als es über die Verabreichung von Schmerzmitteln hinaus nichts mehr zu helfen gab und es nur noch darum ging, Arne auf seinem schwierigen Weg zu begleiten und Judith zu stützen.

»Arne war nie ein Thema an unserem Abendbrottisch«, bekannte Caroline ehrlich. Wozu auch? Caroline brauchte Philipp nicht nach Arne zu fragen. Sie konnte an Judiths wässrigen Augen ablesen, wie es um seine Gesundheit stand.

Philipp ging in dieser Zeit auf Distanz. »Ich habe den ganzen Tag Sprechstunde, abends habe ich geschlossen«, gab er als Entschuldigung an, wenn er einer Einladung bei Judith und Arne fernblieb. Er hasste es, bei gemütlichen Abendessen mit Freunden Laborbefunde zu diskutieren. Aber vielleicht hatte dieses Abschotten noch einen ganz anderen Grund. Hatte Arne Philipp etwas anvertraut? Etwas, das Philipp so missfiel, dass er sich von Arne und Judith zurückzog? Warum erzählte Philipp nichts?

»Es ist dieses Tagebuch«, schloss Estelle. »Solange wir nicht wissen, was da drinsteht, tappen wir im Dunkeln.«

Caroline fragte sich, ob das Tappen im Dunkeln in diesem Fall nicht das Gesündeste war. War es wirklich wichtig zu wissen, welches Geheimnis Arne mit ins Grab genommen hatte?

In der Rückschau würde sie begreifen, dass das merkwürdige Gespräch mit Philipp ein wichtiges Puzzlestückchen lieferte. Noch wollte es sich nicht mit den anderen Puzzlestückchen zu einem Bild zusammensetzen. Das Teil lag isoliert, am falschen Ende. Noch.

40

»Ich glaub's nicht. Unsere brave Eva«, wunderte sich Estelle. Nach der schweißtreibenden Etappe hatten die Dienstagsfrauen sich samt Max in der Auberge eingefunden. Die Passhöhe auf elfhundertsechzig Meter erreicht zu haben, bescherte allen ein erhebendes Gefühl. Sie konnten sich kaum vorstellen, dass in weniger als vier Wochen die Fahrer der Tour de France sich mit dem Fahrrad dieselben Strecken hinauf- und hinunterquälen würden. Jetzt saßen sie wie Hühner auf der Stange auf einer Bank in der Küche. Ihre Füße badeten in fünf identischen Plastikeimern, in die Jacques angenehm warmes, mit Soda angereichertes Wasser gefüllt hatte. Estelle hatte das Gefühl, den ganzen Tag gelaufen zu sein, ohne ihrem großen Ziel auch nur einen Schritt näher gekommen zu sein. Den anderen erging es nicht besser.

Die Einzige, die vergnügt und erholt durch die Küche tänzelte, war Eva. Offen flirtete sie mit Jacques, der ihr zum wiederholten Mal Wein nachschenkte. Es war einer dieser Weine, die in der normalen häuslichen Umgebung höchstens als Essigersatz durchgingen. In Jacques' Küche schmeckte er göttlich. Genauso wie das Essen, das sie in stundenlanger Arbeit gemeinsam fabriziert hatten. Jacques ließ es sich nicht nehmen, Eva höchstpersönlich den ersten Löffel zu kredenzen.

»Das Geheimnis eines göttlichen Cassoulet liegt in der Wahl der Hülsenfrüchte. Meine Großmutter schwor auf die weißen Lingot-Bohnen«, säuselte Jacques, als er den Löffel zu ihrem Mund führte. Evas Wangen glühten. Von der Hitze in der Küche. Von dem vielen Wein. Von dem Mann neben ihr. Eva, die sonst immer für das kulinarische Wohl verantwortlich war, genoss es sichtlich, von Jacques bekocht zu werden. Das üppige Fleisch- und Bohnengericht war kalorientechnisch ganz und gar unverantwortlich. Ihren Schwur, auf Schweinefleisch zu verzichten, hatte sie längst vergessen. So wie sie alles vergessen hatte, was ihr Leben ausmachte. Selbst die Freundinnen. Heute war sie dran. Sie würde sich von nichts und niemandem den Abend verderben lassen.

Die Spannungen hingen wie Gewitterwolken über der Gruppe. Pilgern wirkte wie ein Brennglas. Alle Konflikte, die man im Alltag durch hektische Betriebsamkeit übertünchen konnte, brachen auf. Kiki negierte Max so gut es ging und zeichnete stur an ihren Entwürfen, Judith kämpfte mit den Tränen, Caroline kontrollierte andauernd ihr Handy und Estelle starrte wie die Schlange auf das Kaninchen: Im offenen Rucksack von Judith lag obenauf das Tagebuch. Wie gerne würde sie einen Blick auf die geheimnisvollen Seiten werfen. Judith beschützte das Buch, als sei es der Heilige Gral. Jede Nacht verstaute sie das Tagebuch unter ihrem Kopfkissen. Doch jetzt sah Estelle ihre Chance gekommen. Judith würde während des Essens abgelenkt sein. Sie konnte sich das Buch ausleihen. Für einen schnellen Blick musste es reichen.

Sie wollte gerade aufstehen, als Eva ihr einen Teller Cassoulet in die Hand drückte. Estelles Hunger war größer als ihre Neugier.

»Sag nicht, du hast den ganzen Tag in der Küche gestanden?«, staunte Estelle.

Jacques konnte seine Küchenhelferin nicht genug loben: »Eva hat bei allem geholfen: Bohnen einweichen, kochen, Bouillon ziehen. Entenkeulen in Schmalz garen, Schweinerippen schmoren, Knoblauchwürste anbraten, Rückenspeck zufügen, dann Schweinshaxe.«

»Am Ende schichtest du Bohnen und Fleisch in den Tontopf, gießt das Ganze mit Bouillon an und schiebst es ins Feuer«, ergänzte Eva eifrig.

»Und das soll tagesfüllend sein?«, wunderte sich Estelle. Eigentlich zielte sie auf das, was sich neben dem gemeinsamen Kochen noch zwischen Eva und Jacques abspielte. Doch Eva war in ihrem angeschickerten Zustand immun gegen jeden Zwischenton. »Natürlich nicht. Du musst schon weiter auf das Cassoulet aufpassen. Während des Garens bildet sich eine dunkle Kruste. Die drückst du immer wieder ein. Ganz vorsichtig, denn du willst die Bohnen ja nicht zerquetschen. Sieben Krusten muss ein Cassoulet haben«, erklärte Eva das Erlernte.

Jacques drückte Eva die rote Mütze seiner Gilde aufs Haar. »Willkommen im Club«, sprach Jacques feierlich. »Du kannst stolz auf dich sein.« Eva kicherte unsicher. Sie wusste nicht, wie sie mit der ungewohnten männlichen Aufmerksamkeit umgehen sollte. Wenigstens konnte niemand sehen, dass sie rot wurde. Rot war ihr Gesicht bereits von der Hitze in der Küche und dem vielen Wein. Kiki fotografierte die denkwürdige Szene.

Estelle hätte nie im Leben freiwillig so einen derben Eintopf bestellt. Doch nach dem ersten Bissen beschloss sie, dass ein Bohneneintopf genau das Richtige war, um ermattete Pilger nach einem langen Wandertag zu Kräften zu bringen.

Noch phänomenaler als das Essen war die Verwandlung von Eva.

»Seit die Standleitung zu ihrer Familie gekappt ist, ist Eva wie ausgewechselt«, flüsterte Caroline. »So ausgelassen habe ich sie seit Jahren nicht gesehen.«

Judith ahnte, wie Evas sonderbare Veränderung zustande kam: »Pilgern bringt Verschüttetes wieder an die Oberfläche.«

Estelle hielt dagegen, bevor Judith sich wieder in einem spirituellen Vortrag verlor. »Komisch. Ich spüre nichts. Wahrscheinlich bin ich tief innen ziemlich oberflächlich«, trötete sie fröhlich.

»Das schmeckt, das schmeckt wie«, suchte Eva nach einem passenden Vergleich, gab lachend auf und nahm noch eine Gabel. Sie aß gemeinsam mit den Freundinnen und mit ungebremstem Appetit. Nur Judith stocherte wie üblich im Essen herum.

»Ich kann dir Eieromelette machen«, bot Jacques an.

Judith nickte gequält. »Eieromelette, natürlich. Gerne.«

Seit Tagen ernährte sich Judith von nichts anderem.

»Elle n'aime pas ce qu'on mange ici«, raunte das Personal in den Restaurants, die sie besuchten. »Sie mag nicht, was wir hier essen.« Man wurde hier geradezu zum Außenseiter, wenn man weder Fleisch noch Fisch aß. Da blieb nur Omelette.

Estelle ging Judiths unfrohes Stochern auf die Nerven. War das eine spezielle Bußübung, die Judith sich auferlegte? Selbstkasteiung? Oder einfach großes Theater? Wie sollte sie jemals die Gelegenheit bekommen, einen Blick in das Buch zu werfen, wenn Judith nicht mal durch Essen und Gesellschaft abzulenken war? Als sei es verboten, irgendetwas zu genießen, was Arne nicht mehr erleben durfte.

Nach zwei, drei Höflichkeitsbissen Omelette stand Judith wortlos auf, packte Tagebuch und Rucksack und verschwand.

»So geht das nicht weiter«, flüsterte Estelle Caroline zu. »Wir müssen was unternehmen.«

Unklar blieb, was sich Estelle darunter vorstellte.

41

Die Wallfahrtskapelle, die abseits der Herberge mitten in die Weidelandschaft eingebettet war, empfing Judith mit dem Geruch von Weihrauch und warmem Kerzenwachs. Der monotone Singsang einer französischen Pilgergruppe, die sich zur Abendandacht versammelt hatte, verzauberte die Kirche. Ohne jede Betonung beteten die Pilger in einer Endlosschleife das »Gegrüßet seist du, Maria« herunter.

»Je vous salue, Marie pleine de grâces; le Seigneur est avec vous.
Vous êtes bénie entre toutes les femmes
et Jésus, le fruit de vos entrailles, est béni.
Sainte Marie, Mère de Dieu, priez pour nous pauvres pécheurs,
maintenant et à l'heure de notre mort.«

Die unaufhörliche Litanei bildete einen eintönigen Klangteppich, der das Kirchenschiff mit der Aura des Geheimnisvollen füllte. Judith hatte es sich in den vergangenen Tagen zur Gewohnheit gemacht, am Abend gemeinsam mit Eva die lokale Kirche aufzusuchen. Für sie gehörte das zu einem Pilgerweg dazu. Arne hatte es so gehalten und Judith wollte es ihm gleichtun.

»Unsere katholischen Aktivisten«, spöttelte Estelle, wenn sie wieder einmal in einer Kirche verschwanden. Dabei war Judith nicht katholisch. Nie gewesen. Sie beneidete Eva um ihren fraglosen, selbstverständlichen Glauben, der sie trug. Sie selbst fühlte sich eher spirituell als religiös. Spirituell und suchend.

Judith hoffte so sehr auf ein Zeichen. Bei jedem Schritt, den sie tat, ersehnte sie den magischen Moment, in dem sich dieses besondere Gefühl einstellte, von dem so viele Pilger schwärmten. Sie wartete sehnsüchtig auf eine Begegnung mit einer Art höherer Macht, die ihr die Kraft gab, ihr Leben, das in tausend Stücke zerfallen war, wieder zu einem Ganzen zu machen.

Sie wagte nicht, mit den Freundinnen spirituelle Themen anzuschneiden. Wie sollte sie mit der nüchternen Caroline über so etwas sprechen? Für die Anwältin zählten nur beweisbare Fakten. Die Einzige, die für religiöse Fragen zugänglich war, war Eva. Aber wie fragte man so etwas?

»Und? Wie steht es? Schon ein Gotteserlebnis gehabt?«

Das klang wie die ungebührliche Frage ihrer Großmutter, die sie als Teenager mit ihrem ewigen »Na Judith, hast du schon einen festen Freund?« verfolgt hatte. Und das nur, um sie beim ersten Ja an die Mutter zu verpetzen: »Das Kind ist viel zu jung für einen festen Freund«, hatte sie sich empört.

Womöglich war die Frage nach Gott genauso privat wie die Frage, ob und mit wem man Sex hatte. Judith zuckte innerlich zusammen. Wie konnte sie in der Kirche über Sex nachdenken. Es lag an ihr, dass der magische Moment sich nicht einstellen wollte. Sie war nicht offen genug. Immer wieder drängten ihre Gedanken in die verkehrte Richtung.

Vielleicht lag es an dieser Wallfahrtskapelle, die das Gefühl von Heilung und Seelenfrieden gar nicht erst aufkommen ließ. Ähnlich wie die Kathedrale von Mirepoix war auch diese Kirche mit üppigen Darstellungen von Kreuzigung, Marter und Tod ausgestattet. Schon als Kind hatte Judith das Morbide der katholischen Kirchen gefürchtet. Als einzig konfessionsloses Kind ihrer Jahrgangsstufe parkte man sie kurzerhand beim katholischen Religionsunterricht. Und dazu gehörten die verhassten Kirchenbesuche.

»Judith ist ein ängstliches Kind«, stand in der Beurteilung der Schule. Tatsächlich fürchtete sie sich vor allem und jedem. Vor dem Krabbelgetier, das ihr kleiner Bruder ihr ins Bett legte, davor, den Text des Gedichts zu vergessen, wenn sie vor der Klasse stand, vor den lauten Stimmen der Eltern, die permanent stritten. Am schlimmsten aber waren die Schulbesuche in Kirchen. All die Darstellungen von Leiden in Stein, Marmor und Wandfarbe, die gruseligen Relikte vergangenen Lebens hinter Glas, die Gräber, Gruften und balsamierten Leichname.

Auch Bernadette lag, durch ein Wunder unverwest, als wäre sie erst gestern gestorben, in einem Schrein in Nevers. Gott sei Dank war Burgund weit weg, sodass keine der Freundinnen auf die Idee kommen konnte, dem Leichnam einen Besuch abzustatten. Judith reichte schon die Postkarte mit dem Bild der toten Bernadette, die Arne in sein Tagebuch geklebt hatte. Bernadette lag ganz still in ihrer Nonnentracht, die Hände zum Gebet gefaltet, in einem Schrein. Judith graute vor dem Anblick. Die Adern des Unterarms schimmerten durch, die Fingernägel waren fast rosig, das Gesicht leicht sonnengebräunt. Judith hatte Mitleid mit dieser gepeinigten Frau. Von Misstrauen, Unverständnis und Anfeindungen geschwächt, war Bernadette an Knochentuberkulose erkrankt und mit nur fünfunddreißig Jahren gestorben. Was nutzte es ihr, dass sie 1934 heiliggesprochen wurde? Was nutzte es, dass siebenundsechzig der Tausenden Heilungen, die an der Quelle vonstattengingen, offiziell als Wunder anerkannt waren? Judith fand, dass der Preis, den Bernadette für ihre Begegnung mit Maria bezahlte, zu hoch war. Die Erscheinungen waren ein Spektakel. Nachdem der Fall bekannt wurde, hatten sich bis zu zehntausend Schaulustige an der Grotte versammelt, um Bernadette zu beobachten. Nicht alle waren ihr wohlgesinnt. Bernadette wurde als Lügnerin bezeichnet, sie wurde ausgelacht, verschrien, als hysterisch verunglimpft. Später, als sie ins Kloster geflüchtet war, durfte sie überhaupt nicht mehr über ihre Erlebnisse sprechen. »Die Jungfrau Maria hat sich meiner bedient wie eines Besens«, soll sie nüchtern konstatiert haben. Nach Gebrauch wurde der achtlos in eine Ecke gestellt.

»Je vous salue, Marie pleine de grâces; le Seigneur est avec vous.
Vous êtes bénie entre toutes les femmes …«

Der Sermon im Hintergrund ging weiter und weiter und weiter. Vielleicht half Beten. Für Arne war klar gewesen, dass Ursprung und Ziel des Lebens außerhalb seiner selbst lagen. »Die Menschen sollten weniger fragen und mehr beten«, war sein Credo.

Unsicher faltete Judith die Hände zum Gebet. Man musste kein Katholik sein, um die Worte des Rosenkranzes zu kennen. Sie erwarb eine Opferkerze und versuchte beim Entzünden, das Gebet zu sprechen. Im Kopf hatte sie die Worte parat.

Gegrüßet seist du, Maria, voll der Gnade,
der Herr ist mit dir.
Du bist gebenedeit unter den Frauen …

Warum wollten die Worte nicht aus ihrem Mund fließen? Bitte für uns Sünder. Stattdessen kullerten Tränen über ihr Gesicht. Eine Hand legte sich kalt auf ihre Schulter. Judith fuhr zusammen. Aus der französischen Gruppe hatte sich ein Mann gelöst. Unbemerkt war er näher gekommen.

»Kann ich etwas für dich tun, Schwester?«, sprach er sie an. Seine durchdringende Stimme hallte merkwürdig an ihr Ohr.

Judith schüttelte den Kopf. »Der einzige Mensch, der mir helfen könnte, ist tot.«

»Der Pilgerweg ist wie Krieg mit sich selbst«, entgegnete der Mann. »Blut, Schweiß und Tränen. Und nur du kannst den Kampf gewinnen.«

Judith war sich nicht sicher, ob es für sie überhaupt etwas zu gewinnen gab.

»Mein Mann ist tot. Ich habe schon verloren.«

Die Antwort des Pilgers kam schnell und schneidend wie ein Peitschenhieb.

»Darum geht es nicht. Es geht um dich und deine Verfehlungen.«

Judiths Kopf fuhr zur Seite. Wer war dieser obskure Tröster? Durch den Schleier der Tränen erkannte sie einen kleinen, gedrungenen Mann mit kurz geschorenen roten Haaren. Er hatte tief liegende, dunkle Augen, in der Pupille und Linse zusammenschmolzen. Nicht nur die kalte Hand, die auf ihrer Schulter ruhte, ließ sie frösteln. Es waren diese Augen, in denen man keinen Halt fand. Man ertrank in ihnen.

Judith trat instinktiv einen Schritt zurück, die Hand fiel von ihrer Schulter.

»Ich trauere falsch. Ich pilgere falsch. Wieso maßt sich jeder an, über mein Leben zu urteilen?«

Sie blitzte den unheimlichen Mann mit der merkwürdig geschwollenen Sprache wütend an. Der Pilger blieb unbeeindruckt von ihrem Ausbruch. Er war nicht aus der Ruhe zu bringen. »Nicht der Weg ist das Schwierige. Das Schwierige ist, dass man sich selbst begegnet.«

Mit jedem Wort kam er näher. Die Schatten der Kerzen gaben seinem Ausdruck etwas Dämonisches, das sie beängstigte.

»Und die Wahrheit, die man in sich findet«, fuhr er mit verzerrtem Gesicht fort, »die ist nicht immer angenehm. Ohne Beichte keine Erlösung.«

Judith fühlte sich unwohl. Was sollten diese dunklen Ermahnungen? Sie wollte einfach nur weg.

»Ich habe keine Ahnung, wovon Sie reden«, beendete sie die Angst einflößende Unterredung. Der Pilger wertete ihre abwehrende Haltung als Beweis, dass er richtiglag: »Du weißt es, Schwester. Du willst es nur nicht zugeben.«

Das reichte. Was bildete der Kerl sich ein? Was wusste er von ihr? Sie musste sich so etwas nicht anhören. Judith hastete überstürzt aus der Kirche.

»Du kannst vor mir weglaufen«, tönte es kalt in ihrem Rücken. »Aber du kannst der Wahrheit nicht entkommen. Weil sie in dir liegt.«

Weg. Nur weg. Weg von dem diabolischen Mann mit seinen unheilschwangeren Prophezeiungen.

Mit einem Ruck riss Judith das schwere Kirchenportal auf. Ein kalter Windhauch ergriff die Flammen der Kerzen und löschte sie mit einem Schlag aus. Der unheimliche Pilger war wie vom Erdboden verschluckt. Nur der gespenstische Sermon war zu hören.

»Je vous salue, Marie pleine de grâces; le Seigneur est avec vous.
Vous êtes bénie entre toutes les femmes …«

Die Franzosen beteten, als wäre nichts geschehen. Niemand hatte etwas Ungewöhnliches wahrgenommen. Niemand außer Judith. Sie hoffte inständig, dass dies nicht das Zeichen war, auf das sie gewartet hatte.

42

Der Kampf ums beste Bett war eröffnet. Im engen Gang der Auberge herrschte lebhafter Andrang auf die Schlafstätten. Zusätzlich zu den Dienstagsfrauen hatte sich die französische Pilgergruppe aus der Kapelle eingefunden und dem gemütlichen Abend in der Küche ein jähes Ende bereitet. Im Gang standen zwei Dutzend Pilger, die versorgt und untergebracht werden wollten. Jacques bemühte sich redlich, Ordnung ins Chaos zu bekommen. Er stockte, als er entdeckte, dass sich nicht nur Max und die Dienstagsfrauen unter die Franzosen gemischt hatten, sondern auch Eva.

»Ich bin gleich zurück. Nicht weggehen«, hatte er ihr ins Ohr geflüstert, als die französische Invasion begann und ihn zwang, die Küche zu verlassen. Als die Freundinnen befanden, dass es auch für sie Zeit war, das müde Pilgerhaupt zu betten, ging sie mit. In der Küche warten, dass Jacques zurückkam? Wohin sollte das führen?

»Les hommes à gauche, les femmes à droite. Männer links, Frauen rechts«, übertönte Jacques das aufgeregte Sprachengewirr und seine Enttäuschung. Im Gang wuselte es. Die Dienstagsfrauen hatten ausführlich Gelegenheit zu bedauern, dass sie bei Wein und Cassoulet in der Küche hängen geblieben waren und sich nicht rechtzeitig darum gekümmert hatten, ein Bett zu reservieren. Jetzt blieb ihnen nichts anderes übrig, als sich unter die französische Gruppe zu mengen.

Rucksäcke verhakten sich, Ellenbogen wurden ausgefahren, Bäuche als Bollwerk eingesetzt, Zehen eingeklemmt. Ausdünstungen von Schweiß, Knoblauch, Weihrauch und reichlich genossenem Alkohol hingen schwer in der Luft. Oder war das die üppige Bohnenmahlzeit, die erste Wirkung zeigte?

Jacques ließ sich nicht beeindrucken. Mit Charme überzeugte er zwei betagte Damen, die entweder dieselben Eltern oder denselben exzentrischen Friseur hatten, dass Einzelzimmer nur was für scheintote Senioren waren. Als das Zwillingspaar, das sich eben noch über den mangelnden Komfort aufgeregt hatte, im Schlafsaal verschwand, fühlten die beiden Damen sich so jung und attraktiv wie seit Jahren nicht mehr.

»Wir müssen heute Nacht alle zusammenrücken«, verkündete Jacques über die Köpfe der Wartenden und sah dabei Eva in die Augen. Eindeutig zweideutig war sein Blick.

»Wage nicht, die Situation auszunutzen«, hörte Eva eine Stimme. Doch die kam nicht aus ihrem Innern, sondern von Kiki, die das Gedränge unerwartet in die Nähe von Max geschoben hatte. Der hielt sich theatralisch die Nase zu:

»Ich liebe dich, Kiki. Aber so sehr auch wieder nicht.«

»Ich verstehe jetzt, warum Pilgern gegen fleischliche Gelüste hilft«, bestätigte Estelle. »Bei dem Geruch von Pilgerschweiß wird man von selber keusch.«

Sie bemühte sich, mit konsequenter Mundatmung dem Geruchsinferno zu entgehen und sich mit einem gut platzierten Rempler ein gutes Stück nach vorne zu drängen. Nur Judith schien die penetranten Gerüche nicht wahrzunehmen. Ihr Blick schweifte unruhig über die Gruppe.

»Der Typ war bei den Franzosen dabei. Ganz sicher«, lamentierte sie.

»Warum lässt du dich von ihm so beeindrucken«, fragte Caroline Judith. Sie verstand nicht, warum Judith so verstört war.

»Ihr hättet ihn sehen müssen. Seine Augen funkelten. Als ob er mir was antun wollte.«

»Eine Art katholischer Taliban?«, erkundigte sich Estelle.

Der Schreck war Judith in die Glieder gefahren. Unter der Sonnenbräune, die sie in den letzten Tagen angenommen hatte, war sie erbleicht. Sie beharrte darauf, dass der Mann durch und durch feindselig war.

»Er hat mich bedroht!«

»Was hat er denn gesagt?«, versuchte Caroline Ordnung in Judiths wirre Erzählung zu bekommen.

»Was soll er schon gesagt haben«, mischte Estelle sich ein. »Bei den Taliban geht es immer nur um das eine: Sünde und Strafe.«

Judith starrte Estelle mit panischen Augen an.

»Hallo, ich bin's«, winkte Estelle. Eva begriff nichts mehr.

»Judith wirkt noch verstörter als zu Hause«, raunte sie Caroline zu. Doch die hatte gerade den spitzen Ellenbogen eines durchtrainierten französischen Wandervogels in den Magen bekommen und beschloss, dass sie für diese Art von Verteilungskampf ungeeignet war. Sie kämpfte sich aus dem Gewühl und wartete in einer Ecke geduldig, bis das Chaos sich lichtete.

»Les hommes à gauche, les femmes à droite. Männer links, Frauen rechts«, wiederholte Jacques. Estelle und Kiki verschwanden erleichtert nach rechts, Max nicht ohne Geste des Bedauerns in Richtung Kiki nach links.

»Wie der Mann zwischen den Kerzen stand«, regte Judith sich immer noch auf. »Wie eine Erscheinung.« Sie konnte nicht begreifen, dass niemand sie ernst nahm.

Eva hatte eine Erklärung für das merkwürdige Phänomen: »Das ist der Weg, Judith. Das ist, was der Weg mit einem macht«, schwärmte sie und war mit ihren Gedanken schon wieder bei ihrem Retter. »Das Laufen ist so monoton, da werden die Wahrnehmungen automatisch intensiver. Selbst alltägliche Begegnungen bekommen etwas Magisches«, murmelte sie und blickte unverwandt zu Jacques. Den ganzen Tag hatten sie miteinander gekocht, gelacht und geflirtet. Sie hatte seine neugierigen Blicke genossen, die Art, wie er beim Reden seine Hand auf der ihren ruhen ließ. Jacques machte keinen Hehl daraus, dass er Eva attraktiv fand.

Nicht einmal Frido war so sturmartig in ihr Leben getreten wie Jacques. Frido war kein Mann für Sprints und andere Plötzlichkeiten. Als Schüler hatte man ihn aus der Fußballmannschaft geworfen, weil er zu langsam im Antritt war und jeden Ball verlor. Frido war für die Kurzstrecke ungeeignet, bewies aber, wenn man ihm die Chance gab, Ausdauer und Zähigkeit. Frido war weder schnell noch ein Freund übereilter Aktionen. Den ersten Heiratsantrag hatte er so vorsichtig formuliert, dass er komplett an Eva vorbeiging. Eva heiratete ihn trotzdem. Bis heute war sie traurig, dass Oma Lore Frido nicht mehr kennengelernt hatte. Sie hätte ihn gemocht. Sie hätte weit weniger gemocht, dass sie hier in Frankreich stand und kein bisschen an Frido dachte, sondern nur an den Mann, der im Gang stand und die Menge teilte wie einst Moses das Meer.

Eva versuchte sich vorzustellen, was für eine Art Leben Jacques außerhalb seiner Arbeit führte. War er ein Heiliger, der vom Himmel gefallen war? Oder hatte er ein ganz reales Leben? Vielleicht lebte er mit seinen Eltern unter einem Dach. Linke Friedensaktivisten, die grau und gebeugt waren und ab und an einen heimlichen Joint rauchten. Oder hatte er eine eigene Familie? Frau und Kinder, die heute zufällig Opa und Oma einen Besuch abstatteten? Eva hatte nichts gefragt und Jacques hatte nichts erzählt. Sie hatten den Tag miteinander verbracht. Ohne Vergangenheit und ohne Zukunft. Jacques schien das anders zu sehen.

»Warum ruhst du dich nicht ein paar Tage bei uns aus?«, fragte er Eva, als sie endlich an der Reihe war. »Du könntest mir beibringen, was man bei euch kocht.«

»Rheinischer Sauerbraten«, schlug Eva vor.

»Schwierig?«, fragte Jacques nach.

»Zeitraubend.«

Jacques strahlte: »Perfekt.«

Sein Interesse schmeichelte Eva. Und doch war eine Urlaubsaffäre das Letzte, was sie suchte. Sie wusste, wo sie hingehörte. Zu Frido, zu ihren Kindern, zu den Dienstagsfrauen. Sie würde nicht mehr da sein, wenn er morgen Mittag von seinem täglichen Marktgang zurückkehrte.

»Ich bin mit meinen Freundinnen gekommen und ich gehe mit ihnen weiter. Ich schaffe das jetzt. Der heilige Jacques hat mich gerettet.«

Eva lächelte ihn schüchtern an. Für ihre Begriffe kam das einer ungestümen Liebeserklärung gleich. Aber nicht jede Liebe musste man leben. Man konnte sie still im Herzen bewahren. Dort, wo sie kein Unheil anrichtete.

Als hätte er geahnt, dass der Abschied schneller kommen könnte, als er das erhoffte, zog Jacques eine alte Postkarte heraus, die die Auberge de la Paix zu friedensbewegten Zeiten zeigte. Auf die Rückseite hatte er für Eva das traditionelle Cassoulet-Rezept notiert.

»Die Akademie würde sich freuen, wenn du das Rezept nach Hause trägst.«

Seine Stimme krabbelte ihren Rücken hinab. Zittrig öffnete Eva ihre Brieftasche, um das Bild zu verstauen. In den Klarsichthüllen leuchteten die Familienporträts. Jacques nahm Evas Hände, zog sie an sich und drückte ihr einen Kuss auf die Lippen:

»Bon voyage, Eva.«

»Danke für alles«, flüsterte Eva, bevor sie eilig im Zimmer verschwand. Sie war zufrieden mit dem Tag. Und mit dem Rezept, das sie sicher in ihrer Brieftasche wusste. Als Erinnerung und als Mahnung. Sie hatte den Kuss noch auf den Lippen. Und jetzt wusste sie, wie Cassoulet schmeckte. Es schmeckte nach Neuanfang.

Jacques blieb auf dem Gang stehen und sah Eva versonnen hinterher. Als er sich umdrehte, merkte er, dass er einen letzten Pilger vergessen hatte: Caroline. Die tat so, als betrachtete sie andächtig die billigen Kunstdrucke an der Wand.

»Ich habe nichts gesehen«, rief Caroline. »Ich muss was an den Augen und Ohren haben.«

Jacques lachte nur. Er warf einen Blick in den rechten Raum. Dann wies er stoisch nach links. Dorthin, wo kurz zuvor Max entschwunden war. Einzelzimmer, so musste Caroline lernen, gab es hier sowieso nicht.

43

Unkomfortabel das Bett, knapp bemessen der Platz, männlich die Gesellschaft. Gemeinsam mit Max war Caroline im Schlafsaal der Männer gelandet. In der Evolution vom Urmenschen zum modernen Individuum mag das Schlafen in der Gruppe eher die Regel als die Ausnahme dargestellt haben. Aber selbst wenn man Pilgern als Rückbesinnung auf einfache Lebensformen begriff, stellte das, was in dieser Nacht auf Caroline zukam, eine echte Herausforderung dar. Beim Anblick behaarter Männerbeine, welker Oberarme und ausladender Bäuche bereute Caroline zutiefst, bei der Bettenvergabe höfliche Zurückhaltung geübt zu haben.

Sie versuchte, sich so verstohlen wie möglich ihrer Kleider zu entledigen. Als sie die Stielaugen ihrer männlichen Mitpilger bemerkte, beschloss sie kurzerhand, die Nacht in ihrer Wanderkluft zu verbringen. Das konnte das Geruchserlebnis, das mit dem Pilgern einherging, bestimmt nur geringfügig verschlimmern.

Vor der gemeinschaftlichen Nachtruhe ging das gemeinschaftliche Licht aus, was zu wütendem Protest aus vielerlei Kehlen und erneutem Aufflammen der Deckenbeleuchtung führte. Dreimal ward es Licht, bevor endlich Ruhe einkehrte. Caroline hatte sich gerade in Wolldecke und Laken gekuschelt, als monotones Gemurmel von abendlichen Gebeten aufbrandete. Was mochten diese Menschen auf dem Kerbholz haben, wenn die Rosenkränze in der Kirche nicht genug waren, die Schuld von sich abzubeten? Wider Erwarten hatte das sanfte Gemurmel etwas Beruhigendes. Schwer wog der Weg in Carolines müden Gliedern. Die Genugtuung, sich körperlich etwas abzuverlangen und die eigenen Grenzen zu erspüren, machte den Kopf frei. Ein unerwartetes Glücksgefühl breitete sich wohlig in ihrem Körper aus.

Minuten später brach das Inferno los. Manche Menschen schnarchen selten, manche immer, wieder andere bei Schnupfen oder übermäßigem Alkoholgenuss. Die menschliche Spezies, die geneigt war, sich auf ein Pilgerabenteuer einzulassen, schnarchte vor allem laut. Zu allem Überfluss hustete Carolines unmittelbarer Nachbar von Bett sechzehn den Teer unzähliger Zigaretten aus der malträtierten Lunge. Es war nicht auszuhalten.

Caroline schien die Einzige, die sich an dem heimlichen Wettkampf um immer neue Dezibelrekorde störte. Studien bewiesen, dass Frauen besser schlafen, wenn kein Mann an ihrer Seite ruhte. Die Praxis erwies mal wieder, dass das bei Männern genau umgekehrt zu sein schien. Die Herren Pilger schliefen, Caroline litt. Warum hatte sie nicht an Ohrstöpsel gedacht? Natürlich standen die auf ihrer Checkliste. Und natürlich hatte Caroline darüber nachgedacht und leichtfertig entschieden, dass ihr auf einer wenig populären Nebenstrecke des Jakobswegs so etwas wie ein überfüllter Schlafsaal nicht begegnen konnte.

Entnervt zog Caroline das Kissen über den Kopf. Sie versuchte verzweifelt einzuschlafen, als sie fühlte, dass sich jemand auf ihre Pritsche setzte.

Nach der Messerattacke hatte sie einen Selbstverteidigungskurs besucht. Gemeinsam mit ihrer Tochter Josephine, der sie per mütterlichem Dekret einen Kursus in Wehrhaftigkeit verordnet hatte. Der Kurs wurde zu einem unerwarteten Höhepunkt in ihrer gemeinsamen Geschichte: Zwischen Ellenbogenhebeln, Kniestößen und heftigen Tritten gegen Spann, Schienbein, Knie, Oberschenkel und Genitalien war Mutter und Tochter viel Zeit geblieben, miteinander zu reden und zu lachen. Sie hätte Fien längst fragen sollen, den Auffrischungskurs anzuhängen. Jetzt war es zu spät. Eine ungefährliche Art, sich zur Wehr zu setzen, gab es nicht. Caroline versuchte sich zu erinnern, wo das Taschenmesser lag, als eine weibliche Stimme ihr etwas zuraunte.

»Ich muss dir was zeigen.« Der nächtliche Überfaller war Estelle. Das Licht, das durch den kleinen Spalt in der Tür vom Gang in den Schlafsaal fiel, reichte Caroline, um zu sehen, dass Estelle etwas in der Hand hielt. Es war das Tagebuch von Arne.

44

»Das ist Diebstahl«, empörte sich Caroline.

Estelle sah das ganz anders: »Notwehr. Höchstens.«

Die beiden Frauen hatten sich in die Gemeinschafts-
duschen am Ende des Ganges zurückgezogen. Der einzige
Ort, an dem man ungestört miteinander reden konnte. Vorausgesetzt, man ließ sich nicht stören durch flackerndes Neonlicht, orangefarbene Fliesen und eine tropfende Dusche,
die wie eine Buschtrommel verkündete, dass hier mal wieder
gründlich renoviert werden musste.

»Ich mache bei solchen Heimlichkeiten nicht mit«, entschied Caroline. Ihre Worte hallten in dem hohen, gekachel-
ten Badezimmer wider. Wenn hier jemand laut sang, hatte
das ganze Haus etwas davon. Noch ein Beweis: Caroline
hatte nicht einmal die passende Stimme zum Flüstern, Tuscheln, Raunen und Munkeln. Wenn sie etwas sagte, sagte sie
es so, dass ihre schwerhörige Rentnerstammhörerschaft, die
keinen öffentlich zugänglichen Mordprozess ausließ, etwas
davon hatte.

»Wir sind Freundinnen, so gehen wir nicht miteinander
um«, befand sie.

»Hör erst mal zu«, forderte Estelle sie energisch auf.

»Du hast es bereits gelesen«, erkannte Caroline. Estelle ließ
sich von Carolines empörtem Einwurf nicht aufhalten, schlug
ungerührt eine Tagebuchseite auf und erhob die Stimme:

»Manche meinen, dass Pilger Wasser trinken und Brot essen. Doch als ich nach einem langen Stück staubigen Weges bei Jerôme einkehre, will ich nicht mehr leiden. Ich will genießen, was das Land, das ich Meter um Meter durchschreite, an Köstlichkeiten hervorbringt. Nirgendwo anders kann man das so authentisch schmecken wie bei Jerôme.«

»Arne, wie er leibt und lebt«, meinte Caroline. »Ein bisschen übertrieben, schwülstig, blumig. Arne eben.«

»Genau das ist es nicht«, trompetete Estelle heraus. Sie kostete ihren Informationsvorsprung genüsslich aus. Caroline fühlte sich wie in einer Quizshow, in der nicht nur die Antworten, sondern auch die Fragen gesucht wurden. Sie hatte längst vergessen, dass sie von dem heimlich entwendeten Tagebuch nichts wissen wollte: »Was sollen die Andeutungen? Wovon redest du, Estelle?«

Caroline konnte nicht verhindern, dass sie in den scharfen Ton verfiel, den Zeugen aus ihren Kreuzverhören kannten. Dabei ging es nicht um einen Kriminalfall. Es ging um ihre Freundin Judith und deren verstorbenen Mann.

Estelle bewies, dass ihr der Sinn für den gelungenen Auftritt auch in Frankreich nicht abhandengekommen war. Übertrieben langsam und umständlich kramte sie aus ihrer Hosentasche Papiere hervor.

»Du erinnerst dich an die Restaurantkritiken?«

»An die marinierten Flusskrebse in Vermouth-Sauce? Natürlich. So oft wie du damit genervt hast.«

Estelle reagierte eingeschnappt: »Wir sind eine Gruppe. Da darf jeder seine Vorstellungen anmelden. Und ich lege nun einmal Wert darauf, dass ich meinen Körper, den ich mit so viel Zeit, Mühe und Geld …«

»Sag einfach, was los ist«, unterbrach Caroline sie rüde.

Estelle holte tief Atem: »Der Text, diese schwülstigen For-

mulierungen …« Wieder legte sie eine dramatische Kunstpause ein.

»Estelle!«

»Arne hat abgeschrieben«, ließ Estelle die Bombe platzen.

»Wie abgeschrieben?«

»Dieser Text aus dem Tagebuch ist identisch mit einer
meiner Restaurantkritiken aus dem Internet.«

Aufgeregt tippte Estelle mit dem Zeigefinger auf eine bestimmte Stelle.

»Lies selbst.«

Caroline nahm den Zettel. Die Buchstaben tanzten vor
ihren Augen.

»Was das Land, das ich Meter um Meter durchschreite, an
Köstlichkeiten hervorbringt. Nirgendwo anders kann man
das so authentisch schmecken wie bei Jerôme.«

Arne hatte sich nicht die Mühe gemacht, den Namen aus-
zutauschen.

Estelle las jetzt mit Caroline im Chor: »Das Leben mit
Gott und wie Gott in Frankreich bekommt hier einen neuen
Sinn. Wenn die Kräuter der Garrigue sich mit zartem Olivenöl vereinen, versteht man, dass die bescheidenen Genüs-
se das Königreich bedeuten.«

Estelle brach ab.

»Ich habe noch andere Stellen gefunden«, berichtete sie
weiter. »Die Geschichte mit den Mönchen, die ihn mit offenen Armen empfangen haben: alles abgekupfert. Arne Nowak hat sein Tagebuch zusammengeklaut.«

Caroline war sprachlos. Nur das ewige Tropfen der Dusche klang im Raum. Die Kälte, die die Fliesen ausstrahl-
ten, kroch ihr den Rücken hoch. Sie hätte besser eine Jacke
übergezogen. Aber sie war nicht vorbereitet. Nicht auf die
Dusche, nicht auf die Kälte, nicht auf das, was Estelle ihr
mitteilte. Ausgerechnet Arne, der aus Wolken ganze Romane

lesen konnte, griff bei seinem Tagebuch auf vorgefertigte Formulierungen zurück?

»Die Pilgerreise von Arne ist eine Erfindung?«, wunderte sich Caroline.

»Wenn das so einfach wäre«, seufzte Estelle und fischte aus einer versteckten Lasche im Deckel des Tagebuchs einen Schmierzettel.

»Lieber Arne, Samu kommt um 17.00 Uhr aus Angles. D.«, entzifferte Caroline das undeutliche Gekrakel.

»Angles ist kurz vor Lourdes«, hatte Estelle bereits recherchiert. »Zwei Tagestouren von hier.«

»Das heißt, Arne war hier in der Gegend?«

»Und lügt trotzdem im Tagebuch«, schloss Estelle.

Ergab das einen Sinn? Welchen Grund hatte Arne, über seine Pilgerfahrt zu lügen? Was verbarg sich hinter dem mysteriösen Zettel?

»Samu kommt um 17.00 Uhr. Samu. Samu«, murmelte Caroline ein paarmal hintereinander. »Das hab ich schon mal gehört. Samu.«

Der Name rief bei ihr eine vage Erinnerung wach. Es war wie ein Wort, das auf der Zunge lag und nicht herauswollte. Estelle war mit ihren Gedankengängen einen Schritt weiter. Sie formulierte glasklar, was zu tun war: »Wir müssen diesen Samu in Angles finden. Und D.! Das sind wichtige Zeugen.«

Caroline war sich bewusst, dass sie eine unsichtbare Grenze überschritten hatten. Aus dem vagen Gefühl im Magen waren tastbare Beweise geworden. Aber was für eine Tat verbarg sich dahinter? Welche Wahrheit versuchte Arne zu verschleiern? Wer weiß, welche Lawine sie unvorsichtigerweise in Gang gesetzt hatten. Das Bild, das sie vom Ehemann ihrer Freundin in ihrer Erinnerung trug, bekam Risse.

Wenn es einstürzte, wie viel von Judiths Leben würde es mitreißen?

Estelle seufzte auf: »Zum ersten Mal verstehe ich, was du an deinem Beruf findest.«

Sie klang begeistert. Caroline hatte eine klare Idee, wohin das führte, wenn Estelle für etwas entflammte. Sie würde Gott, der Welt und allen anderen Mitteilung davon machen.

»Kein Wort zu Judith!«, mahnte sie.

Estelle hob pathetisch die Finger zum Schwur: »Ich schweige wie ein Grab.«

Sie machte eine bedeutungsvolle Pause.

»Ich kann es ja mal versuchen.«

45

»Ich bin mir sicher, dass ich das Tagebuch unter mein Kissen gelegt habe. So wie jeden Abend. Heute Morgen lag es unter meinem Bett.«

Judith erschien aufgelöst beim Frühstück in der Auberge de la Paix. Estelle schwieg. Sie wusste genau, warum Judith so verstört war. Das Tagebuch unter dem Kopfkissen hervorzuziehen war ein Kinderspiel gewesen, es an den ursprünglichen Platz zurückzulegen, stellte sich als komplizierte Aufgabe heraus. Als sie die Tür vom Schlafsaal geöffnet hatte, war Judith wach geworden. Estelle war dem drohenden Unheil nur entgangen, indem sie das Buch hastig unter Judiths Bett schleuderte.

Mit dem festen Vorsatz, wach zu bleiben und das Buch später an den ursprünglichen Ort zurückzulegen, war Estelle sanft entschlummert. Bis Judith sie wachrüttelte. »Ich glaube, hier spukt es«, wisperte sie.

Die Begegnung mit dem dämonischen Pilger saß ihr so in den Knochen, dass sie nicht auf die Idee kam, dass die mysteriöse Wanderschaft des Tagebuchs auch ganz profane Gründe haben konnte. Sie war überzeugt, dass die Ölmühle und die Kapelle ein unheilvoller Ort waren.

Estelle schwieg, als Judith ihre Sachen eilig zusammenraffte. Sie schwieg beim Frühstück, als Max sich bei Caroline erkundigte, wo sie in der Nacht so lange gewesen sei. Sie schwieg, als Judith zum schnellen Aufbruch mahnte. Sie war gut im Schweigen. Und beeilte sich doch, dem ungewohnten Zustand ein rasches Ende zu bereiten. Estelles Mission war einfach. Sie hieß: »Bringen wir es hinter uns.« Um den heißen Brei herumzuschleichen, war ihr Ding nicht.

Frei nach dem Motto, die Letzten werden die Ersten sein, hatten sich die Dinge gewandelt. Auf den Etappen nach Angles marschierte eine hoch motivierte Estelle als Erste voraus weg. Auch wenn das bedeutete, dass sie sich als Erste mit Schafen, Ziegen, Kühen und wilden Hunden auseinandersetzen musste, die sich der Wandergruppe immer wieder in den Weg stellten. Als Estelle zum ersten Mal eine zu Tode erschrockene Ziege vom Weg verjagt hatte, fühlte sie sich wie Indiana Jones, der auf der Suche nach der Wahrheit Abenteuer zu bestehen hatte. Es wäre zum Lachen gewesen. Wenn es nicht um Judith ginge. Neben ihr stapfte Eva mit neuem Schwung und neuen Erkenntnissen.

»Weißt du, was so toll am Laufen ist«, vertraute sie der Freundin an, »zum ersten Mal seit Jahren spüre ich mich wieder.«

Estelle nickte bestätigend: »Wenn Selbsterkenntnis sich anfühlt wie Muskelkater, bin auch ich auf einem guten Weg.«

Estelle drehte sich um, suchte den Blick von Caroline, die gemeinsam mit Kiki hinter ihr lief, und zwinkerte ihr zu. Caroline sollte wissen, dass sie sich auf sie verlassen konnte. »Tu Gutes und sprich darüber«, nannte man das in den Kölner Charity-Kreisen. Was für einen Sinn hatte es, Opfer zu bringen, wenn niemand es mitbekam?

46

»Was ist denn mit Estelle los?«, wunderte sich Kiki. Sie begriff sofort, dass etwas nicht stimmte.

Caroline wich aus: »Vermutlich ein nervöses Augenleiden.«

»So was habe ich auch«, meinte Kiki mit gespielter Verzweiflung. »Immer wenn ich mich umdrehe, sehe ich Max Thalberg.«

Jeder trug seinen eigenen Rucksack. Der von Kiki hieß Max und lief von selbst. Er bedrängte sie nicht, er forderte nichts.

»Ich möchte, dass du weißt, dass ich da bin«, rechtfertigte er sich lapidar.

»Merkst du nicht, dass du meinen Freundinnen auf die Nerven gehst? Du störst!«, knallte Kiki ihm an den Kopf.

»Nein«, sagte Max.

Kiki wusste, dass er recht hatte. Max war selbstverständlicher Teil ihrer Wandergruppe geworden. Und für Judith ein wichtiger Ansprechpartner. Heimlich bewunderte Kiki die Geduld, mit der Max sich Judiths Geschichten anhörte. Seine Neugier wirkte aufrichtig. Sie vermutete, dass er so ganz nebenbei eine Menge über Kikis Vergangenheit erfuhr.

»Wie lange willst du so tun, als wäre Max nicht da? Du musst dich mit ihm aussprechen«, drängte Caroline.

Kiki behandelte Max wie Luft. Max ertrug es mit süffisantem Lächeln und unerschütterlich guter Laune. Kiki war mit der Situation restlos überfordert. Sie war so damit beschäftigt, Max zu übersehen, dass sie keinen klaren Gedanken fassen konnte. Seit Tagen hatte sie keinen Strich mehr aufs Papier bekommen.

Dabei hatte sich alles so gut angelassen: Die Pilgerreise gab ihr die einmalige Chance, zu den Wurzeln ihres Berufs zurückzukehren. Wie viele Künstler hatten im Süden Frankreichs zu ihrer wahren Größe gefunden. Cézanne, Gauguin und van Gogh hatten ihr vorgemacht, wie man die klaren Farben des Südens einfing. Es war ein Geschenk, hier arbeiten zu dürfen.

»Rede es dir nur schön! Du kriegst doch nichts hin«, blökte eine hysterische Stimme in ihrem Innern. »Du machst deinen Job nicht. So wie im Studio. Du hättest in Köln längst fertig sein können. Stattdessen hast du den Rapport zum Thema Wohnaccessoires nicht mal aufgeschlagen.«

»Stimmt«, gab Kiki unumwunden zu. Mit der inneren Stimme zu diskutieren, war ihre Sache nicht. Wozu rumreden? Sie wussten beide, dass sie recht hatte. Aber es gab einen wesentlichen Unterschied zwischen ihnen. Die Stimme zählte nur die Niederlagen, Kiki ausschließlich Möglichkeiten: »Alle Büros kaufen denselben Rapport. Die Designer lernen ihn auswendig, und alle kommen mit denselben Entwürfen.«

»Du redest dich raus, Kiki. Wie immer, Kiki«, quäkte die Stimme weiter. »Du lässt die letzte Möglichkeit vorüberziehen, Kiki. Du glaubst nicht im Ernst, dass du in sieben Tagen hinbekommst, wofür andere ...«

»Vier Tage. Ich habe noch vier Tage«, fiel Kiki der Stimme ins Wort.

»Du hast deine Zeit in Köln mit Max vertan. Du vertust

sie hier. Und jetzt ist es zu spät«, schraubte sich der Terrorist im Innern zu immer neuen Gräuelbildern hoch. Es war gut, dass Kiki ihn nicht sehen konnte. Vermutlich hatte er panisch geweitete Augen, ruderte aufgeregt mit den Armen und hatte Herzrhythmusstörungen.

»Am Ende hast du nichts. Keine Karriere, keinen Mann, kein nichts. Das war deine letzte Chance.«

»Halt einfach die Klappe«, verwies Kiki den Zensor im Innern in die Schranken. »Dein dummes Geschwätz bringt uns auch nicht weiter.«

»Ich habe nichts gesagt«, wehrte Max sich verwundert. Kiki war so in ihr Selbstgespräch versunken, dass ihr entgangen war, dass Max zu ihr aufgeschlossen hatte.

Estelle, die Talent bewies, zur rechten Zeit am interessantesten Ort aufzutauchen, mischte sich ein: »Mach dir nichts draus, Kiki. Es ist in dieser Region normal, wenn man Stimmen hört. Gewöhnlich murmeln sie etwas wie ›Ich bin die unbefleckte Empfängnis‹.«

Caroline zog Estelle weiter: »Kiki und Max kommen ohne deine Livemoderation aus«, mahnte sie. Ihr Blick zu Kiki hatte eine eindeutige Botschaft: »Los jetzt. Mach schon«, stand in ihrer Miene zu lesen.

Sie musste. Sie sollte. Sie konnte. Mit Max reden. Jetzt. Aber wie ging das? Wie sollte sie ihm nachhaltig vermitteln, dass sie keine Zukunft hatten? Sie hatte den besten Job der Welt, sie stand kurz vor dem Durchbruch. Sie konnte sich keinen Fehler leisten. Und keinen Max.

»Wie kann man nur so stur sein«, fauchte sie den jungen Mann an.

»Ich bin nicht stur«, entgegnete Max seelenruhig. »Ich weiß nur, was mir guttut. Im Gegensatz zu dir.«

Kiki schnappte nach Luft. »Mit dreiundzwanzig hatte ich

drei Liebhaber in einer Woche. Mit dreiundzwanzig weiß man gar nichts.«

Max sah das locker: »Deswegen habe ich gewartet, bis du erwachsen bist.«

Wie bitte? Max war nicht nur hartnäckig. Er war unverschämt.

»Ich liebe dich nicht«, schleuderte Kiki ihm entgegen. Nicht einmal die grobe Abfuhr veranlasste Max zu einer verärgerten Reaktion. Er grinste frech. Kiki musste nachsetzen. »Hast du verstanden? Ich liebe dich nicht.«

»Du lügst dir was vor, Kiki. Uns.«

Es funktionierte nicht. Kiki ließ Max stehen und schloss mit eiligem Schritt auf zu Caroline und Estelle, die sie mit fragenden Blicken empfingen.

»Aussprachen sind nichts für mich. Ich laufe lieber weg«, verkündete sie.

Sie hatte wahrlich Wichtigeres zu tun, als sich an Max abzuarbeiten.

Demonstrativ zog sie bei der nächsten Pause ihren Skizzenblock heraus. Sie hatte sich lange genug von Max aus dem Konzept bringen lassen. Jetzt ging sie zur Tagesordnung über. Und da stand nur ein einziger Punkt. Vasen. Jetzt. Sofort.

Energisch setzte Kiki die groben Konturen aufs Papier und erlebte eine Überraschung. Alles, was sie in den letzten Tagen gesehen hatte, fügte sich zu einem Bild zusammen: Wie von selbst flossen Linien und Farben ineinander und bildeten ein filigranes Muster, das sich harmonisch an die Form anschmiegte. Tagelang hatte Kiki nur gesehen, gelauscht, gerochen und gespürt. Jetzt erschien der Entwurf wie von selbst auf dem Papier. Es war einer dieser magischen Augenblicke, in denen es sich anfühlte, als führe jemand anders den Stift. Manche Kollegen hätten das eine »göttliche Eingebung« genannt. Kiki konnte mit dem Begriff nichts anfangen. Ideen musste man erzwingen. Es bedurfte oft Hunderter von tristen und vergeblichen Atelierstunden, bevor aus dem Nichts ein inneres Bild entstand. Ein Entwurf, den man nur noch abzeichnen musste. Das war kein Wunder, das war harte Arbeit.

Lachen brandete auf. Kiki schaute hoch. Die Realität hatte sich zwischen sie und ihren Block gedrängt. In Gestalt von Max. Schon wieder.

47

Caroline lachte. Es war nur noch komisch, wie Kiki sich verbog. Caroline hatte es längst gemerkt, jede der Dienstagsfrauen sah es: Kiki war verliebt. Und tat den lieben langen Tag nichts anderes, als das Offensichtliche zu leugnen. Sie fragte sich, wann Kiki selbst dahinterkam.

Amüsiert lehnte Caroline sich zurück. Die Dienstagsfrauen hatten sich auf den schroffen Steinen eines ausgewaschenen Flussbettes niedergelassen, das sich tief in die Landschaft eingefressen hatte. Es war ein perfekter Moment. Die Anfangsprobleme lagen hinter, Angles noch vor ihnen. Es wäre der ideale Augenblick, die Zeit anzuhalten. Sie versuchte, einfach den Moment zu genießen. So wie Max das tat.

Mit bloßem Oberkörper und aufgekrempelten Hosen stand Max am Flussufer, schnitzte Speere und unterwies Eva, Judith und Estelle im Fischfang.

»An der Bewegung des Wassers kann man ablesen, dass da eine Forelle schwimmt. Du musst abschätzen, wie groß sie ist, und dann auf etwas vor dem Fisch zielen«, erklärte Max.

Er gab sich keine übertriebene Mühe, gemocht und akzeptiert zu werden. Er tat das, was ihm Spaß machte, und steckte andere mit seinem Enthusiasmus an. Und zog damit die Blicke der Dienstagsfrauen auf sich. Und die von Kiki, die ihn hinter ihrem Papier keine Sekunde aus den Augen ließ. Selbst Estelle watete im seichten Wasser und untersuchte mit gezücktem Speer, ob sie eine Chance hätte, als Selbstversorger in der Wildnis zu überleben.

»Wo hast du das gelernt?«, erkundigte sie sich beeindruckt.

»Nirgendwo. Alles angelesen. Bei Karl May.«

»Karl May?«, kommentierte Estelle überlaut, sodass auch Caroline es hören musste. »Der hat doch nur so getan, als hätte er seine Abenteuer selbst erlebt. Der hat alles erfunden, was in seinen Büchern steht«, rieb sie weiter Salz in die Wunde.

Caroline blieb die Luft weg. Geheimnisse waren für Estelle Handelsware. Sie konnte sich an drei Fingern ausrechnen, wie lange es dauerte, bis Judith mitbekam, dass Estelle hinter ihrem Rücken in dem Tagebuch geschnüffelt hatte. Gott sei Dank schleuderte Max in diesem Moment seinen Speer. Wasser spritzte auf, unter der Wasseroberfläche ein Heidenspektakel. Ein durchbohrter Fisch zappelte um sein Leben.

»Getroffen. Ich habe getroffen«, brüllte Max. Im Tumult um den erlegten Fisch ging Estelles verräterische Bemerkung unter.

»Ich habe noch nie einen Fisch gefangen. Keinen einzigen«, wunderte sich Max.

»Das sind typische Südländer«, witzelte Estelle. »Den Tag langsam angehen lassen und dann erst mal ausruhen. Kein Wunder, dass man die leicht fängt.«

»Vielleicht hat Karl May einfach gut recherchiert«, rief Judith begeistert.

Caroline horchte auf. Ob Judith etwas ahnte? Wusste sie mehr, als sie preisgab? Energisch schob sie die nagenden Zweifel beiseite und gab sich selbst Anweisungen: Genießen. Jetzt. Im Augenblick verweilen. Solange es ging. Angles war weit. Der frühe Sommer süß.

Wenig später garten drei Fische auf Holzstöcken über einem kleinen Feuer, das sie mit trockenen Ästen zwischen den Steinen aufgeschichtet hatten. Auch auf Pilgertour schien die Betreuung des Grills Männersache zu sein. Selbst Eva, die jeden Sommer zum großen Barbecue lud, gab sich dem Müßiggang hin. Sie hatte geholfen, die Fische auszunehmen und mit den Kräutern zu füllen, die sie am Wegesrand gepflückt hatten. Den Rest sollten andere übernehmen. Zufrieden reckte Eva sich in der Sonne und überließ anderen die Kocherei.

»Essen schmeckt viel besser, wenn man sich überraschen lässt«, seufzte sie und schloss die Augen. Mit jedem Tag wurde Eva besser darin, nicht jedem Helferreflex nachzugeben, wenn es um die Verteilung von Aufgaben ging.

Caroline genoss den herben Geschmack der Fische, das frische Brot und den Aufschub. Die Zeit hatte aufgehört, weiterzurasen. Im trägen Entschleunigungsmodus verblichen alle Probleme. Vielleicht konnte man das Ganze auf sich beruhen lassen? Bis Lourdes laufen, die Kerze von Arne bei der Grotte postieren und alles vergessen. Wen interessierte, warum D. es für nötig hielt, Arne mitzuteilen, dass Samu ihn abholen würde? Wen interessierte, was Samu und Arne gemeinsam unternommen haben. Arne war tot. Und sie waren nach Frankreich gekommen, um dem Kapitel einen Schlusspunkt hinzuzufügen. Sie musste einfach den Mund halten, den Zettel und die Fragen vergessen. Der Gedanke verflog so schnell, wie er gekommen war. Estelle drehte sich zu Caroline und schenkte ihr einen weiteren ihrer geheimnisvollen Blicke. Caroline antwortete mit einer Geste, die Estelle die baldige Enthauptung androhte.

Ein schriller Handyklingelton erinnerte Caroline jäh daran, dass die Zeit nicht stehen geblieben war. Es gab sie noch. Alle

Probleme, die sie zur Seite geschoben hatten. Diesmal war das Telefon von Max der Überbringer unheilvoller Nachrichten.

48

»Willst du nicht nachsehen, wer dir geschrieben hat?«, fragte Kiki.

»Das ist bloß mein Vater«, war die wenig aufmunternde Antwort. Max fand es viel wichtiger, Kiki den Fisch mit einer formvollendeten Verbeugung zu servieren. Kiki wurde das Gefühl nicht los, dass sich in Köln etwas zusammenbraute. »Vielleicht ist es wichtig.«

Statt einer Antwort drückte Max das Handy in Kikis Hand: »Wenn du meinen Vater so wichtig findest.«

Kiki war überrumpelt.

»Lies nur«, bekräftigte Max. »Ich habe keine Geheimnisse vor dir.«

Die Anzeige auf dem Display verkündete, dass eine SMS von Thalberg eingegangen war. Normalerweise lag es Kiki fern, in fremden Telefonen zu schnüffeln. Doch das betraf möglicherweise auch ihre Zukunft. Sie musste wissen, ob Thalberg informiert war. Kiki öffnete die SMS und sah ihre schlimmsten Befürchtungen übertroffen. »MELDE DICH, MAX! DEINE MUTTER IST KRANK VOR SORGE«, schrie es in Großbuchstaben.

»Hast du dich noch immer nicht in Köln gemeldet?«

Max schüttelte den Kopf und aß ungerührt weiter.

»Dein Vater wird mich dafür verantwortlich machen, dass du mir nichts, dir nichts verschwunden bist«, mahnte Kiki.

»Was hast du immer mit meinem Vater?«

»Du musst ihm antworten.«

»Wenn du das so wichtig findest: Schreib ihm«, forderte Max Kiki auf.

»Was passiert, wenn dein Vater von uns erfährt? Der wird sich meine Entwürfe nicht mal anschauen«, platzte Kiki heraus. »Das ganze Studio wird sich das Maul über mich zerreißen.«

Sie war laut geworden. Verstohlen beobachteten die Dienstagsfrauen, was zwischen Kiki und Max vor sich ging. Artete das in Streit aus? Max nahm Kikis Vorwürfe gleichmütig zur Kenntnis. Er zuckte mit den Schultern.

»Es interessiert mich nicht, was andere sagen.«

Kiki gab auf. Max hatte leicht reden. Mit dreiundzwanzig war es Kiki auch egal gewesen, was andere über sie dachten. Mit zwanzig stand einem die Welt offen, mit dreißig findet man immer noch den Notausgang, aber mit vierzig wurde es eng. Vor allem, wenn man kein Familienerbe hatte, auf dem man sich ausruhen konnte. Max ging es um etwas anderes: »Der Nachmittag auf dem Boot. Die Nacht im Zelt. Kiki, das war nicht gelogen, als du gesagt hast, dass du dir kein Leben ohne mich vorstellen willst. Dass wir zusammengehören.«

In Kiki stieg Verzweiflung auf: »Ich kann nicht mit dir alt werden. Ich bin schon alt!«

»Was macht das bisschen Altersunterschied«, hielt Max dagegen. Er formulierte es nicht einmal als Frage. Für Max war das eine nüchterne Feststellung. Und der hatte er nichts mehr hinzuzufügen. Max drehte sich weg und ließ sie stehen. Kiki ärgerte sich. Das, was sie sagte, schien wie Regentropfen an ihm abzuperlen. Wenn Max nicht begriff, musste sie die Initiative übernehmen.

Sie waren längst aufgebrochen und liefen durch ein Waldstück, da tüftelte Kiki immer noch an den hundertsechzig Zeichen, die Thalberg besänftigen sollten. Nach dreieinhalb Kilometern war sie zu der Überzeugung gekommen, dass es am besten war, mit Arbeit zu argumentieren. Das Einzige, womit man Thalberg beeindrucken konnte, waren innovative Ideen. Weitere siebenhundert Meter später hatte sie den Formulierungsnotstand überwunden und mehr als acht Worte auf das Display gezaubert.

»Bin in Frankreich. Brauche Ruhe für ein paar Entwürfe. Wusste nicht, dass ihr euch Sorgen macht. Sorry. Max.«

»Wenn es dich beruhigt«, hatte Max lapidar geantwortet, als sie ihm die SMS zeigte.

»Es soll deinen Vater beruhigen«, korrigierte Kiki. Als sie auf Senden gedrückt hatte, fiel eine Last von ihr ab. Thalberg war über den Aufenthalt seines Sohnes informiert. Und ihr Name tauchte noch nicht einmal auf in der SMS.

Wenig später fiel ihr auf, dass sie besser Caroline um Rat gefragt hätte. Caroline hätte sie warnen können. Vor den Bumerangs, die Lügen heißen. Und davor, dass die meisten Lügner einen zentralen Fehler begehen: Sie denken nur an den einen Moment der Erleichterung und nicht an das, was danach kommt. Sie haben keinen langfristigen Plan.

Kiki hatte sich schon beim Schach als hoffnungsloser Fall herausgestellt. Wie sollte sie für so viele Figuren, die auf ihrem Feld herumwimmelten, Strategien entwickeln? Erst, wenn sie die Hälfte der Figuren durch eine kopflose Eröffnung verloren hatte, bekam sie einen Überblick. Meist war sie dann genau drei Züge vom Untergang entfernt. Strategisch planen war ihre Sache nicht. Sie handelte lieber, ließ sich von den Konsequenzen überraschen und blieb fröhlich dabei. Diesmal genau zwanzig Minuten. Dann bekam sie die

Quittung in Form einer neuen SMS. Wieder in Großbuchstaben. »HOTEL WILL NÄCHSTES JAHR ZIMMER RENOVIEREN. WEN VON UNSEREN LEUTEN SETZEN WIR DRAN?« Offensichtlich hatte Thalberg ein neues Handy und keine Ahnung, wie man Kleinbuchstaben generierte.

»Ein Gerät, bei dem man die Gebrauchsanleitung lesen muss, ist nicht ausgereift«, polterte er gerne. Er predigte Einfachheit. Dabei waren die einfachen Lösungen nicht immer die besten, wie sich jetzt herausstellte.

»Mein Vater neigt dazu, einen zu vereinnahmen«, kommentierte Max. »Die einzige Möglichkeit, ihm zu entkommen, ist, ab und an auf Tauchstation zu gehen.«

Er machte nicht den geringsten Hehl daraus, dass er sich genau dort befand und es als Kikis Aufgabe ansah, auch auf diese SMS zu antworten. Kiki war genauso weit wie zuvor. Schlimmer noch. Sie war einen Schritt näher am Abgrund.

49

Eva begriff die Freundin nicht mehr. Seit Stunden korrespondierte Kiki unter falschem Namen mit ihrem nichts ahnenden Chef.

»Max wird schon aufgeben, wenn er merkt, dass aus uns nichts wird«, rechtfertigte sie sich. »Er geht zurück zum Studium und ich an meinen Arbeitsplatz. Als wäre nichts passiert. Bis es so weit ist, halte ich Thalberg bei Laune.«

Eva seufzte. Sie hatte sich vorgenommen, ein gutes Wort für Max einzulegen. »Willst du so enden wie ich? Mein Leben ist eine einzige Ansammlung von Hättichnurs.«

Kiki tippte ununterbrochen auf den Tasten des Telefons herum: »Die habe ich auch. Hätte ich mich nur nicht mit Max eingelassen.«

So meinte Eva das nicht: »Meine Hättichnurs handeln nur von Dingen, die ich NICHT getan habe. Trotz Frido nach Paris gehen, als Ärztin arbeiten, Frido am Haushalt beteiligen, ein eigenes Zimmer einfordern, den Kühlschrank in Ruhe lassen.«

»Warum probierst du es nicht mit Max?«, schaltete sich nun auch Caroline ein. Merkte Kiki wirklich nicht, dass Max etwas Besonderes war? Er war unterhaltsam, nett und sexy. Es war nicht mehr mitanzusehen, wie Kiki sich selbst verleugnete. Was wollte sie mehr?

»Caroline hat recht«, bestätigte Eva.

»Es mag sich jetzt gut und richtig anfühlen. Aber was ist, wenn ich sechzig bin?«, verteidigte Kiki ihre Position.

Von hinten mischte sich Estelle in die Unterhaltung. »Ein junger Ehemann erspart im Krankheitsfall Pflegestufe eins.«

Von allen Seiten redeten die Dienstagsfrauen auf Kiki ein: »Stell dir vor, du wüsstest schon heute, wer zu deinem Sechzigsten kommt. Weil dein Leben vorhersehbar ist«, warnte Eva. »So wie meins«, verkniff sie sich. Kiki begriff auch so.

»Vielleicht brauchst du einen Liebhaber, Eva«, schlug Kiki vor.

Eva wehrte ab: »Ich liebe Frido. Er ist die beste Entscheidung, die ich je gefällt habe. Es geht um das, was ich daraus gemacht habe. Ich brauche keinen Liebhaber. Aber vielleicht könnte ich anfangen, wieder Französisch zu lernen. Oder etwas anderes. Nur für mich.«

Wie lange hatten die Freundinnen so etwas nicht mehr von Eva gehört: ein Ich. Noch war das Ich klein, verletzlich und schüchtern, aber es hatte sich zu Wort gemeldet. Es hatte mit dem Laufen zu tun, das Eva von Kilometer zu Kilometer leichter fiel. Mit jedem Schritt schüttelte sie ein Stück Schuldgefühl ab. Anna hatte wilde Haare? Na und. Lene vergaß, Mathe zu lernen, David konnte im letzten Moment die Tennissocken nicht finden? Waren die Kinder nicht alt genug, sich selbst zu organisieren? Frido jr. konnte auch mal zum Ministrantendienst, ohne dass er ihre Chauffeursdienste in Anspruch nahm. Schließlich hatte er ein Fahrrad. Und Frido? Konnte dazulernen. Genau wie sie. Nur für Regine hatte sie keine Lösung. Der Gedanke an ihre Mutter bildete einen unverdaulichen Kloß im Magen.

»Gut, dass ich noch ein paar Kilometer vor mir habe«, schoss es ihr durch den Kopf. Sie hatte gerade erst angefangen, in ihrem Leben Inventur zu machen.

»Man hat viel Zeit zum Nachdenken, wenn man läuft«, erklärte Eva verlegen.

»Wem sagst du das«, kommentierte Caroline.

Sie hatten ihr Tagesziel erreicht. Das zerbeulte Schild am Ortseingang zeigte deutlich, wo sie waren: Angles.

50

Caroline schluckte schwer. Die Leichtigkeit, die sie am Flussufer verspürt hatte, war mit einem Schlag weggefegt. Passend zu den düsteren Vorahnungen begrüßte das Dorf sie mit abweisender Stille. Ein scharfer Wind zog auf. Er knallte in unregelmäßigem Rhythmus einen einsamen Fensterladen gegen das Mauerwerk, verfing sich in einem Perlenvorhang, der mit seinem sachten Geraschel Fliegen vertrieb, bewegte Wäscheleinen, an denen Socken in Reih und Glied schaukelten. Daneben trockneten Chilischoten. Eine Plastikvase mit frischen Blumen wehte um. Überall Zeichen von Leben. Aber keine Menschenseele auf der Straße, kein einziges Fenster beleuchtet. Die munteren Gespräche, die ihren Weg begleiteten, verstummten. In den engen Gassen klangen ihre Schritte hohl.

Das einzige Licht kam von den eingeschalteten Scheinwerfern eines weißen Autos: An. Aus. An. Aus. Die Warnblinkanlage lieferte eine matte Entschuldigung, warum der Wagen mitten auf dem Weg geparkt war. Als sie sich an dem Auto vorbeidrängte, bemerkte Caroline, dass auf der Seite des Autos ein blauer Stern prangte. Darunter vier Buchstaben: S.A.M.U.

Caroline fiel es wie Schuppen von den Augen. Warum war sie nicht sofort darauf gekommen: Service d'Aide Médicale d'Urgence. Samu. Der medizinische Notdienst.

»Kein Wunder, dass mir das so bekannt vorkam«, flüsterte sie Estelle zu.

Vermutlich war ihr die Abkürzung in irgendeinem der Texte, die sie im Französischkurs übersetzt hatte, begegnet. Estelle und Caroline verständigten sich mit einem schnellen Blick. Sie wussten, was und wen sie zu suchen hatten.

Judith war stehen geblieben. Wie alle anderen auch. Sie horchten in die Gassen des Dorfs hinein. Der Wind wehte von ferne merkwürdige Klänge heran. Erst einzelne Töne, dann eine verstörend schräge Melodie. Es war eine aufgepeitschte, unheilschwangere Musik, die untermalt wurde durch stampfende Schritte. Es mussten viele Menschen sein, die in unheimlich langsamem Gleichmarsch näher kamen. Mit Unbehagen gingen die Dienstagsfrauen weiter. Immer näher auf die Musik zu. Der Blick öffnete sich auf eine Menschenmasse. Das gesamte Dorf hatte sich zur Prozession versammelt. Eigentümlich die Musik, archaisch das Ritual. Begleitet von schräger Blasmusik trugen düster wirkende Männergestalten in seltsam wiegendem Gleichmarsch eine hölzerne Maria durch das Dorf.

Carolines Blick glitt suchend über die Menge. Tatsächlich: Zwischen sonnenverbrannten Touristen in ihrer bunten Freizeitkleidung, Pilgern und Dorfbewohnern stand ein kräftiger, gedrungener Mann in einer weißen Sanitäteruniform. Das musste er sein. Samu. Aus Angles.

»Du weißt, was passiert, wenn ich ihn auf Französisch anspreche«, raunte Estelle Caroline zu.

Gab es ein Zurück? Caroline zweifelte nur einen kleinen Augenblick. Vielleicht besaß dieser Mann den Schlüssel zu Arnes Geheimnis. Vielleicht war das ihre einzige Chance, Antworten zu bekommen.

»Schau mal da«, rief Estelle, zupfte Judith aufgeregt am Ärmel und wies vage auf eine Gruppe Schaulustiger. Judith verstand nur Bahnhof. Was sollte da so besonders sein?

»Der Mann hat ein Tommy-Hilfiger-Shirt an«, rettete sich Estelle. Das war zwar gelogen, aber etwas Besseres fiel ihr auf die Schnelle nicht ein. Judith war so beschäftigt, sich über Estelles Oberflächlichkeit zu mokieren, dass sie nicht bemerkte, dass der Platz an ihrer Seite leer war. Caroline hatte sich davongemacht. Mit innerem Dank an Estelle.

»Excusez-moi, Monsieur«, sprach Caroline den Sanitäter vorsichtig von der Seite an. Aus der Nähe wirkte der Mann mit den wuscheligen braunen Haaren fast quadratisch. Er war eineinhalb Köpfe kleiner als Caroline und atmete aus jeder Pore Kraft. Er erinnerte Caroline an den Rausschmeißer eines dubiosen Etablissements in Bahnhofsnähe, der auf Rapmusik und Handgreiflichkeiten stand und vor Gericht ausführlich den Begriff »Respekt« strapazierte. Der Sanitäter schien sie nicht bemerken zu wollen. Vorsichtig tippte sie ihm auf die Schulter.

»Excusez-moi …«

Weiter kam sie nicht, denn in diesem Moment schwankte die Madonna an ihnen vorbei. Der Sanitäter senkte demütig seinen Blick. Caroline tat es ihm gleich. Sie wollte einen Mann, der so reizbar und cholerisch wirkte, nicht unnötig verärgern. Es erwies sich als deutlicher Nachteil, nicht mit katholischen Ritualen vertraut zu sein. Als sie wieder aufblickte, befand sie sich mutterseelenallein am Straßenrand. Alle anderen hatten sich in den Zug eingereiht und folgten der Madonna. Die Menge hatte den Sanitäter verschluckt.

51

»Da ist Caroline«, stutzte Judith. Trotz Estelles unablässi-
ger Bemühungen, sie abzulenken, hatte sie Caroline in der
Prozession entdeckt. Judiths Augen verengten sich. Sie versuchte, sich einen Reim auf Carolines bizarres Verhalten zu
machen. Die Freundin drängte sich durch die Gläubigen
nach vorne an die Spitze des Zuges. Judith fand das mehr als
merkwürdig:

»Wo will sie hin? Was sucht sie da?«

»Vielleicht ist sie spontan katholisch geworden?«, mutmaßte Kiki.

Nun starrten sie alle auf Caroline, die sich zu einem Sanitäter herunterbeugte und auf ihn einredete.

»Vielleicht geht es Caroline nicht gut. Sie hatte so ein ko-
misches Gefühl im Magen«, wiegelte Eva ab.

Judith war kein bisschen überzeugt. Estelle wurde nervös.
Sie musste eine Erklärung finden. Eine, die logisch klang.
Harmlos. Wie zum Teufel konnte sie Judith weglocken, bevor sie dahinterkam, was Caroline wirklich tat? Sie war so
schlecht in Lügen. Sie wollte fast schon aufgeben, als der
Himmel Truppen zu ihrer Rettung entsandte. In der Prozession entdeckte sie zwei betagte Damen, die wie Zwillinge
aussahen. Um sie herum lauter bekannte Gesichter.

»Die Franzosen«, rief sie erfreut. »Sind das nicht die Franzosen aus der Herberge von Jacques?«

Judith fuhr um. Panik stand in ihren Augen.

»Ich hoffe nicht, dass der Wahnsinnige dabei ist«, streute Estelle bewusst Salz in die Wunde. Auch die Franzosen erkannten die Dienstagsfrauen. Gemeinsame Nächte im Schlafsaal trugen ganz offensichtlich zur Völkerverständigung bei. Freudig erregt winkten sie den Frauen zu, als sei das keine Marienprozession, sondern der Einmarsch der Nationen bei den Olympischen Spielen. Judith war nicht die Einzige, der mulmig wurde. Max befürchtete das Schlimmste.

»Ich hoffe für uns, die schlafen woanders. Noch eine Nacht mit den Schnarchern halte ich nicht aus«, ächzte er und brachte Estelle damit auf die ultimative Idee, Judith wegzulocken.

»Wir sollten uns sofort um einen Schlafplatz kümmern. Wenn die Prozession vorbei ist, bekommen wir nichts mehr«, befand Estelle. »Ich will nicht mit den Franzosen auf Matten in der Turnhalle enden.«

Judith nickte aufgeregt: »Lasst uns ein gutes Hotel nehmen. Eins, wo man garantiert keine Pilgergruppen trifft.«

»Das teuerste am Platze«, jubilierte Estelle.

Begeistert zog sie die Papiere hervor. Sie hatte da einen Restauranttipp. Wenn die Zimmer genauso exquisit waren wie die Speisekarte, war das ihr Tag. Heimlich dankte sie den Franzosen für ihr zahlreiches Erscheinen in der Prozession.

»Das Finanzielle regeln wir«, flüsterte sie Kiki zu. Es wäre nicht das erste Mal, dass sie Kiki aus einer akuten Notsituation rettete. Einmal hatte Estelle Kiki vor dem Le Jardin bei einer Taxifahrerin auslösen müssen, die aussah wie eine Ringerin und unempfänglich für Kikis Charme war.

»Ich hätte schwören können, dass ich noch einen Schein hatte«, hatte Kiki gejammert. »Sie weigert sich, mich auf zwölf Euro vierzig zurückzufahren.«

Estelle streckte das Taxi vor, die Rechnung bei Luc und manchmal auch die Miete. Und jetzt eben das Hotel.

»Ich zahl's zurück«, versprach Kiki.

»In Raten, so wie immer«, nickte Estelle Kiki zu. Sie wusste, dass es keinen Sinn hatte, Kiki etwas schenken zu wollen. Dafür war sie zu stolz.

Estelle blies zum Abmarsch. Und Judith folgte. Ein letztes Mal drehte sie sich um. Es waren nicht die Franzosen, die sie interessierten. Es war Caroline, die in ein heftiges Gespräch mit einem französischen Sanitäter verwickelt war.

52

»Der Mann mit den Flanellhemden, der Cowboy. Arne!«

Caroline nickte. Es hatte eine Weile gedauert, bis der Sanitäter begriffen hatte, von wem Caroline sprach. Den Mann kannte er. Gut sogar.

»Ich habe Arne mit dem Sanitätswagen abgeholt und nach Toulouse gebracht«, bestätigte er. »Von dort ist er nach Köln ins Krankenhaus verlegt worden.«

Caroline verstand nur die Hälfte.

»Er ist auf dem Pilgerweg zusammengebrochen?«

Der Sanitäter sah sie an, als wäre Caroline nicht recht bei Trost.

»Arne? Gepilgert? Unsinn. Er verbrachte seinen Urlaub bei Dominique. So wie immer.«

Lapidar sagte er das. Als wäre es etwas, was man wissen müsste. In Carolines Kopf hallte der Satz nach. Wie immer. Dominique. Urlaub. Wie immer. Dominique. Sie versuchte, die einzelnen Worte zu etwas zusammenzusetzen, das sich in das einfügte, was sie über den verstorbenen Freund wusste. Alles, was sie hervorbrachte, war eine dümmliche Rückfrage: »Arne war öfter hier?«

Der Sanitäter hatte keine Lust auf weitere Gespräche mit der aufdringlichen Dame. »Ich unterliege der Schweigepflicht«, winkte er ab und fiel wieder in den universellen Gebetsfluss ein.

»Sainte Marie, priez pour nous,
Sainte Mère de Dieu, priez pour nous
Sainte Mère toujours, priez pour nous …«

Schweigepflicht. Das hatte Caroline schon einmal gehört. Eine Ewigkeit schien es her. Diesmal war sie nicht geneigt, sich damit zufriedenzugeben.

»Sie müssen mir helfen. Sie müssen unserer Freundin helfen. Es ist wichtig«, bedrängte Caroline den Mann.

Der Sanitäter fühlte sich in seiner religiösen Andacht extrem gestört. Sie hatte es geschafft, seine cholerischen Anlagen zum Klingen zu bringen.

»Was glauben Sie, was das hier ist?«, fuhr er sie heftig an. »Die Parade von Disneyland, die wir für deutsche Touristen aufführen? Sie tauchen hier auf und stellen Fragen. Was sind Sie? Geheimpolizei?«

Um sie herum wurden die ersten Gläubigen aufmerksam. Vorsichtshalber schwieg Caroline. Wenn sie jetzt etwas entgegnete, würden vermutlich die offenen Rechnungen aus dem Zweiten Weltkrieg zur Sprache kommen. Doch der Sanitäter hatte sich bereits festgeschimpft und bekam die Kurve ganz alleine. »Was bildet ihr Deutschen euch ein? Dass das alles euch gehört? Dass ihr tun könnt, was ihr wollt?«

Umstehende ermahnten ihn zur Ruhe. Gerangel entstand. Ein paar Dorfgenossen mischten sich ein, redeten unter heftigem Gestikulieren auf ihn ein. Caroline bereitete sich innerlich bereits auf den geordneten Rückzug vor, als der Sanitäter etwas Unerwartetes tat.

»Fragen Sie Dominique«, herrschte er sie an. Er kritzelte etwas auf ein Papier, drückte es Caroline in die Hand und verschwand endgültig in der Prozession.

»Sainte Marie, priez pour nous,
Sainte Mère de Dieu, priez pour nous
Sainte Mère toujours, priez pour nou …«

Caroline war wie vor den Kopf geschlagen. Sie hatte keine Antworten. Nur eine Adresse von Dominique. Fragen sollte man nur stellen, wenn man die Antworten ertragen konnte. Wie viel Wahrheit konnte Judith aushalten?

Energisch zerknüllte Caroline den Zettel, pfefferte ihn in einen Papierkorb und lief davon. Fünf Schritte später drehte sie um. Angewidert wühlte sie das Papierknäuel aus dem Müll und strich es glatt. Ihre Hände zitterten. In diesem Moment fühlte sie etwas Merkwürdiges. Eine plötzliche Wärme kroch ihr die Wirbelsäule hoch und zwang sie förmlich, sich umzudrehen. Die Prozession hatte einen Bogen um den Dorfplatz gedreht und kam frontal auf sie zu. Licht umstrahlte die goldene Marienfigur, die hoch über den Köpfen der Gläubigen schwebte. Eine geheimnisvolle Magie ging von der Madonna aus. Für einen winzigen Augenblick waren sie miteinander verbunden. In diesem einen unerklärlichen Moment war es keine Statue aus Holz mehr, die ihr gegenüberstand. Caroline hätte geschworen, dass die Maria ihr direkt in die Augen sah.

Caroline schloss entnervt die Augen. Sie schüttelte das eigenartige Gefühl von sich ab. Schlafstörungen konnten zu Wahnvorstellungen führen. Ganz offensichtlich galt das auch bei körperlicher und seelischer Überforderung.

Stunden später lag Caroline in einem komfortablen Bett, das jeden einzelnen der fünf Sterne verdiente, die das Hotel kategorisierte. Sie hatten exzellent getafelt – kein anderes Wort beschrieb das Sechs-Gänge-Menü treffender – und viel getrunken. Schlafen konnte sie nicht. Sie lag im Bett am

Fenster, starrte in die dunkle, sternenlose Nacht und hoffte auf ein Wunder. Das Wunder kam. Aber es war ein blaues Wunder. Nicht nur für Judith. Vor allem für Caroline.

53

Caroline war nicht die Einzige, die auf wundersame Rettung hoffte.

»Ich träume davon, dass die Heinzelmännchen wieder nach Köln kommen«, gestand Frido, als Eva ihren allabendlichen Anruf tätigte.

Eva brauchte keine Details. Die Müdigkeit in seiner Stimme ließ sie ahnen, wie ihre Küche aussah. Wie Küchen eben aussehen, wenn man keine Heinzelmännchen zur Verfügung hatte: Der Müll quoll über, die Spülmaschine war voll, die Spültablette eingelegt, der Einschaltknopf vergessen. Und wenn man großes Glück hatte, fand man die Tennissocken im leeren Getränkekasten.

Frido war ein nüchterner Mann. Er musste keine Erbsen ausstreuen, um zu wissen, wer ihm bislang die Arbeit abgenommen hatte. Das Einzige, das ihn überraschte, war, wie viel Arbeit es war.

»Wie schaffst du das nur?«, fragte Frido matt.

»Gar nicht«, gab Eva zu. »Ich tue nur so.«

»Und diese ewigen Sitzungen«, klagte Frido. »Wenn man Zeitdruck hat, merkt man erst, wie viele Sitzungsmonster an einen Vorstandstisch passen. Ich habe sie alle: die Vielredner, Dauerfrager, Nichtssager und Selbstdarsteller. Und die, die für die Entscheidungen zuständig sind, schweigen.«

»Mehr Mütter einstellen«, schlug Eva vor. Wer Kinder zu

Hause hatte, die auf ein warmes Essen, einen Gutenachtkuss oder eine elterliche Schulter zum Anlehnen warteten, hatte keine Zeit für endlose Wiederholungen, gespreizte Eitelkeiten und aufgeschobene Entscheidungen. Aber das hatte sich wohl noch nicht bis in die Vorstandsetagen rumgesprochen. Frido seufzte nur.

»Ich bin froh, wenn du wieder zu Hause bist«, gestand er kleinlaut.

Eva schwieg. Etwas hatte sich verändert. Sie hatte sich nur auf das Pilgerabenteuer eingelassen, weil sie etwas für Judith tun wollte. Und weil die anderen Dienstagsfrauen es befürworteten. Mittlerweile lief sie, weil es ihr guttat. Sie wagte nicht, dem angeschlagenen Frido davon zu erzählen. Von den Momenten, in denen man gar nichts mehr dachte, sondern nur noch den wechselnden Boden unter den Füßen spürte, den Geruch von Ginster und Wacholder einsog, die wechselnden Schatten in sich aufnahm, das Spiel der Wolken und Farben beobachtete. Man spürte das Auf und Ab des Weges, jeden minimalen Höhenunterschied.

»Gute Nacht, Frido«, wünschte sie stattdessen. Sie traute sich nicht zuzugeben, wie froh sie war, noch ein paar Pilgertage vor sich zu haben. Die Wahrheit war: Es interessierte sie nicht, ob ihre Kölner Küche aufgeräumt war. Sie befand sich an einem magischen Punkt ihrer Pilgerreise: Sie war von zu Hause weggegangen, sie hatte ihren Alltag hinter sich gelassen, aber sie war noch nirgendwo angekommen. Sie war einfach unterwegs. Bei Wind und Wetter.

54

Petrus hatte sich gegen sie verschworen. Nachdem ihnen der Zufall ein paar freie Plätze in einem Bus und eine Freifahrt zwischen Montcaup und St. Bertrand de Comminges beschert hatte, waren sie in einen gemütlichen Trödelmodus verfallen.

»Sie haben Unwetter angekündigt«, hatte der Busfahrer noch gewarnt.

Im Hochgefühl, die zwei langen Etappen, die ihnen bevorstanden, gehörig abgekürzt zu haben, hatten sich die Dienstagsfrauen viel zu lange in der weltberühmten Kathedrale aufgehalten. Anstatt zügig die Etappe anzutreten, hatten sie die prachtvollen Holzdekorationen und das imposante Chorgestühl bewundert.

Als sie sich endlich auf den Weg machten, war es zu spät. Dunkle Wolken dräuten am Himmel und boten ein großartiges Schauspiel. Im Hintergrund leuchteten die Hügel der Pyrenäen, die jeden Tag ein Stück näher heranrückten. Sturm und Regen kamen auf.

Judith und Max gingen an der Spitze, dahinter die anderen.

»Und was ist? Habt ihr etwas rausgefunden?«

Eva drängte sich neugierig an Estelle und Caroline heran. Ebenso Kiki. Caroline drehte sich entsetzt zu Estelle. Die machte eine entschuldigende Geste.

»Mein Geist war willig, der Mund schwach.«

Es stellte sich als Fehler heraus, dass die drei sich in der Nacht zuvor ein Zimmer geteilt hatten.

»Jetzt sag schon! Was ist mit dem Tagebuch? Was hat der Sanitäter erzählt?«, drängte Estelle. Den ganzen Abend hatte sie versucht, an Caroline heranzukommen.

Judith, misstrauisch geworden, war Caroline beim Abendessen nicht von der Seite gewichen. Sie, die normalerweise als Erste im Bett verschwand, hatte selbst ein Dessert bestellt. Später hatte sie darauf bestanden, mit Caroline aufs Doppelzimmer zu gehen. Beim Anblick von Kerze, Foto und Glas Wein, die Judith wie jeden Abend auf einem improvisierten Altar aufbaute, verflüchtigte sich Carolines Impuls, Judith einzuweihen.

Früher wäre Caroline drauflosgestürmt. Früher war zehn Tage her. In Köln aß man Fast Food, ließ sich vom mobilen Internet und schnellen E-Mails terrorisieren und legte höchstens mal einen Powernap ein, wenn das Pensum einen überforderte. Auf dem Pilgerweg hatte Caroline Zeit zu reagieren. Nichts ging schnell, wenn man zu Fuß unterwegs war. Dominique wohnte nicht weit von Angles. Zwischen der Herberge und Dominique lagen zwei Aufstiege, die bewältigt sein wollten. An einem Tag war das nicht zu schaffen. Caroline war dankbar für die Galgenfrist. Sie hatte mit dem zu kämpfen, was sie gestern erfahren hatte.

»Es sieht so aus, als hätte Arne regelmäßig seine Ferien in dieser Gegend verbracht. Bei jemandem, der Dominique heißt«, erläuterte Caroline. Sie versuchte, möglichst neutral zu klingen. Die Nachricht schlug dennoch ein wie eine Bombe. Estelle erging sich sofort in Mutmaßungen: »Vielleicht hatte Arne eine zweite Familie, Kinder, ein mysteriöses Doppelleben.«

»Dominique kann genauso gut ein Männername sein«, warnte Caroline.

Eva nickte aufgeregt. Sie wollte nicht daran glauben, dass Arne Judith hintergangen haben sollte. »Es kann alles harmlos sein! Ein Missverständnis.«

Caroline quälte sich mit Selbstvorwürfen: »Das Schlimmste ist, dass ich Judith ermuntert habe, hierherzukommen.«

»Wer ahnt denn so was. Arne hat Judith angebetet«, gab Eva zu bedenken.

»Und sie trotzdem belogen«, konstatierte Estelle.

Doch erst Kiki brachte auf den Punkt, worum es in Wirklichkeit ging:

»Und was machen wir jetzt? Sagen wir es Judith?«

Als ob sie ihren Namen gehört hätte, wandte sich Judith um. Auf eine merkwürdige Art spürte sie, dass die aufgeregten Gespräche in ihrem Rücken sie betrafen. Die vier Frauen, die eben noch heftig diskutiert hatten, verstummten.

55

»Worüber reden die die ganze Zeit?«, wunderte sich Judith.
Seit Tagen hatte sie das Gefühl, dass merkwürdige Dinge
vorgingen.

»Ich weiß das am allerwenigsten«, meinte Max. »Mich beteiligen sie nicht an ihren Geheimnissen.«

»Mich auch nicht«, beklagte sich Judith.

Ihre Freundinnen wurden ihr mit jedem Tag fremder. Sie
fühlte sich permanent beobachtet und ununterbrochen be-
wertet. Sie wusste, dass die Freundinnen letztlich von ihr
erwarteten, dass sie die Trauer abschüttelte und wieder die
Alte wurde. Sie war froh, dass Max sich den Dienstagsfrauen
angeschlossen hatte. Judith fühlte sich zu dem jungen Mann
hingezogen. Nicht so wie eine Frau sich zu einem Mann
hingezogen fühlte. Sie hätte sich nie vorstellen können, sich
in einen jüngeren Mann zu verlieben. Es war etwas anderes.
Max war der Einzige, der ihr unvoreingenommen begegnete. Misstrauisch drehte Judith sich ein zweites Mal um. Die
vier Freundinnen lächelten gleichzeitig ein schiefes Lächeln.
Auffälliger ging es nicht.

Ein heftiger Windstoß nahm ihr den Atem. Die ganze Etappe
hatte Judith sorgenvoll zum Himmel gesehen. Mit den ersten Tropfen starb die Hoffnung, dass die Wolken an ihnen
vorüberziehen würden. Innerhalb weniger Minuten ver-

wandelte sich der leichte Schauer in einen Wolkenbruch. Die Pyrenäen verschwanden in dicken Wolken. Blitze zuckten am Himmel, Bäche schwollen an, rissen Pflanzen mit und machten den Weg innerhalb von Minuten unpassierbar. Man sah kaum zehn Meter weit.

In einem Bretterverschlag fanden sie notdürftig Unterschlupf. Genau wie Millionen von Fliegen, die aus dem Regen flüchteten. Nicht einmal die teure Valrhona-Schokolade und die Bananen, die Max aus seiner Umhängetasche zauberte, ließen eine gemütliche Stimmung aufkommen. In der freien Natur wirkte das Unwetter wie eine Urgewalt. Der Wind rüttelte am morschen Gebälk, der Regen prasselte ununterbrochen auf das lecke Dach. Es roch nach feuchtem, faulendem Heu.

»Ich bekomme schon vom Geruch eine Allergie«, beklagte sich Estelle, während sie ununterbrochen Fliegen von sich abschlug.

Nach einer Viertelstunde waren die Blitze vorübergezogen. Es hatte sich eingeregnet.

»Es hat keinen Sinn zu warten«, beschied Caroline. »Sonst kommen wir in die Dunkelheit.«

Die Idee, auf der Landstraße direkt ins nächste Dorf zu flüchten, stellte sich als dramatischer Irrtum heraus. Die Sicht war schlecht, die Straße eng. Jedes Mal, wenn ein hupender Lastwagen gefährlich nah an ihnen vorbeizischte, wurden die Dienstagsfrauen von einer Ladung Spritzwasser begossen. Es hatte keinen Sinn. Sie mussten den ungleich längeren Nebenweg in Kauf nehmen.

Mühsam schleppten sie sich über die aufgeweichten Pfade nach oben. Im Morast kam man nur langsam voran. Immer wieder rutschte Judith aus. Noch nie hatten die sechs sich erdverbundener gefühlt, nie sehnsuchtsvoller in den Himmel geschaut. Von dort allein konnte Erlösung kommen. Der Regen machte den Horizont eng. Das Tagesziel war nicht einmal zu ahnen. Judith fluchte innerlich. Sie konnte sich tausendmal vorsagen, dass der Regen eine äußere Reinigung mit sich brachte, die Hand in Hand mit der inneren ging. Pilgerromantik und religiöses Pathos lagen ihr im Moment ebenso fern wie Getuschel und Geheimnisse. Es ging darum, diese Etappe zu überstehen.

Selten tauchte eine Jakobsmuschel auf, die den Weg markierte. Die Orientierung war schwierig, das Wasser überall. Es rann über ihre Hände, floss in den Kragen und die Schuhe. Unter den hastig aus den Rucksäcken gezerrten Regenjacken entwickelte sich ein dunstiges Klima.

»Wenn wir nicht aufpassen, kommt es unter der Plastikhaut zu einem Hitzestau und Kreislaufkollaps«, rekapitulierte Eva ihr medizinisches Wissen.

Tränen der Erschöpfung liefen über Judiths Wangen. »Pilgern muss man mit allen Sinnen«, hatte Arne in seinem Tagebuch notiert. An diesem Tag war es der Widersinn, der sie auf dem Weg begleitete.

56

Vom Turm klang die Klosterglocke herüber, von weit her erscholl leise der Gesang der Mönche. Sie beteten für das Heil ihrer Gäste, die ihnen der Regen über die Schwelle gespült hatte. Normalerweise beherbergte das Kloster weder Touristen noch Pilger, aber für die sechs durchgefrorenen Gestalten, die am späten Nachmittag schlotternd an der Pforte von St. Martin standen, hatte der Abt eine Ausnahme gemacht.

Sie hatten heißen Tee genossen und süßen Marmorkuchen. Die Schuhe waren mit christlicher Erbauungsliteratur ausgestopft und trockneten an einem bollernden Kachelofen in der Küche. Die heiße Dusche spülte den letzten Morast von den müden Gliedern. Kiki war eine der Letzten, die unter die Dusche schlüpfte. Es störte sie nicht, dass es auch hier nur Nasszellen gab, die notdürftig durch halbhohe Wände getrennt waren. Ihr war es egal, dass neben ihr die Dusche anging. Bis ein eigentümlicher Duft aus der Nebenzelle zu ihr herüberzog. Ein herbes Duschgel, das ihr nur zu vertraut war. Ein verstohlener Blick unter der Trennwand hindurch zeigte, dass ihre Nase sie nicht getrogen hatte. In der Duschkabine nebenan lief Schaum um große nackte Männerfüße. Kein Zweifel möglich: Max duschte neben ihr. Das war pure Absicht, da konnte er noch so unschuldig vor sich hin summen.

Kiki schlang hastig das Handtuch um ihren Körper und flüchtete. Doch das Zimmer, das sie mit Judith teilte, war verschlossen. Kiki blieb nichts anderes übrig, als sich zu den Freundinnen zu gesellen, die im Innenhof des Klosters an einem metallenen Trog ihre verdreckte Kleidung auswuschen.

»Judith ist in der Kapelle«, erklärte Caroline. Sie hatte bereits auf Kiki gewartet, um zu besprechen, was zu besprechen war. »Wir müssen Judith sagen, was wir herausgefunden haben. Sonst steht es auf immer zwischen uns«, verkündete Caroline mit fester Stimme.

Wut kam auf. Vor allem bei Eva. »Warum habt ihr überhaupt mit der Schnüffelei angefangen?«

Auch Kiki konnte sich nicht für den Plan erwärmen. Aussprachen wurden überschätzt. »Schatz, wir müssen reden.« Wie viele Beziehungen waren an den Wortgefechten kaputtgegangen, die diesem unheilvollen Satz folgten? Bevor man redete, musste man erst mal das Verletzungsrisiko kalkulieren. Und die Chance auf Veränderung. Was sollte sich in Arnes Fall durch irgendeine Aussprache zum Guten wenden?

»Judith liebt ihren Arne. Sollen wir sein Andenken kaputt machen? Man muss nicht alles wissen«, gab Kiki zu bedenken.

Caroline blieb bei ihrer Meinung: »Ich bin mir sicher, dass Judith etwas ahnt. Sie hat sich von Beginn der Reise an merkwürdig verhalten.«

Estelle war ganz auf ihrer Seite: »Caroline sagt es ihr«, bestimmte sie, bevor jemand auf die Idee kam, dass sie bereit sein könnte, diesen undankbaren Part zu übernehmen.

»Was sagen?«, erkundigte Eva sich spöttelnd. »Wir wissen nicht einmal, was es mit Arnes merkwürdigen Reisen auf sich hat.«

»Aber wir wissen, was Männer in ihrer freien Zeit treiben«, dozierte Estelle.

»Was ist das? Ein konspiratives Kaffeekränzchen, um schmutzige Wäsche zu waschen?«

Die vier Frauen schraken zusammen. Vertieft in die Diskussion, hatten sie nicht bemerkt, dass Judith sich von hinten genähert hatte. Das Gespräch erstarb abrupt. Judith verstand auch so. »Ich bin nicht blind, taub oder schwachsinnig. Die Blicke, das Tuscheln, Estelles Gezwinker … darf ich an eurem Geheimnis teilhaben?«

Schweigen. Noch immer. Eva fühlte sich ohnehin nicht berufen, das große Wort zu führen, Estelle versuchte so zu tun, als wäre sie in Wirklichkeit auf dem Mars, und Kiki entdeckte gerade, dass der Boden ihres Rucksacks wasserfest war, was man von der Oberseite leider nicht behaupten konnte. Ihre sorgfältig ausgearbeiteten Entwürfe schwammen in einer Lache Regenwasser. Kiki begriff, dass hier ihre Zukunft baden ging. Jeder einzelne Strich, den sie mit so viel Mühe und Überlegung gesetzt hatte, hatte sich in den Fluten aufgelöst. Die Idee war nur mehr eine vage Erinnerung, die nun heimatlos im Raum herumschwirrte. Sie wusste, dass ihr das filigrane Meisterwerk kein zweites Mal gelingen würde.

Ein Blick auf Judith genügte Kiki, um zu begreifen, dass dies nicht der rechte Augenblick für Lamentos war. Es gab Schlimmeres. Und das mitzuteilen, blieb, wie üblich, Caroline vorbehalten.

57

Wo sollte Caroline anfangen? Nichts im Studium bereitete einen darauf vor, was im Anwaltsberuf zum täglichen Brot gehörte: das Überbringen schlechter Nachrichten. Im Mittelalter hatte man Boten, die nichts Gutes zu berichten hatten, gerne einen Kopf kürzer gemacht. Caroline hatte gleich eine ganze Palette von schlechten Nachrichten für Judith auf Lager. Angefangen vom Diebstahl des Tagebuchs über den Vertrauensbruch bis hin zu den merkwürdigen Manövern von Arne.

Der schonendste Weg, einen Gipfel zu besteigen, ist, sich in Serpentinen dem Ziel zu nähern. So war das auch mit unangenehmen Eröffnungen. Vorsichtig tastete die Anwältin sich an die Wahrheit heran.

»Es geht um das Tagebuch, um das, was Arne geschrieben hat.« Sie machte eine Pause. Das hatte sie von Philipp gelernt, der in seiner Praxis wöchentlich negative Diagnosen zu überbringen hatte. Pausen gaben einem Gegenüber die Zeit, mit dem Kopf hinterherzukommen und eigene Fragen zu formulieren. Judith hatte offensichtlich keine Ahnung von solchen Theorien. Noch bevor Caroline die erste Haarnadelkurve auf dem Serpentinenweg erreicht hatte, prasselten Judiths Vorwürfe auf sie nieder:

»Schnüffelst du mir hinterher?«

»Hör erst mal zu.«

Judith brauchte nicht zuzuhören. Sie hatte sich längst eigene Gedanken gemacht.

»Das Tagebuch ist nicht von Zauberhand unter meinem Bett gelandet. Es war auch kein Pilger, der mir hinterherstieg. Du hattest es. Du hast es dir heimlich ausgeliehen.«

»Das war ich«, gestand Estelle ehrlich. »Caroline konnte nichts dagegen machen.«

»Es war ein Fehler«, gab Caroline unumwunden zu.

»Wie kommt ihr dazu, in meinen Sachen zu wühlen? Was geht euch Arnes Tagebuch an?«

Judith hatte recht. Sie hatten einen Fehler gemacht und wenn ihre Freundschaft eine Zukunft haben sollte, musste der korrigiert werden. Die Lügen mussten aufhören. Lügen waren Bumerangs. Sie kamen zurück und trafen den, der sie in die Welt gesetzt hatte, um Schlimmeres abzuwenden. Manchmal kam der Bumerang sofort zurück, manchmal brauchte er länger. Caroline hatte einen Mann verteidigt, der nach Jahrzehnten von seinen Lügen eingeholt worden war. Ein Cold Case Team hatte den Mord an einem dreizehnjährigen Mädchen neu aufgerollt. Dreißig Jahre war die Tat her. Aus dem verdächtigen Nachbarssohn von einst war ein unbescholtener Bürger, braver Familienvater und ordentlicher Beamter ohne Strafblatt geworden. Ein halbes Leben war vergangen, als er doch noch vor Gericht gestellt wurde. Ungewollt wurde er der beste Zeuge der Anklage, weil er sich nicht mehr erinnerte, welche Lügen er den Ermittlungsbehörden vor vielen Jahren aufgetischt hatte. An die Wahrheit erinnerte man sich auch nach Jahrzehnten. Die Lügen aber hatte der Mann längst vergessen. Als sein Bumerang ihn einholte, traf es ihn unvorbereitet. So etwas wollte Caroline nicht erleben. Nicht mit ihren Dienstagsfrauen.

Caroline schluckte. Und redete weiter. Weil es sein musste. Alles musste auf den Tisch.

»Es sieht so aus, als wäre Arne gar nicht gepilgert. Sein Tagebuch ist eine Collage aus Fundstücken aus dem Internet.«

Judith lachte höhnisch auf: »Du hast Arne nie gemocht. Weil er nicht in dein rationales Weltbild passte.«

Caroline ermahnte sich innerlich, ruhig zu bleiben. Und die Retourkutsche als das anzusehen, was sie war: ein plumper Versuch, einem anderen den Schwarzen Peter zuzuschieben. Ein Versuch, das zu leugnen, was sie ahnen musste, seit sie am Massif de la Clape zum ersten Mal ihren Weg verloren hatten.

»Wir haben einen Zeugen, Judith. Arne hat hier Urlaub gemacht. Regelmäßig. Bei jemand, der Dominique heißt.«

Judiths Augen verengten sich gefährlich: »Weiter!«

»Wissen wir nichts«, gestand Caroline. »Wir haben Dominiques Adresse. Sonst nichts.«

Es war raus. Caroline beobachtete Judith aufmerksam: Wie würde sie es aufnehmen? Die anderen drei Frauen unterzogen ihre Fußspitzen einer gründlichen Inspektion. Nach einer Schrecksekunde brach Judith in Gelächter aus. Sie lachte aus vollem Herzen. Wie befreit. Vollkommen unpassend.

»Ich verstehe, dass das Zeit braucht, sich zu setzen«, sprach Caroline Judith vorsichtig zu.

Judith lachte noch immer. Keine der Freundinnen konnte sich einen Reim auf ihr seltsames Verhalten machen. Estelle zeigte mit kreisendem Zeigefinger an ihre Schläfe: Jetzt war Judith endgültig durchgedreht.

»Wenn du unter diesen Umständen die Pilgerreise abbrechen möchtest, ich kann das verstehen. Wir alle verstehen das«, erklärte Caroline.

Judith hörte unvermittelt auf zu lachen. Ihre Augen schossen Giftpfeile auf Caroline ab. Aus dem schutzbedürftigen, kleinen Wesen, das sie bislang gegeben hatte, schälte sich jemand, der Kraft hatte. Und eine unglaubliche Wut im Bauch.

»Die tolle Caroline. Immer ein kluges Wort zur rechten Zeit. Deine Besserwisserei kotzt mich an.«

Die Dienstagsfrauen standen unter Schock. Nur Caroline blieb gelassen: »Wenn du deine Wut an mir auslassen willst: prima. Ich habe kein Problem damit.«

Der Versuch, das Streitgespräch nicht weiter eskalieren zu lassen, zerschellte an Judiths Aggression. »Du mit deiner Scheißüberheblichkeit«, ging Judith auf Caroline los. »Was kümmern dich Arnes Geheimnisse. An deiner Stelle würde ich mir lieber Gedanken über deine eigene Ehe machen.«

Stille. Plötzlich. Erschrecken. Einmal abgefeuert klang der Satz im Raum nach. Judith schien selbst entsetzt über das, was ihr rausgerutscht war.

Caroline spürte, wie die Unsicherheit in ihr hochkroch. Seit dem Telefongespräch hatte der Gedanke an Philipps seltsames Verhalten sie nicht mehr losgelassen. Darüber gesprochen hatte sie mit keiner der Freundinnen. Caroline war niemand, der preisgab, was sie bewegte. Über Gefühle zu reden, fiel ihr schwer. Sie machte Probleme lieber mit sich selbst aus. Caroline rollte die Schultern. Bewegung half, Adrenalin abzubauen. Es half, das Zittern in der Stimme in den Griff zu bekommen. Alles Tricks aus ihrer Anfangszeit im Beruf. Sie hatte Kollegen, die auf Betablocker schwörten. Caroline hatte das einmal bei einem Prozess ausprobiert und verloren. Die Tabletten hatten nicht nur das nervöse Fieber weggefiltert, sondern auch die Konzentration aufs Wesentliche. Sie brauchte die Spannung, um zu funktionieren. Aber doch nicht solche Spannung. Nicht im Privatleben.

»Wie meinst du das? Wovon redest du, Judith?«, erkundigte sie sich, nachdem sie sich einigermaßen unter Kontrolle hatte.

Judith ruderte zurück. Ihre Lider flatterten. Mit fahrigen Bewegungen raffte sie ihre dreckigen Klamotten zusammen.

»Entschuldigung. So meinte ich das nicht. Ich hab das nur so dahingesagt. Entschuldigung, ich bin ein bisschen …« Judith probierte, die unvorsichtige Bemerkung abzuschwächen, verhedderte sich noch mehr und flüchtete mitten im Satz.

»Ich wusste es. Pilgern bringt das Schlechteste im Menschen hervor«, kommentierte Estelle trocken.

58

»Ich will alleine sein«, brüllte Judith.

Kiki war genervt. Sie war aus ihrem Zimmer ausgesperrt. Frierend stand sie in einem imposanten Klostergang, der von Rundbögen getragen wurde. Durch die zahlreichen Fenster schimmerte das letzte Tageslicht herein. Kiki fror jämmerlich. Eine moderne Isolierung gab es nicht. Die Kellerräume gaben ihre ewige Kälte direkt an den Erdgeschossboden ab. Kiki hüpfte von einem Fuß auf den anderen. Sie war barfuß und trug noch immer das Handtuch um ihren Körper gewickelt.

Ein Stück weiter lehnte Max an der kühlen Wand und grinste süffisant.

»Ich habe ein Doppelzimmer. Zwei gemütliche Betten. Zwei Decken.«

Kiki vermied den Blickkontakt und klopfte energischer an die Tür. Der Tag war ein einziges Desaster gewesen. Noch mehr Probleme konnte sie unmöglich bewältigen.

»Judith, mach auf«, flehte sie.

Max hatte entschieden, sie diesmal nicht entkommen zu lassen.

»Ist es allein das Alter, das für dich zählt?«, nahm er das Thema ihrer Auseinandersetzung auf.

Kiki hämmerte mit der flachen Hand gegen die Tür. Die Mönche, auf dem Weg zur letzten Messe des Tages, verdrehten ihre Köpfe. Eine Frau, nur mit einem Handtuch bekleidet, und ein viel zu junger Mann, der um sie warb, das erlebten sie wahrlich nicht alle Tage in ihren heiligen Hallen. Sie schlurften extralangsam über die Klostergänge.

Max versuchte es noch einmal: »Man sollte sich bei der Partnerwahl nicht auf eine Eigenschaft festlegen. Wenn man einen Engel sucht und nur auf Flügel achtet, kann man ein Suppenhuhn nach Hause bringen.«

Kiki kicherte. Die Vorstellung amüsierte sie.

»Nichts gegen Suppenhuhn«, meinte Max weiter. »Mit ein bisschen Gemüse kann das ziemlich lecker sein.«

Kiki lenkte ein. Sie hatte eingesehen, dass es keinen Sinn machte, im Gang darauf zu warten, dass Judith sich beruhigte, ehe sie erfroren war.

»Ich nehme dein Angebot an. Aber das hat nichts zu bedeuten. Bilde dir nicht ein, dass ich meine Meinung geändert habe«, warnte sie.

Max hob drei Finger zum Schwur. »Ich rühr dich nicht an. Bei allem, was mir heilig ist.« Das freche Glitzern in seinen Augen zeigte, dass das nicht sonderlich viel sein konnte. Kiki tippelte in Richtung Max und trat dabei auf das Handtuch, das postwendend zu Boden ging. Max hob es auf. Sorgsam legte er es ihr um die Schultern. Er kam ihr nahe. Viel zu nahe. Gefährlich nahe.

»Engel sind geschlechtslos«, krächzte Kiki heiser, »deswegen leben sie so friedlich.«

Max hatte es ohnehin nicht mit Engeln: »Wer will schon in den Himmel? Da sind nur die Langweiler.«

Er strich eine Strähne aus Kikis Gesicht. Seine Fingerkuppen streichelten über ihre Wange, berührten ihre Lippen. Kiki zitterte, ihre Knie gaben nach. Zwischen Dauerregen, den vernichteten Entwürfen und dem Streit der Freundinnen hatte sich ihr Widerstandsgeist verflüchtigt.

In fünfzehn Jahren Dienstagsfrauen hatte es Missverständnisse, Krach und Auseinandersetzungen gegeben. Aber nichts, was mit dem, was sie auf dieser Pilgerreise ereilte, vergleichbar gewesen wäre. Die Dienstagsfrauen waren immer ihr Fels in der Brandung gewesen. Nun war alles ins Schwimmen geraten. Nicht nur die Entwürfe.

Erschöpft ließ Kiki ihre Stirn gegen den Brustkorb von Max sinken. Seine Hand streichelte über ihren Nacken. Er roch nach seinem herben Duschgel, nach Sommer, nach roten Erdbeeren, er roch nach Max. Vertraut und fremd zugleich, warm und verführerisch. Kiki ergab sich. Hunderte von Kilometern war sie vor der Unmöglichkeit dieser Liebe geflüchtet. Tagelang vor und hinter ihm gepilgert und neben sich gestanden. Bis ihr Nacken vom bemühten Weggucken schmerzte. Sie schlang ihre Arme um Max. Das Handtuch ging erneut zu Boden. Halb nackt stand sie im Klostergang und hatte die Welt um sich vergessen.

59

»Wenn ich Fragen zu meinem eigenen Leben habe, melde ich mich.« Wie lange war es her, dass Caroline Scherze dieser Art gemacht hatte. Jetzt war es so weit.

Caroline war im Innenhof zurückgeblieben. Umgeben von tausend Jahre alten Mauern fühlte sie sich, als wäre sie aus der Zeit gefallen. Gelegentlich wehten Glockenschläge und Gebete herüber. Eine Mönchskutte schleifte über den Kreuzgang. Ein paar aufgeschreckte Hühner pickten im Gras herum, eine Katze lag träge auf einer Bank. Die Idylle stand in krassem Gegensatz zu dem Aufruhr in ihrem Innern. Caroline war allein. Nur eine verwitterte Mariengestalt aus Stein war Zeuge ihrer Verwirrung.

»Ich würde mir lieber Gedanken über deine eigene Ehe machen.« Der Satz kroch durch alle Gehirnwindungen. Sie ließ die Merkwürdigkeiten der letzten Tage vor ihrem inneren Auge Revue passieren. Den lieblos hektischen Abschied, die Tage, an denen sie Philipp nicht erreichte, das merkwürdige Telefongespräch, das Schweigen. In der Hand drehte sie ein Stück Papier, das sie aus dem Portemonnaie hervorgekramt hatte. Es war die Visitenkarte ihres Kollegen. Seit ihrem Zusammentreffen im Gericht, als er ihr so frech eine Veränderung vorschlug, war sie ihm nicht mehr begegnet. Ab und an hatte er ihr eine SMS gesendet, dass sein Angebot immer noch galt.

»Ich bin zufrieden mit meinem Leben«, hatte sie vor ein paar Wochen noch behauptet.

»Das kann doch nicht alles gewesen sein«, hatte er gesagt. »Ihr Mann hat seine Arztpraxis, die Kongresse, seinen Sport. Und Sie?«

Ihr Mann führt längst sein eigenes Leben: War es das, was ihr Kollege ihr eigentlich hatte sagen wollen? Hatte der Anwalt, hatte Judith etwas wahrgenommen, was für alle sichtbar war? Wenn man nur den Mut hatte, sich selbst infrage zu stellen. Schwang deshalb dieser Hauch von Mitleid in seiner Stimme mit? Sie hatte den irritierenden Unterton des Anwaltskollegen wahrgenommen. Und verdrängt.

Eitelkeit, gestand sie sich ein. Es hatte ihr geschmeichelt, dass jemand offen um sie warb. Der flirtende Ton hatte ihr Spaß gemacht. Die kleinen Widerhaken, die in seinen Fragen verborgen waren, hatte sie achtlos beiseitegeschoben. Sie hatte alle Warnsignale übersehen. Es war schwer, Caroline etwas vorzumachen. Das konnte nur sie selbst.

Caroline starrte auf die Visitenkarte, als ob die Lösung ihrer Probleme aus der Telefonnummer herauszulesen war. Die Mariengestalt nickte ihr beinahe unmerklich zu. Caroline beschloss, dass es egal war, ob es eine banale Lichtreflexion oder reine Einbildung war. Die Frau aus Stein hatte recht. Energisch zog sie ihr Telefon heraus und wagte einen unkonventionellen Schritt. Sie wählte die Nummer ihres Kollegen Paul Gassner.

»Ich wusste es«, tönte es begeistert von der anderen Seite. »Ich wusste, dass Sie sich bei mir melden werden.«

Er war nicht einmal überrascht, dass Caroline ihn nach Wochen des Zögerns anrief. Caroline dafür umso mehr. Wie kam sie auf die Idee, sich einem Wildfremden anzuvertrauen? Jemanden, den sie nur flüchtig aus ihrem beruflichen Umfeld kannte? Noch hatte sie die Wahl. Sie konnte so tun, als ob es um ihre Absage ging. Es konnte harmlos klingen. Aber wollte sie das wirklich? Wegsehen?

»Es geht nicht um Ihr Angebot«, gab sie zu. »Es geht um mich.«

Paul Gassner hakte vorsichtig nach.

»Sind Sie sicher, dass ich Ihnen dabei helfen kann?«

»Es scheint, Sie wissen mehr über mein Leben als ich selbst.«

Caroline bemühte sich, nicht in Richtung Maria zu sehen. Sie brauchte kein göttliches Zeichen, um zu wissen, dass es richtig war, sich und anderen Fragen zu stellen. Sie wollte nicht so sein wie die Ehefrauen, die ihr so oft bei Prozessen begegneten: ahnungslos, blind, taubstumm und wahrheitsresistent. Sie hatte Frauen kennengelernt, die trotz vorliegendem Geständnis an die Unschuld ihrer kriminellen Männer glauben wollten, weil sie sonst ihre persönliche Geschichte infrage stellen mussten. So wollte sie nicht sein. Vorsichtig tastete sie sich an das heran, was sie wissen wollte.

»Sie haben das so betont, mit meinem Mann. Wegen den Kongressen und dem Sport. Wie meinten Sie das eigentlich?«

60

Schlaflos wälzte Eva sich hin und her. Sie hatte alles ausprobiert. Warme Milch getrunken, Schafe gezählt, das Kirchen-
lied von Oma Lore gesummt, sich an Kniebeugen versucht.
Nichts half. Das ungute Gefühl, das der Streit hinterlassen
hatte, ließ sich durch keinen Einschlaftrick verscheuchen.
Morgen würde sich alles aufklären, hoffte sie. Judith und
Caroline mussten sich nur aussprechen.

Eva konnte Judith verstehen. Der Vertrauensbruch von
Caroline und Estelle wog schwerer als das, was der tote Arne
irgendwann getan hatte oder auch nicht. Kein Wunder, dass
Judith mit albernen Unterstellungen kam. Sie war wie ein
Tier, das in die Ecke gedrängt wird und gnadenlos um sich
beißt. Deswegen die billige Retourkutsche mit dem Hin-
weis auf Carolines Ehe. Nichts anderes konnte diese dunkle
Anmerkung sein, die Judith auf Caroline abgefeuert hatte.
Für Eva waren Philipp und Caroline das perfekte Ehepaar.
Sie hatten es über zwei Jahrzehnte miteinander ausgehalten,
gingen respektvoll miteinander um und konnten Anekdoten erzählen, ohne sich gegenseitig ins Wort zu fallen und
Pointen zu ruinieren. Eine Retourkutsche, das musste es
sein. »Morgen klärt sich alles auf«, sagte sie sich vor. Schlafen
konnte sie trotzdem nicht.

Entnervt knipste Eva das Licht an. Die Zelle war an Karg-
heit kaum zu überbieten. Leere, weiße Wände, eine schwere

Holztür, ein Fenster, das zu hoch war, um in den Klostergarten zu schauen. Die einzige Ablenkung, die sich bot, war ein Stapel des christlichen *Lourdes-Magazin. Die Zeitschrift für Wallfahrende des dritten Jahrtausends* hatte nur ein Thema. Das historische Lourdes zu Zeiten der Erscheinungen, die Visionen der Bernadette, Wunderheilungen und Pilgerströme. Auf jeder zweiten Seite war Maria mit ihrem weißen Schleier, dem blauen Gürtel und den gelben Rosen auf beiden Füßen abgebildet. »Buße, Buße, Buße«, hatte die Mariengestalt gerufen. »Betet zu Gott für die Sünder.«

Eva zweifelte keine Sekunde daran, dass die Geschichte sich so zugetragen haben musste. Warum sollte das Mädchen die Unwahrheit sagen? Wer sollte ihr den komplizierten Satz der sechzehnten Erscheinung eingeflüstert haben: »Que soy era Immaculada Councepciou«. »Ich bin die unbefleckte Empfängnis.« So was dachte sich kein ungebildetes Arbeiterkind aus. Das Wasser von Lourdes hatte Menschen geheilt. An Leib und an Seele. Die Magie des Ortes würde ihre Herzen erreichen. Hoffte sie.

»Buße, Buße, Buße«, hallte es im Halbschlaf in ihrem Kopf. Aber wer war hier der Sünder? Wer war Täter? Wer das Opfer? Um was ging es eigentlich?

»Pass auf, was du vor dem Einschlafen liest«, hatte Oma Lore immer gepredigt. Die Geschichte der Bernadette, stellte Eva fest, eignete sich nicht dazu, sie sanft in den Schlaf zu wiegen.

Da war ein Geräusch. Hatte sie die Tür abgeschlossen? Vermutlich nicht. Zu Hause übernahm Frido diese Aufgabe. Sie lag meist im Bett, wenn Frido sein letztes Glas Wein im Wohnzimmer trank.

Eva hob ihren Kopf. Es war mühsam, sich zu orientieren. Kein Mond, kein vager Schein einer Straßenlaterne, kein Licht aus den Nachbarhäusern erleuchtete das karge Zimmer. In Köln blieben die Vorhänge offen. Abgedunkelte Räume wie dieser wirkten wie eine Grabkammer auf sie. Sie bekam davon Albträume.

Nein, Eva hatte sich nicht geirrt. Da tapsten Schritte näher. Vorsichtige Schritte. Schritte von jemandem, der nicht gehört und gesehen werden wollte. Die Klinke bewegte sich langsam nach unten. Im Türrahmen stand eine mysteriöse Dame. Sie trug ein weißes Kleid und einen weißen Schleier. Das flatternde Gewand war in der Taille mit einem Gürtel festgezurrt.

»Ich bin's«, flüsterte die Mariengestalt. Das klang eher nach Judith als nach der unbefleckten Empfängnis. Sie war in ein weißes Bettlaken gehüllt. Trotz der Decke, die sie um sich geschlagen hatte, zitterte sie wie Espenlaub.

»Ich dachte, ich hätte eine Erscheinung«, empörte sich Eva. »Tu das nie wieder.«

»Ich will wissen, wo Arne wirklich war«, sagte Judith mit überraschend fester Stimme. »Begleitest du mich? Zu Dominique?«

»Jetzt? Mitten in der Nacht?«, wunderte sich Eva.

»Es sind vier Kilometer. Wenn wir jetzt aufbrechen, sind wir zum Frühstück dort. Ich kann nicht mehr warten.«

Etwas gefiel Eva nicht an dem munteren Ton, den Judith anschlug. Erst das merkwürdige Lachen, als Caroline ihr eröffnet hatte, dass etwas mit dem Tagebuch nicht stimmte, jetzt die seltsame Entschlossenheit.

»Du bist die Einzige, die immer zu mir gehalten hat. Alleine traue ich mich nicht«, versuchte Judith die zweifelnde Eva zu überzeugen. Eva schälte sich aus dem Bett. Es war naiv zu glauben, dass der Sturm, der die Dienstagsfrauen ergriffen hatte, sich von selbst legte. Schlafen konnte sie sowieso nicht. Es war an der Zeit, die Dinge zu klären.

61

»Da ist jemand.«

Ein paar Klosterzellen weiter erhob Kiki sich aus den Kissen und lauschte in die Dunkelheit hinein. Vom Klostergang hörte man das Knarzen einer Tür, unterdrückte Stimmen, dann Schritte. Kiki fürchtete sich.

»Hier spukt es. Ehrlich.«

»Schlaf weiter.«

Max zog Kiki wieder auf die schmale Pritsche. Doppelbett war deutlich übertrieben für seine Schlafstatt.

»Warum bin ich nicht wie du?«, fragte sich Kiki. »Du hast nie Angst.«

Max grummelte im Halbschlaf. »Und ob ich Angst habe. Vor Hunden, vor den Prüfungen in London, vor den Leuten in der Firma, die erwarten, dass ich alles weiß, vor Haarausfall, ich bin voller Ängste.«

Kiki kuschelte sich in seine Armbeuge. »Vielleicht hilft es, wenn wir zusammen Angst haben.«

Max war mit einem Schlag wach. Er verstand nur zu gut, was Kiki wirklich hatte sagen wollen. »Du willst mit mir zusammen sein?«

»Du wirst es bereuen«, drohte Kiki. »Ich schnarche, wenn ich Rotwein getrunken habe, ich finde nie zwei gleiche Socken, ich arbeite fünfzehn Stunden am Tag, um so arm zu sein, ich bin …«

Max küsste ihren nervösen Redeschwall weg.

»Ein schlichtes Ja hätte es auch getan.«

»Du bist unmöglich«, wehrte sich Kiki. Max strahlte sie an. Kiki ahnte es mehr, als dass sie es sah.

»Deswegen hast du dich in mich verliebt.«

»Nein. Wegen dem schwedischen Jazz. Als du im Studio die CD aufgelegt hast. Die Melodie hat mich berührt.«

»Wusstest du, dass der Komponist auch die Musik für die Pippi-Langstrumpf-Filme geschrieben hat? Derselbe Mann.«

Merkwürdig. Das passte nicht zusammen. Vielleicht hatte sie sich deshalb in Max verliebt. Weil auch Widersprüche ein Ganzes formen können. Sie hatte sich verliebt, weil Max anders war. Weil er etwas Mitreißendes hatte. Weil er dieselbe Musik mochte wie sie, weil er für sie da war, weil sie für ihn da sein wollte. Kiki ließ die Finger über seinen Köper gleiten. Er fühlte sich an wie eine Katze. Muskulös. Seine Haut war ganz warm. Ganz sacht. Max umarmte sie stürmisch. Er wollte sie nicht ein bisschen. Er wollte sie ganz.

»Ihr wart so laut«, würde Estelle beim Frühstück im Refektorium behaupten, »dass selbst die Mönche nebenan eine Zigarette brauchten.«

Und Kiki würde in helles Gelächter ausbrechen. Ihre fröhliche Stimme hallte im Gewölbe: »Was schert mich, was andere über uns denken.«

62

»Wir treffen uns an der Brücke«, hatte Eva auf den Zettel geschrieben, den sie unter Carolines Zimmertür geschoben
hatte. Der Zeiger der Turmuhr sprang auf 5.23 Uhr, als die
schwere Holztür hinter den beiden ins Schloss fiel. Eva und
Judith marschierten in flottem Tempo.

Verworren die Gedanken, gespenstisch die Landschaft.
Nebelschwaden waberten über einem Fischteich, Felder
und Bäume leuchteten in unwirklichem Blaugrün. Der
neue Tag dämmerte herauf. Ein Traktor pflügte sich durchs
Morgengrauen, dahinter ein paar frühe Vögel, die auf Wür-
mer hofften. Als die ersten Sonnenstrahlen die Baumwip-
fel der Zypressen erreichten, lag das Kloster bereits hinter
ihnen.

Eva hatte den Zustand erreicht, von dem so viele Pilger
schwärmten. Die Füße liefen von selbst und passten sich
automatisch den Gegebenheiten des Weges an. Nur der leere
Kopf blieb ein frommer Wunsch. Was sie wohl bei Dominique
erwartete? Eva war nicht in der Lage, das umzusetzen, was
sie ihren Kindern so gerne predigte: »Beschäftige dich nur
mit den Problemen, die du hast, und nicht mit denen, die du
bekommen könntest.«

Was war eigentlich mit Problemen, die einen aus der Vergangenheit einholten?

»Bist du sicher, dass du dir das antun willst?«, erkundigte Eva sich bei Judith. Da standen sie bereits vor dem großen Portal. Eva hatte mit allem gerechnet. Mit einem kleinen Privathaus, mit einer Wohnung in einer Neubausiedlung, aber nicht mit einem monströsen Bau, der frisch renoviert schien. Die gründerzeitliche Fassade strahlte in neuem Glanz. Nur das Gusseisen des großen Eingangstors rostete malerisch vor sich hin.

Judith zögerte keinen Moment. Sie klingelte selbstbewusst an.

»Wenn Arne mich betrogen hat …« Sie bekam den Satz nicht zu Ende. »Ich will die Wahrheit wissen, Eva«, presste sie hervor.

»Arne ist tot. Was ändert das?«, probierte Eva es ein letztes Mal.

»Alles. Alles. Alles«, verkündete Judith. Ihr Tonfall wirkte fast heiter.

Eva kam nicht mehr dazu, sich über diese merkwürdige Antwort zu wundern. Das Haupttor öffnete sich. Eine Dame im überknielangen blütenweißen Schürzenkleid eilte mit energischen Schritten über den Kies der Einfahrt. Auf dem streng nach hinten gebundenen, betonierten Haar thronte ein Schwesternhäubchen. Mit jeder Faser ihres Körpers drückte sie aus, wie tüchtig sie war.

Die Frau empfing sie mit einem Schwall unverständlicher französischer Wörter. Ihre Stimme war tief und verraucht und verriet ein bewegtes Leben jenseits der adretten Uniform. Eva und Judith verstanden nichts. Nur das Fragezeichen am Ende des Satzes war deutlich herauszuhören.

»Dominique?«, krächzte Judith.

Die Frau zog streng die Augenbrauen hoch.

»Vous êtes Dominique, Sie sind Dominique«, konstatierte Judith, diesmal mit fester Stimme.

Die Frau brach in donnerndes Gelächter aus. Sie konnte sich kaum beruhigen, so absurd fand sie Judiths Idee. Sie gab ihnen ein Zeichen, ihr über den Hof zu folgen.

Eva sah die Behindertenbusse auf dem Parkplatz. Allesamt mit deutschen Kennzeichen. Im Schuppen ein paar Rollstühle. Und hier sollte Arne Urlaub gemacht haben? Der Arne, den sie kannte, hatte eine schwere Allergie gegen Krankenhäuser und tat alles, um sich seine Krankheit nicht anmerken zu lassen. Aber kannte sie Arne überhaupt? Kannte sie die Freundin?

63

Judith würgte. In den hohen Gängen hing der Geruch von Desinfektionsmitteln, Urin und frischem Kaffee. Judith und Evas Wanderschuhe entlockten dem dreckig braunen Linoleumboden bei jedem Schritt ein Seufzen. Was war das: Ein Hotel? Ein Sanatorium? Eine Art vierter Stock?

»Wir verstehen uns als eine Verlängerung der Krankenherbergen in Lourdes«, erklärte die patente Schwester, die inzwischen rausgefunden hatte, dass Eva und Judith aus Deutschland kamen. Ihr Deutsch war wesentlich verständlicher als ihr Französisch. In der Gewissheit, anderswo dringender gebraucht zu werden, ratterte sie ihre Worte runter, während sie durch den Gang eilten. »Wir kümmern uns um Wallfahrer, die ein paar Tage länger in der Gegend bleiben wollen. Für viele Kranke ist diese Pilgerfahrt der einzige Urlaub, den sie je machen werden.«

An den Wänden lehnten geklappte Rollstühle. Darüber die ewiggleichen Gruppenbilder von den Lourdesbesuchen ihrer Gäste in immergleicher Aufstellung: In der ersten Reihe posierten die Rollstuhlfahrer, dahinter alle, die auf eigenen Beinen stehen konnten, in der dritten Reihe, stehend auf einer Bank, die Begleiter in den Uniformen der verschiedenen Hilfsorganisationen. Im Hintergrund die Rosenkranzbasilika. Und dann der Schock. Zwischen den Gruppenfotos ein Porträt von Arne. Selbstbewusst und fröhlich lachte er Judith und Eva entgegen. Über der Schulter trug er lässig einen Rucksack, an dem eine Jakobsmuschel baumelte. Sie waren richtig. Nichtdominique öffnete schwungvoll die Flügeltüren des Speisesaals.

Betroffen sahen Judith und Eva sich um. An runden Achtertischen nahmen überwiegend alte und kranke Menschen ihr Frühstück ein. Die meisten Gäste brauchten Hilfe, die von einer ganzen Brigade von Häubchenträgerinnen geleistet wurde. Manche sahen so aus, als wären sie nicht nur auf ihrer einzigen, sondern auch auf ihrer letzten Reise. Eva war so ergriffen von dem, was sie hier sah, dass sie gar nicht dazu kam, sich zu fragen, wie Arne in dieses Bild passte. Die Gesichter erzählten von Krankheit, Alter und Tod. Berührt sahen Judith und Eva auf die Menschen: eine bleiche, hohläugige Frau, die auf permanente Sauerstoffzufuhr angewiesen war, ein greisenhafter Mann mit unzähligen Linien im Gesicht, der im Rollstuhl seine Krücke umklammerte, eine Frau, deren Gliedmaßen ein spastisches Eigenleben führten, dazwischen ein graues Ehepaar, das müde seine schwerstbehinderte Tochter fütterte. Das Mädchen mit den geflochtenen Zöpfen, den Sommersprossen und den munteren Augen hing komplett schlaff in ihrem bunt gespritzten Rollstuhl. Fröhliche Buchstaben hüpften auf der Rückenlehne: Celine. Eva tippte auf eine progressive Muskelerkrankung. Kein Wunder der Welt konnte diese Erkrankungen heilen.

»Sie kommen nicht nach Lourdes in der Hoffnung auf Genesung«, erläuterte die Häubchenträgerin, als könne sie Gedanken lesen. »Sie kommen, weil es ihnen Trost gibt. Weil sie sich weniger alleine fühlen.«

Die Frau flog unermüdlich durch den Saal. Es galt Tische ein- und abzudecken, Brot zu schneiden, Geschirr zu spülen, ein Kinn abzuwischen und verhakte Rollstühle zu befreien. Endlich die erlösenden Worte.

»Da ist Dominique«, wies sie in Richtung Essensausgabe. Judith blieb der Mund offen stehen. Ungläubig starrte sie in Richtung Dominique. Eva folgte ihrem Blick. Sie war nicht weniger überrascht.

Dominique war ein groß gewachsener Mann um die siebzig. Ein Kerl wie ein Baum mit kurz geschorenen grauen Stoppelhaaren, scharfen Linien im Gesicht und kraftvollen Bewegungen. Er ließ es sich nicht nehmen, mit einem Stück Kuchen, auf dem eine einzelne Kerze brannte, und einem donnernden Ständchen einem seiner Gäste höchstpersönlich zum einundneunzigsten Geburtstag zu gratulieren. Die Jubilarin, eine verschmitzt dreinschauende, verschrumpelte Frau, versank vor Rührung in ihrem Rollstuhl. Erst dann kam Dominique auf seine unangekündigten Besucher zu.

»Judith Funke«, stellte Judith sich vor. Der Mann war deutlich nicht das, was sie erhofft und erwartet hatte. Verwirrt streckte sie ihm die Hand hin. Sie blieb im Raum schweben. Dominique ergriff sie nicht. Das höfliche Lächeln, das eben noch auf seinem Gesicht stand, verschwand.

»Sie haben sich in der Adresse geirrt«, fertigte er sie barsch ab.

»Es geht um meinen Mann, um Arne. Sie kennen Arne«, haspelte Judith nervös. »Wir haben sein Foto gesehen. Im Gang. Sein Tagebuch hat uns hierhergeführt.«

Es war offensichtlich, dass Dominique genau wusste, von wem die Rede war. Genauso offensichtlich war auch, dass er nicht das geringste Interesse hatte, sein Wissen mit Judith zu teilen.

»Es tut mir leid«, beendete er das Gespräch, »ich muss

mich um unsere neu angekommenen Pilger kümmern.« Beherzt packte er die Griffe eines Rollstuhls und schob den überrumpelten Mann, der sich bislang gut alleine zu helfen wusste, in rasender Geschwindigkeit an einen freien Platz am Achtertisch. Der Rollstuhlfahrer wollte aufbegehren: Er hatte sein Morgenmahl bereits eingenommen, aber Dominique blickte so grimmig, dass er spontan beschloss, es sei Zeit für ein zweites Frühstück.

Judith war sprachlos über die unerwartet derbe Abfuhr. Eva sprang ihrer Freundin bei und Dominique hinterher. »Judith hat bereits herausgefunden, dass etwas nicht stimmt mit dem Pilgertagebuch ihres Mannes. Sie will die Wahrheit wissen.«

»Früher hat es Ihre Freundin auch nicht interessiert, was Arne umtreibt.«

Dominique war ein Mann mit klaren Meinungen. Vom mildtätigen Gutmenschen, den man in einer solchen Einrichtung erwartete, war er weit entfernt. Eva ärgerte sich über den schroffen Mann. Was bildete der sich ein? Energisch ergriff sie Partei für die Freundin, die mit wachsender Panik dem Gespräch folgte.

»Wieso sagen Sie so was? Sie kennen Judith überhaupt nicht.«

»Arne war mein Freund«, platzte Dominique heraus.

Seine Stimme versagte. Nur mit Mühe konnte er weitersprechen. »Ich wünschte, er wäre mit mir nach Santiago de Compostela gekommen. Aber nein, er musste zu dieser Frau zurück.« Mit seinem Finger wies er auf Judith, als wolle er sie durchbohren.

»Ich will weg hier, Eva. Komm«, flehte Judith.

Doch Eva insistierte. Mit verschwommenen Andeutungen gab sie sich nicht zufrieden: »Wovon reden Sie die ganze Zeit?«

»Davon, dass Arne ein Narr war. Alles hat er seiner Frau verziehen. Sogar den Liebhaber.«

»So ein Unsinn. Judith, sag ihm, dass das nicht wahr ist«, forderte Eva Judith auf. Anstatt zu antworten, rannte Judith davon. Sie knallte gegen eine Helferin mit einem Tablett. Tassen zerschellten auf dem Boden, Eier platzten, eine Batterie Croissants ertrank in einer Pfütze Tee. Judith hielt nicht einmal inne. Nach ihr die Sintflut, vor ihr die Katastrophe. Denn Dominique war erst am Anfang.

»Sie glaubte, er merkt es nicht, wie sie nachts heimlich telefonierte, sich für romantische Stelldicheins zurechtmachte. Einmal ist er ihr bis zum Hotel gefolgt, wo sie ihren Liebhaber traf.«

»Er wusste, wer der Mann war?«

»Natürlich. Es war sein eigener Hausarzt.«

Eva lachte auf. Es war ein verlegenes, ungläubiges Lachen. Das durfte nicht wahr sein. Das musste ein Missverständnis sein. Was sollte es anderes sein?

»Arne war bei Philipp in Behandlung, dem Mann einer Freundin«, presste sie hervor, als wäre das ein schlagendes Argument.

»Philipp. Genau. So hieß der Mann«, entgegnete Dominique.

Das Blut pochte dumpf gegen Evas Schläfe. Wie Hammerschläge hallten die Worte in ihrem Kopf wider. Judith und Philipp? Ein Verhältnis? Hinter dem Rücken von Arne? Hinter dem Rücken von Caroline? Hinter ihrer aller Rücken? So etwas traute sie Judith nicht zu. Niemandem traute sie das zu. Sie fühlte sich, als wäre sie im verkehrten Film gelandet. Eva konnte überhaupt nicht mehr aufhören, den Kopf zu schütteln. Das hier war nicht die Lösung ihrer Probleme. Das war der Supergau.

»Arne hat es hingenommen«, erzählte Dominique traurig.

»Er hatte solche Angst, sie zu verlieren, dass er sich und seine Würde verlor. Lange bevor er endgültig ging.«

Dominique wirkte nicht mehr grimmig, sondern verletzt und verletzlich. »Wir sind gemeinsam gepilgert«, erzählte er. »Wir haben uns kurz hinter Köln kennengelernt. Zwei Deppen, die zwischen Rhein und Mosel Jakobsmuscheln suchten. Wir haben kein Wort miteinander geredet. Bis wir nach ein paar Tagen feststellten, dass wir im selben Tempo laufen.«

Eva nickte. Sie verstand sofort, dass ein gemeinsamer Rhythmus ein besonderes Band zwischen zwei Menschen schuf. »Das Pilgerbuch war gar nicht erfunden?« Eva suchte nach einem Ausweg aus der Katastrophe.

»Arne wollte Judith zeigen, dass er noch immer der starke Mann ist, in den sie sich verliebt hatte. Am Anfang pilgerte er wirklich. Später tat er nur noch so, als setze er seine Pilgerreise unermüdlich fort. Er tat so, als hätten sie eine Zukunft. In Wirklichkeit war er viel zu krank. Nach Santiago de Compostela habe ich hier angefangen. Arne kam in seinen Ferien zu mir, um sich zu erholen. Bis auch das nicht mehr ging. Den letzten Aufenthalt musste er abbrechen.«

Eva begriff langsam. Tonlos vollendete sie den Gedanken. »Das war seine letzte Pilgerfahrt. Der Krankenwagen hat ihn abgeholt. Samu. Um 17.00 Uhr.«

»Sechs Wochen später war Arne tot«, nickte Dominique.

»Judith hat Sie informiert?«

»Ich habe es zufällig erfahren. Einer unserer Pilger hatte eine Kölner Zeitung dabei.«

Für einen Moment war es still, ganz still. Eva sank in sich zusammen. Dominique sprach aus, was Eva dachte: »Judith hat alle betrogen. Auch Sie.«

64

Wo blieb Eva nur? Was sprachen die beiden so lange? Unruhig lief Judith vor dem Portal auf und ab. Ihre aufgeregten Schritte knirschten auf dem Kies. Dominique, das musste der belgische Exbanker sein, von dem Arne ganz am Anfang berichtet hatte. Arne hatte nie viel erzählt über das Pilgern.

»Nichts ist so langweilig wie Urlaubsberichte anderer Menschen«, hatte er immer erklärt. Als Kind hasste Arne die Diaabende bei seinen vielen Tanten, die damals noch Onkel an ihrer Seite hatten.

»Kennst du das nicht?«, hatte er Judith gefragt. »Diese Standardtexte, mit denen jedes Dia eingeleitet wird. Das Lustige, was man auf dem Foto nicht so gut erkennt, ist hinten links, hinter dem Baum, da steht Tante Frieda mit einem Affen auf dem Arm.«

Arne hasste diese Veranstaltungen. Seltsamerweise sah man auf Dias nie das, was wirklich gemeint war. Und fühlte nie etwas. Außer der Zeit, die langsam dahinkroch, während man reich dokumentierte Erzählungen über zufällige Urlaubsbekanntschaften, Busausflüge und die üppige Flora und Fauna rund um den Hotelpool über sich ergehen ließ.

»Fremde Länder muss man spüren, nicht auf Dias bannen«, betonte Arne. Deshalb führte er nur das Pilgertagebuch, aber keinen Fotoapparat mit sich. Judith bedauerte das jetzt. Hätte sie gewusst, dass Dominique ein Pilgerfreund ist, sie hätte Eva nie gebeten, mit hierherzukommen.

Aber war es sicher, dass Dominique etwas wusste? Etwas Konkretes? Etwas, das ihr zum Verhängnis werden konnte?

»Wir können miteinander schweigen«, hatte Arne über Dominique erzählt. Vielleicht hatten sie mehr geschwiegen als geredet. Wer sagte überhaupt, dass Arne etwas von Philipp wusste? Vielleicht hatte er nur einen Verdacht, etwas, was sich leicht aus der Welt schaffen ließe.

Das Eingangsportal flog auf. Judith verbarg sich hinter einem violetten Bougainvillea-Strauch. Aus der sicheren Deckung beobachtete sie, wie Dominique Eva persönlich nach draußen geleitete. Er hatte zum Abschied beide Hände von Eva gegriffen und sprach ihr gut zu. Judith hörte den sonoren Klang seiner Stimme, ohne ein einzelnes Wort erfassen zu können. Es sah aus, als würde Dominique seinen Gast trösten. Eva biss schweigend auf ihre Lippe und nickte ununterbrochen.

Endlich löste Eva sich von Dominique. Und dann kam sie. Direkt auf sie zu. Judith brauchte nichts zu fragen. Sie konnte an Evas vernichtendem Blick ablesen, dass sie alles wusste.

»Ein Verhältnis. Mit dem Mann deiner besten Freundin. Über Monate. Wie konntest du nur«, herrschte Eva die Freundin an.

Judith konnte es ihr nicht einmal übel nehmen, dass sie schockiert war. Das war sie auch gewesen. Nach dem ersten Kuss, der ihnen unterlaufen war. Danach hatte sie Philipp gemieden, wo sie nur konnte. Fast vier Wochen. Bis Arne sie bat, ihn zur Kontrolluntersuchung zu begleiten.

»Ich mache mir Sorgen um dich«, hatte Philipp in einem verstohlenen Moment gesagt. Ein einfacher kleiner Satz. Der ihr guttat. Weil sich zu Hause alles um Arnes Krankheit drehte. Weil sie Angst hatte. Weil der harmlose Satz ihr das Gefühl gab, dass sie eine Zukunft hatte. Sie alleine. Auch ohne Arne.

»Philipp hat mir zugehört. Wann immer ich ihn brauchte. Und irgendwann ist mehr daraus geworden.«

»Es hätte dir gefallen, wenn Arne eine Geliebte gehabt hätte! Es hätte deine Schuld kleiner gemacht«, warf Eva Judith an den Kopf.

»Was hätte ich machen sollen? Es ist passiert. Ich konnte niemandem die Wahrheit sagen. Arne war todkrank.«

»Ich habe dich in Schutz genommen, Judith«, schüttelte Eva den Kopf. »Ich habe dich getröstet, dir zugehört, wenn du von Arne geredet hast. Und von deiner Trauer. Dominique hat recht: Du hast uns alle zum Narren gehalten. Vor allem Caroline.«

»Das ist die Schuld, Eva. Die Schuld, die ich hier ablaufe.«

»So was kann man nicht ablaufen, Judith. Nicht, wenn die betrogene Freundin dabei ist.«

Judith sank in sich zusammen. »Ich wusste, dass ihr mich verurteilt, wenn es rauskommt. Ich hatte Angst, alleine dazustehen.«

Eva konnte es nicht fassen: »Kannst du einmal an etwas anderes denken als an dich und deine eigenen Befindlichkeiten?«

Eva rauschte davon, hielt inne, drehte sich um und schoss wieder auf Judith zu. Schützend hob Judith die Arme vors Gesicht. Eva war so aufgebracht, dass sie ihr alles zutraute. Auch zuzuschlagen.

»Geht das immer noch mit Philipp?«, zischte Eva.

»Philipp wollte ein neues Leben mit mir beginnen. Seit Arne tot ist, kann ich ihn nicht mehr betrügen. Vielleicht war Arne die Liebe meines Lebens. Und ich wusste es nicht zu schätzen.« Und wieder kullerten die Tränen.

»Du wirst es Caroline sagen«, befand Eva kalt.

Judiths Augen weiteten sich vor Schreck. Sie konnte nur noch stammeln. »Wir können das als unser Geheimnis behandeln. Es ist vorbei.«

Eva duldete keinen Widerspruch.

»Ich habe genug von deinem Selbstmitleid. Du redest mit Caroline. Wenn du das bis Lourdes nicht hinbekommst, übernehme ich das.«

65

Die Sonne brannte. Am Horizont erhoben sich die Dreitausender über dem Vorgebirge. Der Weg war nicht besonders steil, lag aber an vielen Stellen in der prallen Sonne. Dort, wo Wälder Schatten gaben, hatte man das zweifelhafte Vergnügen, Horden von Schwarzfußschweinen zu begegnen, die noch wie im Mittelalter gehalten wurden und im Unterholz ihre Nahrung zusammensuchten. Würziger, warmer Erdgeruch mischte sich mit dem Duft von Kiefern und frisch gemähten Wiesen.

Auch wenn die Pilgerstrecke zwischen der Gîte de Sarlabous und Bagnères de Bigorre an diesem neunten Tag keine besonderen Schwierigkeiten aufwies: Die Anzahl der Kilometer, die sie zurücklegen mussten, blieb eine Herausforderung. Aber das war nichts verglichen mit der Aufgabe, die Judith bevorstand.

»Caroline ist nicht sehr gesprächig«, hatte Estelle gewarnt, als die beiden an der imposanten Steinbrücke, die in hohem Bogen den Fluss überspannte, wieder zur Gruppe stießen.

»Im Gegensatz zu euch beiden«, schickte sie ironisch hinterher, als sie die grimmigen Mienen von Judith und Eva sah.

»Frag nichts. Du wirst es früh genug erfahren«, erklärte Eva.

Judith ließ Caroline auf dem Pilgerweg nicht aus dem Auge. Sie zermarterte sich den Kopf über die passende Formulierung.

»Caroline, mir ist da was Dummes passiert. Ein kleines Versehen.«

Wäre es nicht Philipps Aufgabe, Caroline die Wahrheit zu sagen? Er war mit Caroline verheiratet. Nicht sie. Warum hatte er sich so viel Zeit für sie genommen? Man weiß doch, dass Frauen in schwierigen Lebenssituationen empfänglich sind für jede kleine Aufmerksamkeit. Alle Frauen verlieben sich in ihren Arzt, Psychiater oder Friseur. Das muss man nicht ausnutzen. Genauso war es. Philipp hatte ihre schwache Position ausgenutzt. Er hatte sie mit Telefonanrufen bombardiert.

»Wie geht es dir?«

»Kann ich etwas für dich tun?«

»Brauchst du was?«

Wollte ihr jemand übel nehmen, dass sie mit Arnes Krankheit überfordert war? Ein Blick zur Seite zeigte, dass es jemanden gab, der ihr das mehr als übel nahm.

»Ich meine es ernst, Judith«, erinnerte Eva sie unnötigerweise. Das Blitzen in ihren Augen allein bewies, dass Eva keinen Zentimeter von ihrer Forderung abweichen würde.

Wieso musste sie das hier alleine durchstehen? Das war typisch: Wenn es ernst wurde, verdrückten sich die Männer. Judiths Herz schlug bis zum Hals. Sie schaffte das nicht. Sie war nicht so stark wie Caroline.

Hilfe suchend sah sie sich um. Sie brauchte Beistand. Sie brauchte jemanden, mit dem sie reden konnte. Jemand, der sie begriff. Estelle? Schied aus. Judith fürchtete ihre spitze Zunge. Aber was war mit Kiki? Die hatte am meisten Erfahrung mit Liebeskatastrophen. Wie war das ausgegangen mit der Frau, die die mexikanischen Gläser zerdeppert hatte? Kiki musste wissen, wie man mit solchen Situationen umging.

Schüchtern näherte sie sich der Freundin, druckste ein bisschen herum, bevor sie sich an das Thema heranwagte: »Kiki, wie war das noch bei dir, die Geschichte mit dem verheirateten Mann? Nachdem die Frau dahinterkam.«

Kiki kam nicht dazu, auf Judiths merkwürdige Frage zu reagieren. Das Geräusch einer eingehenden SMS lenkte sie ab.

»Einen Moment«, entschuldigte Kiki sich und schon tippte sie wieder auf dem Handy von Max herum.

»Schreibst du immer noch mit Thalberg?«, wunderte sich Judith.

»Kiki ist großartig in Firmendingen«, mischte Max sich ein.

Kiki kicherte: »Auf die Weise habe ich neuerdings Mitspracherecht in der Firma.«

»Selbst meine Mutter heult sich bei Kiki aus«, ergänzte Max.

Judith sah Kiki mitleidig an. »Lügen ist nie gut«, warnte sie mit leiser Stimme. »Früher oder später kommt alles raus. Und dann weißt du nicht, wie du aus dem Schlamassel rauskommst.«

Kiki war endlich fertig mit ihren Textnachrichten. »Was wolltest du über Mexiko wissen?«, erkundigte sie sich. Max hatte seinen Arm um Kiki gelegt und war ebenfalls neugierig.

»Vergiss es«, winkte Judith ab. Vor ihr war Caroline stehen geblieben. Ein Stein hatte sich in die dicke Sohle ihres Wanderschuhs eingetreten. Das war er. Der Moment für Geständnisse.

Angst war hilfreich, weil sie einen davon abhielt, auf einem Brückengeländer zu balancieren, den Kampfhund in der Eckkneipe zu kraulen oder die ganze Palette bewusstseinserweiternder Drogen auszuprobieren. Aber jetzt fühlte sie sich schwarz und klebrig an, ein ungutes Gefühl in der Magengegend. Sie war in die Affäre mit Philipp hineingeschlittert. Wie erklärte man so etwas? Dass sie Caroline nie wehtun wollte. Judith fühlte die Übelkeit aufsteigen. Vielleicht wurde sie ja krank. Wenn sie krank wäre, könnte Eva nicht von ihr verlangen, Caroline reinen Wein einzuschenken.

Caroline knallte ihren Schuh wütend gegen ein Betonfundament, in dem ein Kreuz verankert war. Lehm spritzte in alle Richtungen. Der Stein saß fest.

»Caroline hat rausgefunden, dass Philipp eine Affäre mit einer anderen Frau hat«, flüsterte Estelle, die unbemerkt herangeschlichen war, Judith zu. »Lass sie lieber in Ruhe.«

»Nein«, schrie Judith auf. Estelle nickte. Sie wusste sogar noch mehr zu berichten. »Sie hat alle Termine von Philipp überprüft. Er hat sich regelmäßig mit einer anderen getroffen.«

Eine andere? Ob sie wusste, wer die andere war? Caroline kramte aus ihrem Rucksack das Taschenmesser heraus. Die Klinge sprang aus dem Schaft und blitzte in der Sonne. Anlass genug für Judith, das Unsichere für das Sichere zu nehmen und das Weite zu suchen. Weg, nur weg. Von Caroline. Wer weiß, wozu sie in ihrer Raserei fähig war? Wer so viel mit Mord und Totschlag zu tun hatte, kam womöglich auf dumme Ideen.

Judith rannte und rannte und rannte. Weit kam sie nicht. Von hinten legte sich eine Hand auf ihre Schulter. Judith erstarrte.

»Ich muss mich bei dir bedanken, Judith«, hörte sie Caroline in ihrem Rücken. Hilfe, dieser Ton. Wieso redete Caroline so freundlich? Wo hatte sie das Messer gelassen? Judith rechnete jede Sekunde mit einem Angriff. Doch Caroline redete weiter in diesem irritierenden Ton: »Ohne dich würde ich immer noch glauben, dass ich glücklich verheiratet bin.«

Judith ächzte. Diese unsägliche, unberechenbare Freundlichkeit war ihr unheimlich. Sie musste an die Nachbarskatze denken, die ihr an einem Sonntagmorgen eine halb tote Maus auf den Balkon gebracht hatte. Anstatt dem Tier gnädig den Garaus zu machen, spielte sie minutenlang mit der übel zugerichteten Kreatur. Sie ließ das verletzte Tier weglaufen, nur um es erneut mit den Krallen zu packen. Ein grausames Spiel, das die Maus am Ende verlor. So fühlte sie sich: wie eine Maus kurz vor der Exekution.

»Es tut mir leid, ehrlich«, stotterte sie.

»Wie hast du es rausgefunden?«, fragte Caroline.

»Dass Philipp verliebt ist …?«

Wie fing so was schon an? Philipp hatte sie eines Tages vom Krankenhaus nach Hause gefahren. Weil Arne für eine Nacht dableiben musste, weil Judith keinen Führerschein hatte, weil es schon spät war. Aus lauter Angst, in eine leere Wohnung zu kommen, lud sie ihn auf ein Glas ein. In die Eckkneipe. Dort hatte es angefangen. Als er ihr in die Augen sah. Viel zu lange, um es später als belanglos abzutun. Es war dieser Blick. Zwei Stunden später war sie betrunken nach Hause gekommen. Ohne einen Tropfen Alkohol getrunken zu haben.

»Du hast die beiden gesehen. Oder?«, erinnerte Caroline sie an ihre Frage.

Die beiden? Wovon redete Caroline? Es dauerte ein paar Sekunden, bis Judith sich gedanklich aus der Eckkneipe verabschiedet hatte.

»Du brauchst nichts zu sagen, wenn du nicht willst«, versprach Caroline.

Bei Judith setzte sich zusammen, was Carolines Fragen bedeuteten.

»Du hast keine Ahnung, mit wem Philipp die Affäre hat?«, versicherte Judith sich erstaunt. Caroline schüttelte den Kopf.

Aus der Ferne beobachtete Eva aufmerksam, was vor sich ging.

»Du musst es ihr sagen«, feuerte Judith sich selbst an. »Jetzt. Du musst.«

»Vielleicht ist es jemand, den du kennst? Jemand, der dir nahesteht? Eine, von der du so etwas nie erwartet hättest«, tastete sich Judith vorsichtig an die Wahrheit heran.

»Das erfahre ich heute Abend«, antwortete Caroline schroff.

»Ach ja?«, ächzte Judith.

»Ich habe jemandem zu ihrem Liebesnest geschickt.«

»Welches Liebesnest?«

Caroline räusperte sich: »Von wegen Hausärzteseminar. Während wir pilgern, verbringt Philipp ein paar romantische Tage mit seiner Tussi.«

»Philipp hat eine Geliebte?«, rief Judith entsetzt aus.

Jetzt war es an Caroline, Judith ratlos anzusehen. Judith begriff nicht einmal, dass sie einen schweren taktischen Fehler begangen hatte. Sie war wie vor den Kopf geschlagen.

»Jetzt wo wir wandern, trifft er sich mit einer anderen?«, wiederholte Judith ungläubig. Die Empörung, die sich in ihrem Bauch zu einer Riesenwut zusammenballte, war ehrlich und aufrichtig.

»Dieses treulose Schwein«, schimpfte Judith aus tiefster Seele.

»Das geht schon seit Monaten. Es ist eine Patientin. Ich wollte es auch nicht glauben«, bekannte Caroline.

»Ich bring ihn um«, presste Judith hervor.

Caroline schmolz vor Rührung dahin.

»Nett von dir. Aber das übernehme ich lieber selbst.«

»Wir machen es zu zweit.«

Caroline sah die Freundin glücklich an.

»Ich danke dir, Judith. Ich bin froh, dass du meine Freundin bist.«

Judith wurde von einer Woge der Zuneigung überrollt. Längst hatte sie vergessen, was sie eigentlich sagen wollte. Sie nahm Caroline in den Arm.

»Wir haben beide den Mann verloren. Das verbindet«, erklärte sie pathetisch. Sie meinte jedes Wort, das sie sagte.

66

Caroline kauerte wie ein Häufchen Elend auf dem Plastik-stuhl einer kleinen Snackbar in Bonnemazon, einem jener Minidörfer, durch das der Weg sie führte. Sie hatten kaum Bewohner, dafür aber eine Touristeninformation und, wenn man Glück hatte, eine Bar. Ein paar Kilometer waren es noch bis zu ihrem Tagesziel bei Bagnères-de-Bigorre. Von dort blieben gut dreißig Kilometer bis Lourdes.

Obwohl die Nachmittagssonne den Platz erhellte, fror Ca-roline. Um sie herum wuselten Männer mit strammen Wa-den, nacktem Oberkörper und grellen Radlerhosen, die kein Detail der männlichen Ausstattung verbargen. Eine Gruppe italienischer Radsportler tauschte mit einer niederländischen Equipe die verschwitzten Trikots aus, als hätten sie soeben ein gemeinsames Fußballspiel bestritten. Die Pilger der Neuzeit hatten es mehr mit dem Sport als mit der Religion. Dem auf-geregten Stimmengewirr konnte Caroline entnehmen, dass ein paar der Radler nach Finisterre wollten. Bis ans Ende der Welt, dem eigentlichen Endpunkt des Jakobswegs, der sech-zig Kilometer hinter Santiago de Compostela lag.

Caroline war diesen Radpilgern ein Stück voraus. Sie war bereits am Ende ihrer Welt angekommen. Und zermarterte sich den Kopf, wann und wo ihr das Leben entglitten war. Philipp und sie waren vom gemeinschaftlichen Weg abge-kommen. Sie hatten aufgehört, einander wahrzunehmen.

Sie kam nicht einmal auf die Idee, Vincent und Josephine anzurufen. Caroline neigte nicht dazu, ihre persönlichen Probleme mit den Kindern zu besprechen. Sie war stolz darauf, dass ihre beiden so unabhängig waren. Das war im Grunde das, was sie auch von sich verlangte. Stark sein.

»Was habe ich falsch gemacht?«, fragte Caroline Estelle, als diese mit zwei Gläsern Rotwein vom Ausschank kam.

»Nichts. Gar nichts«, bestätigte Estelle. »Du bist eine fantastische Mutter, eine großartige Anwältin, du siehst gut aus, für dein Alter, du bist eine aufrichtige Freundin. Kurz. Es ist nicht auszuhalten mit dir.«

»Ich meine es ernst, Estelle.«

»Ich auch«, entgegnete die Freundin in ihrem üblichen trockenen Ton. »Kannst du wenigstens mal zu spät kommen, dich betrinken oder peinliche Dinge tun? Du weißt immer alles so gut. Kein Wunder, dass dein Mann sich eine hilfsbedürftige Patientin sucht, die ihn bewundert.«

»So bin ich nicht. Ich bin nicht perfekt«, wehrte sich Caroline. Estelle war nicht überzeugt.

»Gibt es etwas, was du nicht kannst?«, fragte sie misstrauisch.

Caroline musste nicht lange nachdenken.

»Singen«, platzte sie heraus.

»Du solltest ab und zu laut singen. Das würde helfen. Mir jedenfalls«, befand Estelle. Caroline drückte ihr einen Kuss auf die Wange. Estelle war unbezahlbar. Sie hatte eine spitze Zunge, machte sich gerne über andere lustig, aber sie war auch eine kluge und loyale Freundin.

Singen? Der merkwürdige Vorschlag ließ Caroline nicht los. Sie begriff, worum es Estelle ging. Um den Mut, Schwäche zu zeigen. Nicht gerade etwas, was in ihrem Beruf gefragt war.

»Tut mir leid, ich bin ratlos«, wollte kein Klient hören. Auch Richter reagierten eher allergisch, wenn man zugab, dass man nicht die geringste Ahnung hatte, wie es zu der Straftat gekommen war, die es zu verhandeln galt. Caroline wurde dafür bezahlt, dass sie in schwierigen Lebenssituationen wusste, was zu tun ist. Zweifel waren Privatvergnügen.

»Sie brauchen kein gutes Selbstwertgefühl, um selbstbewusst vor Gericht aufzutreten. Üben Sie, selbstsicher aufzutreten, dann kommt das Selbstbewusstsein von alleine«, hatte ihr alter Strafrechtsprofessor gepredigt. Vielleicht hatte diese raue Schale der permanenten Selbstkontrolle ihr privates Ich überwuchert.

»Du solltest mehr singen«, beschloss Caroline, als sie so wie jeden Abend die frisch ausgewaschene Kleidung zum Trocknen aufhängte. Diesmal im Stall des Bauernhofes, in dem sie für diese Nacht Unterschlupf gefunden hatten. Mit zittriger Stimme probierte sie sich an den Poppys. Die Kühe stoppten mit Wiederkäuen und glotzten Caroline blöde an. Nach ein paar wackligen Tönen hielt Caroline entmutigt inne. Ob Philipps Geliebte singen konnte? Sie versuchte sich vorzustellen, wie die Frau war, mit der Philipp sich eingelassen hatte. Der Anwalt hatte sie als klein und zierlich beschrieben. Mädchenhaft fast. War es das, was Philipp angezogen hatte? Das Gefühl, als Beschützer gebraucht zu werden?

Egal. Jetzt ging es ums Singen. Caroline zog sich in den angrenzenden Schuppen zurück, dorthin, wo niemand sie hören konnte. Nicht einmal eine Kuh.

Caroline war nicht die Einzige, die an diesem Abend die Abgeschiedenheit der Gruppe vorzog. Eine aufgeregte weibliche Stimme schwirrte durch die Luft. Durch einen Spalt im Holz sah Caroline nach draußen. Auf der Wiese hinter dem Schuppen, weit weg vom Haupthaus, lief eine Gestalt auf und ab und telefonierte. Sie gestikulierte aufgeregt. Der Wind trug ihre Worte davon.

Vorsichtig schlich Caroline zum seitlichen Tor hinaus, schob sich Schritt für Schritt an der Bretterwand entlang, bis sie das Ende des Schuppens erreicht hatte. Hinter der Ecke, nur ein paar Meter von ihr entfernt, telefonierte Judith. Ihre Stimme war laut. Erst jetzt konnte Caroline jedes einzelne Wort hören.

»Du bist ein Arsch, Philipp«, wütete Judith. Ihre Stimme klang höher und atemloser als sonst.

»Was hast du mir nicht alles vorgesäuselt. Ein neues Leben wolltest du. Nein, Philipp, du hörst zu. Caroline verdient was Besseres als dich. Jede Frau verdient was Besseres als dich. Ich Idiot habe Arne beinahe verlassen. Um mit dir zu leben. Philipp, du kannst mich mal. Ruf mich nie wieder an.«

Judith legte auf, atmete tief durch und ging zurück Richtung Haupthaus. Der Platz an der Ecke, an dem Caroline eben gelauscht hatte, war leer.

67

Judith bemühte sich, nicht von ihrem Frühstücksteller aufzusehen. Sie vermied jeden Blick zu Eva. Am Tisch der
Dienstagsfrauen herrschte Schweigen. Kiki und Max kon-
zentrierten sich, die Fetzen Papier, die sie der Wasserkata-
strophe entrissen hatten, zu einem Bild zusammenzusetzen,
als ein fröhlicher Singsang sie aus der Konzentration riss.

»Guten Morgen zusammen. Gut geschlafen?« Caroline
gab sich ausgesprochen fröhlich, als sie den kleinen Frühstücksraum betrat. Niemand sah ihr an, was sie in der letzten
Nacht durchgemacht hatte. Ihr erster Impuls nach dem gest-
rigen Fiasko war gewesen, den Rucksack zu packen und zu
verschwinden. Diesmal gab es kein Hausschwein Rosa, das
sich in den Weg stellte und die Flucht verhinderte. Trotzdem
kam Caroline kaum weiter als Eva.

Als sie in unangenehm feuchten Klamotten den Einödhof
verlassen wollte, dämmerte die Nacht herauf. Ein steiniger
Trampelpfad führte direkt in Richtung Wald. Vor ihr lag
eine ausgestreckte hüglige Landschaft. Nirgendwo war eine
menschliche Behausung oder gar ein Dorf erkennbar, das als
Ziel hätte dienen können. Wo wollte sie heute noch ankom-
men? Es hatte keinen Sinn, davonzulaufen. Sie würde den
Weg zu Ende gehen. Den nach Lourdes. Und den, den sie
mit Judith vor sich hatte. Außerdem: Was sollte sie zu Hause?
Gab es das überhaupt noch? Ihr Zuhause?

Die halbe Nacht hatte sie sich ausgemalt, was Philipp Judith erzählt haben mochte. Wie vertröstete man eine Geliebte?

»Ich kann Caroline nicht verlassen, weil sie so labil ist«, schied wohl aus als Begründung. Aber das Arsenal der Hinhaltetechniken bot mehr Varianten. Sätze wie:

»Ich liebe meine Frau schon lange nicht mehr.«

»Caroline versteht mich nicht.«

»Wir leben wie Bruder und Schwester zusammen.«

Die Vorstellung, dass Philipp vor Judith ihr Sexleben ausgebreitet hatte, bereitete ihr körperliches Unwohlsein. Anders als viele Ehepaare, die auf die Silberhochzeit zusteuerten, hatten sie nämlich eines. Egal, was Philipp behauptete. Es war vielleicht nicht mehr so aufregend wie am Anfang, wo schon mal der Küchentisch, ein Strandkorb oder der Lift herhalten mussten, aber es existierte.

»Ich bin nur noch mit Caroline zusammen, weil …«

Die Kinder waren groß, die konnten als Entschuldigung für mangelnde Scheidungsfreude nicht herhalten. Warum waren sie noch zusammen? Was verband sie außer fünfundzwanzig Jahren Vergangenheit, einem Familienstammbuch, einer gemeinsamen Hypothek und einem Kühlschrank, der abwechselnd befüllt und gemeinschaftlich geleert wurde? Caroline hatte keine Antwort. Sie wusste nicht einmal, wie sie mit Judith umgehen sollte.

Betont munter setzte sich Caroline an den Frühstückstisch: »Wer weiß, was uns heute wieder erwartet. Der heilige Jakob bringt alle Geheimnisse an den Tag.«

Judith rutschte unruhig auf ihrem Sitz hin und her. Der aufgesetzt fröhliche Ton, den Caroline anschlug, konnte nichts Gutes bedeuten. Ihr Blick flog zu Eva. Die schüttelte den Kopf.

»Irgendein Problem, Judith?«, erkundigte Caroline sich zuckersüß.

»Die Butter? Wo ist die Butter?«, rettete sich Judith in die Normalität.

»Wo soll sie schon sein? Im Kino?«

Caroline wies auf die abgepackten Portionen, die direkt vor Judiths Nase standen.

Das Gespräch erstarb. Auch Kiki und Max, die seit dem Kloster vor allem mit sich selbst beschäftigt waren, begriffen, dass etwas nicht stimmte.

»Wusstet ihr eigentlich, dass Judith eine Affäre mit meinem Mann hat?«, fragte Caroline im Plauderton und biss genussvoll in ihr Brötchen. »Philipp unterhält anscheinend einen ganzen Harem.«

Die Dienstagsfrauen mussten nur auf die niedergeschlagenen Augen und flammend roten Wangen von Judith sehen, um zu begreifen, dass Caroline die Wahrheit sprach.

»Noch jemand, der mit meinem Mann geschlafen hat?«, erkundigte sie sich interessiert.

Estelle meldete sich. Caroline sah sie entsetzt an.

»Kleiner Scherz«, platzte Estelle heraus. »Sehe ich so aus, als hätte ich eine Affäre? Niemals. Nicht bevor ich die Bauchwandkorrektur durchgeführt habe.«

Niemand lachte. Estelles ultimatives Geheimmittel, Spannungen mit Witzeleien zu entschärfen, versagte. Kiki stand auf. So heftig und plötzlich, dass ihr Stuhl umfiel. Sie gestikulierte vage, wollte etwas sagen und gab auf. Gemeinsam mit Max flüchtete sie. Es gab Momente, die waren zu privat, um als unfreiwilliger Beobachter daran teilzunehmen. Die Explosion lag spürbar in der Luft.

»Ich habe versucht, mit dir zu reden«, setzte Judith zaghaft an. Caroline walzte darüber hinweg, als gäbe es Judith nicht. Sie hatte keine Lust, sich anzuhören, warum es nicht Judiths Schuld war, dass es ihre Schuld war. Sie hatte genug von Judiths Tränen, den hilflosen Gesten, den Bambiaugen.

»Ich bin zu neugierig, wohin der Weg uns heute führt«, verkündete Caroline fröhlich. Sie klemmte das Brötchen zwischen die Zähne, griff den Rucksack und verließ den Frühstücksraum.

»Religion ist kein guter Ratgeber«, war Estelles Schlussfolgerung. »Liebe deinen Nächsten, heißt es in der Bibel. Sie haben nur vergessen zu erwähnen, dass man sich dabei nicht erwischen lassen soll.«

68

»Ich kann alles erklären.« Judith hechelte hinter Caroline her. Die blieb tatsächlich stehen und strahlte sie an: »Irgendjemand hat gesagt, dass man bei Problemen die Aussprache suchen soll.« Caroline machte eine Kunstpause: »Dieser Jemand muss ein kompletter Idiot sein.« Und weg war sie. Judith rannte hinter ihr her. Ihr Rucksack hüpfte aufgeregt auf ihrem Rücken.

»Es tut mir leid, dass du so wütend auf mich bist.«

»Ich will es nicht hören, Judith.«

Caroline schob das Geäst, das weit in den Pfad hineinragte, zur Seite und ließ es mit voller Absicht zurückschnalzen. Ein Zweig knallte Judith schmerzhaft ins Gesicht. Tränen schossen ihr in die Augen. Caroline zog das Tempo gnadenlos an. Judith immer hinterher.

»Das ist kindisch, Caroline. Können wir nicht wie zwei Erwachsene miteinander reden?«

Caroline hielt sich die Ohren zu. Schade, dass es in Frankreich kein Knäckebrot gab. Manchmal hatte sie am Abendbrottisch mit Vincent und Josephine Knäckebrot gegessen, wenn ihr alles zu viel wurde. Das Geräusch des Brotes, das zwischen den Backenzähnen zermahlt wurde, übertönte das abendliche Gezänk zwischen müden Kindern.

»Maaamaaa! Vincent hat mich ins Schienbein getreten.«

»Aber nur weil die Fien mir Pommes vom Teller klaut.«

»Der Vincent hat viel mehr gekriegt.«

»Fien lügt. Immer lügt sie.«

»Und du willst immer der Bestimmer sein. Dabei bist du viel zu doof dafür.«

»Maaamaaa.«

Ihre beiden bewiesen eine gehörige kriminelle Energie, sich ausdauernd und fälschlich zu beschuldigen. Und sie sollte den wahren Schuldigen anweisen. Richter spielen war nicht ihre Stärke. Caroline spürte in solchen Situationen, wie sie die Geduld verlor. Dann half nur noch, sich an etwas festzusaugen. An einer Packung Knäckebrot zum Beispiel. Knäckebrot, las sie dann, war reicher an Vitaminen, Mineral- und Ballaststoffen sowie sekundären Pflanzenstoffen als Weißmehlbrote und schlug auch in puncto Nährstoffgehalt andere Vollkornbrote. Von dem angenehmen Geräusch, das alles übertönte, erzählte der Text auf der Packung nichts.

Nein, sie war nicht perfekt. Nie gewesen. Sie war nur ein bisschen perfektionistischer als ihre Freundinnen. Und ein bisschen weniger mitteilsam gegenüber ihrem Umfeld, wenn es um die Knäckebrotmomente im Leben ging.

Und jetzt wollte sie kindisch sein. Am liebsten hätte sie Judith gegen das Schienbein getreten. Aber den Gefallen würde sie ihr nicht tun. Sie konnte sich ausrechnen, wie so etwas ausging. Judith würde in Tränen ausbrechen und das verletzte hilfsbedürftige Reh geben. Und am Ende war sie es, die Judith trösten musste, weil man als erwachsene Frau niemanden straflos tritt.

Caroline hatte nicht das geringste Bedürfnis, Judith zu verstehen. Ihr Puls pochte, ihr Atem raste, das Herz sowieso, die Beine marschierten und die Gefühle liefen Amok. Kein gutes Haar konnte sie an der Freundin lassen. Judith war eine

Serienlügnerin. Immer gewesen. Sie hatte Kai hintergangen, Arne betrogen und die Freundschaft der Dienstagsfrauen mit Füßen getreten. Und schaffte es gleichzeitig, sich als hilfloses Opfer zu verkaufen. Sie ging den Weg des geringsten Widerstands und nahm sich rücksichtslos, was sie wollte. Hinter ihrem Rücken. Sie saß Probleme aus, bis ein anderer kam und sie für sie löste. Nein, Caroline wollte nicht vernünftig sein. Sie bereute jede einzelne Sekunde, in der sie Judith zur Seite gestanden war. Sie hatte genug vom Terror der Schwachen, den Judith bis zur Perfektion beherrschte.

Der schiere Wille, wegzulaufen, übertünchte alles. Caroline hetzte in der prallen Hitze weiter. Durch Dornen, Brennnessel, Gestrüpp. Bis sie sich vor lauter Seitenstechen nicht mehr rühren konnte. Der Schweiß lief ihr über das Gesicht und den Rücken. Caroline rang um Atem und Fassung. Judith, die aufgeholt hatte, griff schüchtern nach dem Gepäck, das Caroline abgelegt hatte. Glaubte sie wirklich, dass sie Caroline besänftigen konnte, wenn sie ihr die Last abnahm? Judith war nicht nett, sie wollte nett gefunden werden. Caroline riss an den Trägern. Einen Moment rangen sie um den Rucksack. Als Judith ihn plötzlich freigab, geriet Caroline aus der Balance, versucht sich zu fangen, stolperte über einen Stein und knallte seitlich auf den felsigen Boden. Mühsam rappelte sie sich hoch und kämpfte sich weiter.

Ihr Knie brannte wie Feuer. Es war angenehm, dass sich zu der Seelenpein der körperliche Schmerz gesellte. Es war was dran an dem dummen Spruch: Das Einzige, was wirklich gegen einen Kater hilft, sind Zahnschmerzen.

»Du blutest, Caroline«, rief Judith.

Das Blut quoll unaufhörlich hervor, färbte die Hose vom Knie bis zum Unterschenkel. Caroline wollte sich keine Schwäche zugestehen. Nicht vor Judith. Bis es nicht mehr ging. Erschöpft ließ sie sich in den Straßengraben sinken. Eine Sekunde später war Eva neben ihr. Energisch schob sie Judith zur Seite.

»Ich kümmere mich darum«, herrschte sie Judith an.

»Ich will nur helfen.«

Eva reagierte ungehalten: »Lass sie einfach in Ruhe, Judith.«

»Du hast gesagt, ich muss Caroline die Wahrheit sagen«, jammerte Judith, als wäre Eva für den Ärger verantwortlich, den sie mit Caroline hatte.

»Das habe ich. Aber was sie damit anfängt, ist alleine Carolines Sache. Nicht deine.«

»Ich will mich entschuldigen.«

»Caroline will die Entschuldigung nicht annehmen.«

Caroline war glücklich, dass Eva für sie das Wort führte. Sie hatte ihre Gefühle nicht unter Kontrolle. Als sie im Stall Judiths Stimme hörte, hatte es ihr den Boden unter den Beinen weggezogen. Es war, als ob sie aus sich selbst heraustrat. Die Caroline, die Sätze sagte wie »Ich bin mit meinem Leben zufrieden«, hatte ihren Körper verlassen und mitleidig auf die jämmerliche Gestalt geblickt, die zurückblieb. Ihr Leben hatte eine Scheidungslinie bekommen. Was auch immer passierte: Es würde ein »Vor Lourdes« und ein »Nach Lourdes« geben.

Das Desinfektionsmittel fraß sich in die Wunde und lenkte sie von ihren schwarzen Gedanken ab. Eva verarztete die Wunde, so gut es ging. Es tat weh. Aber Caroline wollte nicht weinen. Nicht um Philipp. Nicht um Judith. Nicht um das Auseinanderbrechen der Dienstagsfrauen.

Judith, die unschlüssig auf der Lippe herumbiss und auf ein versöhnliches Zeichen wartete, begriff, dass sie weder erwünscht noch nötig war. Beleidigt zog sie weiter.

69

»Nichts mehr zu retten«, stöhnte Kiki. Damit meinte sie nicht die Dienstagsfrauen. Alle Klebe- und Restaurationsversuche waren gescheitert, der Entwurf verloren. Es war der Abend vor der letzten Etappe und ein Beisammensein, das diesen Namen nicht verdiente. Die Atmosphäre war geladen von der Katastrophe, die die Dienstagsfrauen ereilt hatte. Am offenen Feuer vor der Unterkunft verbrannte Judith stumm das Tagebuch. Seite für Seite. Der Rauch biss in ihren Augen. Estelle und Eva, beide mit einem Glas Wein in der Hand, sahen schweigend zu. Was sollten sie schon zu Judith sagen?

Kiki und Max saßen ineinanderverknotet und waren vor allem mit ihren eigenen Problemen beschäftigt. »Es ist ein Segen, dass deine Entwürfe weggeschwommen sind«, tröstete Max.

Kiki sah das ganz anders. »Ich nenne so was ein Fiasko. So gut bekomme ich das kein zweites Mal hin.«

Ihre Hand vollführte ein paar Schwünge mit einem imaginären Stift, bevor sie aufgab. Ihre Karriere hatte einen neuen Tiefpunkt erreicht.

»Das Gehirn ist fantastisch. Es vergisst alle unwichtigen Dinge«, gab Max zu bedenken.

»Meins vergisst auch das Wichtige.«

Max kramte aus seiner Schultertasche einen Block heraus.

»Zeichne das, woran du dich erinnerst. Das ist die rote Linie des Entwurfs.«

»Die rote Linie waren die Details.«

»Dinge müssen simpel sein«, meinte Max und klang wie sein eigener Vater.

Kiki nahm kraftlos den Stift in die Finger. Ideen waren flüchtige Wesen. Wenn man sie nicht sofort auf Papier fixierte, verschwanden sie und suchten eine neue Heimat. Sie wusste, dass sie den Entwurf kein zweites Mal aufs Papier würde bannen können. Die Silhouette war schnell rekapituliert. Doch was war mit dem filigranen Meisterwerk? Dort, wo vor ein paar Tagen ein kompliziertes Muster die Form überwucherte, liefen jetzt kräftige, fließende Linien. Max nickte aufmunternd. Es sah anders aus. Einfach. Es sah aus wie etwas, für das man keine Gebrauchsanleitung brauchte. Es sah aus wie etwas, das Thalberg überzeugen könnte. Kiki begann, Spaß daran zu haben. Bis Caroline auftauchte und postwendend begann, Gift zu verspritzen.

»Was ist das für eine Trauerveranstaltung? Jemand gestorben? Ach ja. Arne. Deswegen sind wir ja auf dem Trauermarsch. Weil wir der perfekten Liebe zwischen Judith und Arne gedenken.«

Kiki zuckte zusammen. Kein Mensch konnte in so einer Stimmung arbeiten. Das war nicht auszuhalten. Kiki und Max verständigten sich mit einem schnellen Blick. Erklärungen erübrigten sich. Sie waren deutlich überflüssig. Und außerdem beschäftigt. Wenn Kiki eine Chance haben wollte, musste sie den Entwurf heute vollenden.

70

Caroline blickte Kiki und Max hinterher. Seit der Nacht im Kloster klebten sie förmlich aneinander, als müssten sie sich mit ständigen Berührungen vergewissern, ob es wirklich war. »Schmetterlinge im Bauch, heimliche Treffen, gestohlene Küsse. Muss Liebe schön sein«, schwärmte Caroline mit ätzendem Unterton.

Ein kleiner Teufel hatte die Kontrolle über sie übernommen. Und der konnte nicht aufhören, mit gehässigen Kommentaren die Atmosphäre zu vergiften. Wenn sie so weitermachte, war sie bald ein Fall für die Wutmanagement-Seminare, zu denen ihre Klienten gerne verdonnert wurden. Sie sah sich schon in einer Gruppe von stadtbekannten Kriminellen sitzen und ein Wollknäuel von einem Seminarteilnehmer zum anderen werfen, um die Vornamen kennenzulernen und sich vernetzt, verbunden und verstanden zu fühlen. Solch ein Psychokram war nur was für Judith.

»Gibt es eigentlich Seminare, in denen man aufarbeiten kann, dass man sich schlecht fühlt, weil man die Ehe der Freundin ruiniert hat? Ein Ehebrecherinnenseminar«, ätzte sie weiter.

Sie wusste, dass sie kleinlich, unsachlich und verletzend war. Sie hörte schon die sanfte Stimme des Therapeuten, der ihr Mut machte, sich den Emotionen zu stellen. »Du, Caroline, vielleicht willst du uns erzählen, wie sich das für dich anfühlt, wenn du mit deiner Freundin Judith am Lagerfeuer sitzt.« Sie konnte es jetzt schon sagen: »Es fühlt sich gut an, die Wut loszuwerden.«

Judith reichte es. Sie ging auf Gegenangriff.

»Das mit Philipp tut mir aufrichtig leid. Aber ich bin nicht die Einzige, die gelogen hat.«

»Ach ja! Philipp auch. Stimmt«, kommentierte Caroline nüchtern. Der Wutteufel war quicklebendig.

»Willst du mir erzählen, dass du nie gemerkt hast, dass deine Ehe in der Krise steckt?«, setzte Judith nach.

»Kein Wunder, wenn meine Freundin mit meinem Mann schläft.«

Es ging im schnellen Schlagabtausch hin und her. Die beiden schenkten sich nichts. Von der kleinen, verletzlichen Judith, die in den Arm genommen werden wollte, war nichts mehr übrig. Sie würden beide in dem Seminar enden.

»Du hast dir was vorgemacht, Caroline.«

»Ihr habt mir was vorgemacht. Du und Philipp.«

»Und die anderen Frauen, die Philipp hatte.«

»Das waren keine Freundinnen.«

»Ich habe einen Fehler gemacht. Aber man kann nur in ein Haus eintreten, wenn die Tür offen ist.«

Estelle, die die ganze Zeit stumm dabeigesessen hatte, flüchtete. Das war selbst für sie zu viel. »Ihr klärt das schon. Auch ohne meinen Livekommentar«, nahm sie Carolines Bemerkung auf.

»Es gibt nichts zu klären«, befand Caroline.

»Ich möchte, dass du weißt, wie es dazu gekommen ist«, bat Judith und brachte Caroline nur noch mehr auf die Palme.

»Erspar mir die Details. Oder wolltest du dich mit mir über eure Stellungen austauschen?«

Gegen Carolines verbale Kraft war Judith machtlos. Was

auch immer sie sagen würde, Caroline hätte eine Antwort. Dieser Prozess war nicht zu gewinnen. Judith schmiss den Rest des Buches ins Feuer und folgte dem Beispiel von Estelle. Es war sinnlos.

Eva, die bislang geschwiegen hatte, blieb an Carolines Seite. Sie nahm einfach ihre Hand. Eine einfache kleine Geste, die ihr klarmachte, dass sie kein Wutseminar und keinen besserwisserischen Therapeuten brauchte. Caroline hatte ihre Freundinnen. Zumindest noch eine.

»Es hat keinen Sinn, von jemand anderem zu verlangen, dass er einen glücklich macht«, begann Eva vorsichtig. Sie urteilte nicht, sie verurteilte nicht. Sie erzählte von sich. Und von den Dingen, die ihr in diesen neun Tagen, die sie bereits mit den Freundinnen wanderte, aufgegangen waren. »Ich würde zu gerne Frido dafür verantwortlich machen, dass ich ein langweiliges Hausmütterchen geworden bin. Aber das stimmt nicht. Ich war dabei. Jeden einzelnen Tag. Man ist immer dabei.«

Caroline wusste, dass Eva recht hatte. Das friedvolle Nebeneinander war ein bequemes Ruhekissen gewesen. Ihre Ehe mit Philipp fühlte sich vertraut an, selbstverständlich und mühelos. Und genau da war es schiefgegangen. Bei der Mühelosigkeit, die unmerklich in Lieblosigkeit abgeglitten war.

Hatte sie sich dafür interessiert, was er auf seinen Seminaren lernte und erlebte? Hatte sie in den letzten Monaten nachgefragt, was in Philipp vorging? Wie er sich fühlte? Er musste sich eingesperrt gefühlt haben, gelangweilt, an einem Ende angekommen. Sie hatte nichts gesehen. Weil sie Philipp nicht mehr wahrnahm.

»Vielleicht hat Judith recht«, gab Caroline zu. »Meine Ehe

war nicht in Ordnung. Wir haben es nur in einem funktionierenden Alltag versteckt.«

»Geht es?«, erkundigte Eva sich besorgt.

Caroline schüttelte den Kopf: »Mir tut alles weh. Innen und außen.«

Sie drehte sich von Eva weg. Niemand sollte sehen, dass sie Tränen in den Augen hatte. Nicht einmal Eva.

71

Weiß leuchteten die Gipfel der Pyrenäen. In der Nacht war hoch oben in den Bergen Schnee gefallen. Der Wind brachte die kalte Luft in die Täler. Der Wirt hatte Mitleid mit den Frauen, die bei diesen arktischen Temperaturen vorhatten, ihren Tag draußen zu verbringen. Für einen Südfranzosen kamen die dreizehn Grad, die am Fuße der Pyrenäen herrschten, einem akuten Kälteeinbruch gleich. Keinen Hund würde er vor die Tür jagen. Caroline genoss die Kühle. Sie fand die plötzliche Kälte nur zu passend für ihre letzte Etappe.

Schweigend humpelte Caroline den Weg entlang. Am Wegesrand tauchten die ersten Schilder auf: Lourdes war zwölf Kilometer entfernt, dann sieben, schließlich drei. Caroline hatte Schmerzen. Sie legte ihren Rucksack nieder und wandte sich an Judith.

»Du darfst ihn tragen. Wenn du möchtest.«

Judith nahm die zusätzliche Last auf ihren Rücken, als wäre sie eine gerechte Strafe. »Ich habe monatelang Angst gehabt. Angst und ein schlechtes Gewissen. Jetzt ist das Schlimmste passiert.«

Caroline verstand nur zu gut, was in Judith vorging. Sie bettelte um die Absolution, um Carolines Freundschaft, um die Garantie, dass alles gut war. Aber so weit war Caroline nicht. Sie fragte sich, ob sie jemals dazu in der Lage sein würde. Sie war zu müde und zu erschöpft, um zu streiten und zu verzeihen.

»Lass uns ein andermal reden, Judith. Ich muss mein Leben erst einmal ordnen.«

»Hast du mit Philipp gesprochen?«

Caroline schüttelte den Kopf:

»Es gibt Dinge, die kann man am Telefon nicht klären. Vor allem, wenn man nicht weiß, wie man reagieren soll.«

Die große Wut war auf den vergangenen Kilometern verraucht. Aber zu sagen gab es auch nichts mehr. Judith und Caroline hatten einen Weg zu gehen. Es würde kein gemeinsamer mehr sein.

Eva hatte darauf bestanden, den Umweg über den Pic du Jer zu nehmen, einen Berggipfel, der am Rande Lourdes lag. Unter dem großen Holzkreuz, das in den Himmel ragte, konnte man sich noch einmal in über tausend Metern dem Himmel nahe fühlen, bevor sie den Abstieg in den Wallfahrtsort starteten.

Der Wind fegte eisig über die Aussichtsplattform. Vielleicht war es deswegen so leer. Außer den Dienstagsfrauen hatte nur noch ein einsames Ehepaar, das außer dem Ehering nichts mehr zu verbinden schien, den Weg nach oben gefunden. Schweigend tranken die beiden aus einer Thermoskanne. Die Stimmung war mies, das Panorama unbezahlbar.

Nichts verstellte hier oben die Sicht. Ungehindert konnte man den Blick dreihundertsechzig Grad schweifen lassen: Richtung Tarbes, nach Pau, ins Tal von Argèles Gazost und zu den schneebedeckten Gipfeln der Dreitausender. Davor die typische Hügellandschaft mit ihrem dichten Bewuchs und den weiten Wiesen. Lourdes lag unter ihnen. Man konnte die spitzen Türme der Rosenkranzbasilika erkennen. Davor erstreckte sich eine große asphaltierte Fläche, die ahnen ließ, für welche Menschenmassen der Wallfahrtsbezirk ausgerichtet war.

Es wäre der Moment gewesen, in lauten Jubel über das Ende ihrer Reise auszubrechen, die Faust zu ballen, sich das Trikot über den Kopf zu ziehen. Es wäre der Moment gewesen, sich gegenseitig lachend in die Arme zu fallen. Dazu war niemand in der Lage.

Max hielt den denkwürdigen Augenblick mit Kikis Kamera fest. Was für ein Unterschied zu dem ausgelassenen Gruppenfoto, das Kiki am ersten Tag mit dem Selbstauslöser aufgenommen hatte. Jetzt standen Judith und Caroline so weit am rechten und linken Bildrand, dass sie beinahe aus dem Foto kippten. In der Mitte, Arm in Arm, Estelle, Eva und Kiki. Die Ereignisse der letzten Tage spiegelten sich in den Blicken wider. Die Gesichter waren von den Anstrengungen des Weges gezeichnet, die Haut von der Sonne gegerbt, die Klamotten verstaubt. Eva war längst nicht mehr die Einzige mit einem praktischen Pferdeschwanz. Niemand lachte.

Caroline fühlte sich ausgelaugt und leer. Sie wusste, was sie erwartete: Dort unten war nicht nur die Grotte der Bernadette. Im Tal warteten störungsfreie Telefone, Hotels mit schneller Internetverbindung, Züge und Zubringerbusse zu den Flughäfen Pau und Lourdes. Ein einziger Abend trennte sie von der Rückkehr nach Köln. Und der Begegnung mit Philipp. Ähnliches stand Kiki bevor. Max hatte unmissverständlich zu verstehen gegeben, dass er an seinem Plan festhielt: Er würde Kiki seinen Eltern vorstellen.

»Du siehst doch, wohin Lügen und Heimlichkeiten führen«, hatte er gesagt. Und Kiki hatte genickt.

»Es gibt hier oben eine Höhle, die man besichtigen kann«, versuchte Eva die Gruppe aufzuhalten. Sie klang so enthusiastisch, als wäre sie Hunderte Kilometer gelaufen, nur um diese eine Höhle zu erkunden.

»Wir haben es geschafft«, rief Estelle. »Ich habe überlebt! Ein Königreich für ein warmes Schaumbad!« Estelle gab das Signal, die letzten Meter anzupacken. Kiki und Max folgten als Erste. Sie mussten die Entwürfe, die klar, eindeutig und stark auf dem Papier standen, sofort zu Thalberg nach Köln faxen.

»Wir könnten hier oben wenigstens was trinken, oder?«, versuchte Eva es noch einmal.

»Machen wir in Lourdes«, meinte Estelle. »Wer hat schon Lust auf einen Imbiss, wenn das Ende der Qual zum Greifen nahe ist?«

Eva fühlte auf einmal eine Hand, die sich in die ihre schob.

»Angst anzukommen?«, flüsterte Caroline, die genau wusste, was Eva bewegte. Eva nickte dankbar.

»Was kommt eigentlich nach dem Ziel?«, fragte sie.

Caroline zuckte mit den Achseln. Gut, dass sie noch einen letzten Abend hatten. Das Programm stand fest, bevor sie losgelaufen waren. Sie würden bei der allabendlichen Lichterprozession im Wallfahrtsbezirk ihrem Pilgerweg ein feierliches Ende setzen. »Ihr sollt in Prozessionen kommen«, hatte Maria durch Bernadette wissen lassen. Und die Dienstagsfrauen würden kommen.

72

»Was ist das? Das Disneyland der Katholiken?«

Estelle war fassungslos. Blaues Neonlicht strahlte aus den Souvenirläden auf die schmale Gasse. Blau wie die Schärpe der Jungfrau Maria, die in tausendfacher Ausführung auf Käufer wartete. Aus jedem zweiten Geschäft klang andere Musik. Nach Tagen der Einsamkeit und Stille war Lourdes ein Schock für die Dienstagsfrauen. Entgeistert lief Estelle an der langen Reihe von Geschäften entlang, die sich »Alliance Catholique«, »Palais du Rosaire« oder ganz nüchtern »Deutsches Kaufhaus« nannten und alle dieselben Devotionalien an den Pilger loswerden wollten. In der engen Rue de la Grotte war die Jungfrau Maria tausendfach vertreten. Sie prangte auf Postkarten, Heiligenbildchen, Medaillons und Pfefferminzbonbons, lag als Plastikflasche in Weidenkörben, betete stumm als Statue aus Plastik, Gips und Holz. Manche der Marienstatuen waren mit einer Leiste aus bunt blinkenden Lichtern umgeben, andere standen in einer Plastikgrotte, die dem Ort der Erscheinungen nachempfunden war. Für diejenigen, die eher von profanen als von religiösen Bedürfnissen getrieben wurden, gab es Chips, Schokolade und andere schnelle Snacks.

Die Erscheinungen waren vor über hundertfünfzig Jahren ein Spektakel, jetzt waren sie purer Kommerz. Wer an Maria

nicht genug hatte, konnte auf dem Wühltisch einen Rosen-
kranz erstehen, einen gekreuzigten Jesus oder einen Schlüs-
selanhänger von Papst Benedikt XVI., der immer noch von
der Popularität seines Vorgängers überstrahlt wurde. Mit
Sinn fürs religiöse Drama hatte sich eine Bettlerin unter
dem überlebensgroßen Porträt von Johannes Paul II. niedergelassen, den Gehstock an die rote Mauer gelehnt, die Hände
demütig zum Gebet gefaltet.

Max kam kopfschüttelnd aus einem der Läden. In der Hand
hatte er die Entwürfe von Kiki.

»Hier ist es leichter, ein Wunder zu bekommen als ein
Faxgerät.«

Kiki wühlte sich durch die durchsichtigen Plastikflaschen,
die die Form und Gestalt von Marienstatuen hatten. Am
Ende entschied sie sich für eine Maria-und-knieende-Ber-
nadette-Flasche, auf deren Sockel die goldene Aufschrift
prangte: »Que soy era Immaculada Councepciou«. Wie bei
allen Flaschen ließ sich die blaue Krone von Maria abschrau-
ben, um das heilige Wasser in Maria und Bernadette ein-
zufüllen und so mit nach Hause zu nehmen. Für diejenigen,
die größeren Bedarf an Quellwasser hatten, standen Kanister
zur Verfügung, die trotz frommem Aufdruck und blauem
Schraubverschluss an Benzinkanister erinnerten.

»Sollen wir das heilige Wasser holen?«, überlegte Kiki.

»Du fragst einen Atheisten. Im Flugzeug glaube ich an
Gott. Nach der Landung bedeutend weniger.«

Doch Kiki hatte bereits ihren Geldbeutel gezückt. »Wenn
es nicht hilft, schaden kann es auch nicht.«

Max nahm Kiki in den Arm und küsste sie.

Estelle war genervt. Wo sie auch stand, immer war sie irgendeinem Rollstuhlfahrer im Weg. Gruppenweise wurden sie

zur Grotte der Erscheinungen geschoben. Wer keinen eigenen mitgebracht hatte, wurde auf rikschaähnlichen blauen Fahrsesseln in Richtung Wallfahrtsbezirk gezogen. Wo andere Städte Radwege haben, hatte Lourdes eine rot markierte Spur für das fahrende Volk.

»Man fühlt sich fast schon schuldig, wenn man nicht wenigstens am Stock geht«, beschwerte sich Estelle.

Eva hatte Kerzen gekauft und verteilte sie an die Freundinnen.

»Für die Lichterprozession heute Abend«, erläuterte sie.

»Ich bin froh, dass ich bis hierher gekommen bin«, wehrte Estelle ab. »Mein Bedarf an katholischen Ritualen ist für die nächsten hundertfünfzig Jahre gedeckt.«

Ihr Vorrat an Kompromissen war in den Kilometern, die sie auf dem Pilgerweg gelaufen war, restlos aufgebraucht. Sie war bis Lourdes gepilgert. Mehr konnte man nicht von ihr verlangen. Sie hatte die Gesunden ohnehin im Verdacht, dass sie hierherfuhren, um zu sehen, dass es anderen noch schlechter ging.

»Ich schau mir später die Fotos an«, rief Estelle und verschwand Richtung Hotel. Als sie ihren Freundinnen zuwinkte, merkte sie, dass sie nicht die Einzige war, die ausscherte. Judith war verschwunden. Ohne ein Wort.

73

»Das Licht dieser Kerze ist Zeichen meines Betens«, las Judith. Der Satz war in die dicke Stahlplatte gestanzt, die die Rückwand des Opferstocks bildete. Daneben ein zweiter Karren mit derselben Schrift, diesmal in Englisch. Und dann in Französisch, in Niederländisch, Italienisch. Die Opferstöcke standen zu beiden Seiten und bildeten eine Gasse aus Stahl und Licht. Judith sah, dass viele der Kerzen erst in der Rue de la Grotte erstanden waren. Nur dort gab es diese charakteristischen Kerzen mit dem blauen Fuß. Manche hatten kiloschwere Ungetüme mit frommen Wachsinschriften nach Lourdes gebracht, Judith die Kerze von Arnes Grab.

Im Hintergrund rief der Lautsprecher die Wallfahrer bereits zur abendlichen Lichterprozession. Ein Kerzenwächter, der über den ordnungsgemäßen Gebrauch der Opferstöcke und das Recycling der Reste wachte, zeigte Judith, wo Platz für Arnes Kerze war. Feierlich entzündete sie den Docht an einer brennenden Kerze und drückte sie vorsichtig auf die Stahlnadel.

So viele Lichter. So viele Fürbitten. In Judith war es still. Sie hatte keinen Wunsch mehr. Sie hatte Lourdes erreicht. Sie hatte bis zum Ende durchgehalten. Judith hatte reinen Tisch gemacht. Und hielt die Konsequenzen aus. Wie hatte der dämonische Pilger ihr mit auf den Weg gegeben: »Die Wahrheit, die man in sich findet, ist nicht immer angenehm.«

Inzwischen hatte sie begriffen, dass sie keine Angst vor dem Pilger hatte, sondern vor ihren eigenen Geheimnissen. Sie hatte gebeichtet. Doch die Erlösung war nicht gekommen. Ihr bisheriges Leben war von einem Orkan weggefegt worden. Hier im Lichtermeer war es ruhig. Wie im Auge des Sturms. Jeder Schritt, den sie von hier aus tat, führte zurück in den Windstrudel.

Judith war bereits bei der Grotte gewesen, hatte ihre Hand über den sagenumwobenen Stein gleiten lassen und sich gefragt, warum Maria sie nach Lourdes geholt hatte. Maria, die aus ihrer Nische in der Felswand auf Wallfahrer und schaulustige Touristen herabsah, blieb stumm, so wie sie den ganzen Weg stumm geblieben war. Die spirituelle Erhebung des Pilgers blieb ihr auch in der Grotte von Lourdes versagt. Judith hatte keine Ahnung, wohin ihr Weg sie führen würde. Alles schien offen.

Als Judith von den Opferkerzen aufsah, bemerkte sie, dass sie nicht mehr alleine war. Neben ihr entdeckte sie Celine in ihrem knallbunten Rollstuhl. Feierlich stellten ihre Eltern eine Kerze auf. Die gelben Lichter tanzten auf dem Gesicht des Kindes, das vor Erschöpfung eingeschlafen war. Ihre nassen Zöpfe baumelten unter einer Pudelmütze hervor. Sie war wohl gerade aus einem der Bäder gekommen.

»Trinke von der Quelle und wasche dich dort«, hatte Bernadette aus dem Mund Marias gehört. Judith hatte staunend das Gerangel von Menschen gesehen, die versuchten, einen der begehrten Plätze auf den Holzbänken zu ergattern, die garantierten, dass man tatsächlich in eines der Bäder mit dem zwölf Grad kalten Quellwasser getaucht wurde. Auch hier, wie überall in Lourdes, hatten Rollstuhlfahrer, Kranke und Kinder Vorrang.

»Das wahre Wunder ist, dass nicht mehr Leute in Lourdes

krank werden«, hatte Estelle vor ein paar Stunden gewitzelt. »Das Wasser wird nur zweimal am Tag gewechselt. Schon bei dem Gedanken, mich in so eine Brühe zu legen, wird mir grottenschlecht.«

Als Judith das Ehepaar ansah, begriff sie, dass Estelle unrecht hatte. Das Ehepaar wirkte ganz anders als vor ein paar Tagen beim Frühstück in Dominiques Unterkunft. Das Graue war aus ihren Gesichtern verschwunden. Sie sahen entspannt aus, beinahe fröhlich. Der Gesundheitszustand des Kindes hatte sich kein bisschen verändert. Und trotzdem wirkten ihre Mienen heller.

Das Ehepaar schob den Rollstuhl an Judith vorbei, ohne sie wahrzunehmen oder gar zu erkennen. Sie würden nie erfahren, dass die kleine Celine geholfen hatte, Judith einen Weg aufzuzeigen. Sie wusste, was zu tun war.

74

Das Glockenspiel vom Turm der Basilika der unbefleckten Empfängnis schlug. »In nomine Patris, et Filii, et Spiritus Sancti«, hallte es aus Lautsprechern über den weiten Platz. In der letzten halben Stunde hatte er sich mit Tausenden von Menschen gefüllt. Kiki und Max hatten einen günstigen Platz auf der Balustrade der oberen Basilika gefunden, von dem sie einen Überblick über den gesamten heiligen Bezirk hatten. Bei den Touristen und Schaulustigen fühlten sie sich wohler als zwischen den Gläubigen, die sich unter ihnen zur Prozession formierten. Überall Fahnen, Spruchbänder, Flaggen, Tafeln aus Holz und Plastik, manche beleuchtet von einer Batterie.

Caroline winkte den beiden zu. Sie hatte sich mit Eva in die Prozession eingereiht und stand eingeklemmt in einer Gruppe italienischer Pilger der U.N.I.T.A.L.S.I. aus Ravenna. Die ausgeblichenen Farben des altertümlichen Banners, das sie in den Abendhimmel reckten, zeugte von einer langen Pilgertradition. Beim Warten waren sie ins Gespräch gekommen. Caroline hatte belustigt der Geschichte von Giovanni Battista Tomassi gelauscht, dem Gründer der Pilgerorganisation, der 1903 nach Lourdes gereist war. Mit schwerer Arthritis in den Gliedern und einer Waffe in der Tasche. Der Mann hatte eine klare Vorstellung, wie das in

Lourdes zu laufen hatte: »Entweder Maria heilt mich, oder ich erschieße mich.«

Am Ende geschah nichts von beidem. Tomassi war so überwältigt von der Ausstrahlung des Ortes, dass er es sich fortan zur Lebensaufgabe machte, kranken und bedürftigen Menschen den Weg nach Lourdes zu ermöglichen. Seine Organisation überlebte ihn. Bis auf den heutigen Tag. Caroline lachte über die Geschichte. Der wilde Tomassi war ihr sympathisch.

Ähnlich wie Tomassi ein Jahrhundert zuvor, war sie beeindruckt von den Menschen und Massen, die hier zusammengekommen waren. Caroline schätzte, dass es zwanzigtausend Menschen waren, die sich auf dem Platz versammelt hatten. Noch nie hatte sie so viele alte, kranke und hilfsbedürftige Menschen, noch nie Tausende von Rollstühlen auf einem Fleck gesehen. Es musste Hunderte dieser blauen Rikschas geben und Hunderte von freiwilligen Helfern, die bereit waren, sie zu ziehen. Vor ihr standen Angehörige des Lourdes Verein Westfalen, die am Morgen mit zwölf Liege- und Lazarettwagen für Schwerstkranke aus Deutschland angekommen waren. Manche Pilger waren so krank, dass sie auf Liegen in der Prozession mitgeschoben wurden, die baumelnde Infusion über dem Kopf. Überall wuselten die Ehrenamtlichen in ihren Uniformen herum, um zu helfen. Sie schienen genau zu wissen, wie der Platz zu füllen war, sodass alle Rollstühle und blauen Wagen untergebracht werden konnten. Den Bedürftigen war der Platz an der Spitze der Prozession vorbehalten. Direkt hinter der beleuchteten Madonna, die die Gläubigen anführte.

Caroline war ergriffen von dem zarten Marienlied, das aus den Lautsprechern klang. Zu der hellen, klaren Stimme, die das Lied anstimmte, gesellten sich immer mehr. Das verhaltene Marienlied schwoll an zu einem mächtigen Chor,

der der tonangebenden Stimme immer ein Stück hinterher-
hinkte und sie zum Schweben brachte. Beim Refrain reckten
sich die abertausend Kerzen, deren Flammen von blau-wei-
ßen Papierrosetten geschützt wurden, in den sternenlosen
Abendhimmel.

»Ave. Ave. Ave. Ave Maria.«

Caroline verschmolz im Lichtermeer der Kerzen und in
dem Lied, das sie warm umfing. Sie konnte es nicht ver-
leugnen: Sie, die nie hatte pilgern wollen und die mit dem
Katholizismus nichts am Hut hatte, war ergriffen von der
Stimmung des Abends und der Magie des Platzes um die
große Basilika. Eva war im Gewühl verschwunden, Kiki
und Max auf der Balustrade allenfalls ahnbar. Und doch
waren sie miteinander verbunden durch die religiöse Ze-
remonie.

Und da war wieder die Mariengestalt, die durch die Menge getragen wurde. Und diesmal schien sie Caroline offen
zuzulächeln. Tränen liefen über Carolines Gesicht. Die sie
hastig wegwischte. Bis sie sah, dass ihr Nachbar, ein großer
schwarzer Priester in farbenprächtigem Ornat, genauso
weinte. Es war Caroline nicht mehr wichtig, ob jemand ihre
Tränen sah. Sie weinte und lachte gleichzeitig.

Es war egal, was an der Geschichte von den Visionen der
Bernadette stimmte. Es war egal, was die Souvenirgeschäfte
um den heiligen Bezirk aus Bernadette und Maria machten.
Das, was sie an diesem Abend auf dem Platz erlebte, hatte
seine eigene Wahrhaftigkeit. Hier ging es nicht um unver-
ständliche Dogmen und spektakuläre Heilungen. Hier ging
es um die kleinen Gesten der Menschlichkeit. Einen Kranken zu begleiten, einen Rollstuhl zu schieben, die Rikscha
zu ziehen, eine Hand festzuhalten. Vielleicht waren das die
wirklichen Wunder, die man mit nach Hause trug.

75

Der Abschied von Lourdes kam schneller, als Caroline es sich in dem magischen Moment auf dem Platz wünschte. Die Ankunft im Hotel war hektisch. Das Hotel La Solitude erschlug sie fast mit seinem Pilgertrubel. Caroline hatte das Gefühl, dass alle dreihundertsechsundfünfzig Zimmer des Hotels besetzt sein mussten. Gruppenweise drängelten sich die überwiegend älteren Pilger in der Bar, dem Souvenir- und Kleidungsgeschäft in der Lobby und vor den fünf Hochgeschwindigkeitsaufzügen. Der einzige ruhige Ort war die Dachterrasse, die zum Minischwimmbad auf dem Dach des Hotels gehörte. Einzig ein sommersprossiger niederländischer Junge tobte trotz der späten Stunde ausgelassen im Becken herum und tauchte unermüdlich nach Gegenständen, die seine Mutter ihm ins Wasser warf. Was dieses ausgelassene Paar wohl in Lourdes suchen mochte? Nach einer Stunde waren auch diese beiden verschwunden.

Tief unter ihr glitzerte der Fluss Gave. Die beleuchteten Fassaden der Hotels und die Neonreklamen der Geschäfte spiegelten sich im Wasser. Eine Gruppe schlenderte über die Brücke zu ihrer nächtlichen Unterkunft.

Dem letzten Glas Wein auf dem Dach folgten eine unruhige Nacht und ein hektisches Frühstück am nächsten Morgen, inmitten von Hunderten von Pilgern. Caroline war erleichtert, als sie auf die Straße traten. Ein Auto hupte.

»Überraschung«, rief eine bekannte Stimme. Eva schossen sofort die Tränen in die Augen. Frido war gekommen. Mit allen vier Kindern. Sie ließen es sich nicht nehmen, Eva höchstpersönlich in den Schoß der Familie zurückzuholen. Gerührt umarmte Eva alle fünf. Sie war so froh, ihre Familie wiederzusehen.

»Sie sehen heil und kein bisschen verhungert aus«, flüsterte Caroline Eva zu.

»Anna ist so groß. Als ob sie ein paar Zentimeter gewachsen ist«, bestätigte Eva und verdrückte eine kleine Träne.

Hinter Fridos Auto bremste ein Taxi. Estelle kam aus dem Hotel. In Kostüm und auf hohen Hacken. Wo sie die wohl herhatte?

»Wohin willst du?«, rief Caroline ihr zu.

»Zum Flughafen. Ich habe zwei Wochen Wellness im Süden gebucht. Das brauche ich, um wieder zu mir selbst zu finden.«

Zeit, wirklich Abschied voneinander zu nehmen, gab es nicht. Das Hotel hatte keine Zufahrt und die Avenue Bernadette Soubirous war so eng, dass Fridos Auto für einen Stau sorgte. Hinter ihm hupte ein Lieferwagen, Rollstuhlfahrer beschwerten sich, dass sie nicht vorbeikamen, der Besitzer der Horlogerie informierte sie über das absolute Halteverbot. Nach zehn Tagen Entschleunigung ging plötzlich alles drunter und drüber und viel zu schnell.

Als Kiki und Max frisch geduscht und Arm in Arm aus dem Hotel kamen, konnten sie Eva und Estelle gerade noch hinterherwinken.

Caroline sah sich suchend um: »Wo ist Judith?«

»Abgereist«, sagte Kiki nüchtern. »Gestern schon.«

Caroline zuckte mit den Achseln: »Vielleicht besser so.«

Schweren Herzens machte sie sich auf den Weg nach Köln. Zu Philipp.

Zögerlich betrat Judith die Krankenunterkunft, wo Dominique die Tische fürs Mittagessen vorbereitete. Wenn er verblüfft war, Judith zu sehen, ließ er es sich nicht anmerken. Er
hatte kein Interesse daran, sich mit ihr auseinanderzusetzen.
Er hatte Wichtigeres zu tun.

»Ich würde gerne mit Ihnen sprechen«, versuchte Judith
es leise.

Dominique durchbohrte sie mit einem einzigen Blick.
Unter seinen dichten Augenbrauen war keine Spur von Verzeihen und Milde zu erkennen. »Sie haben ein unschlagbares
Talent, im unpassenden Moment aufzukreuzen«, brummte
er barsch. Er ließ sie stehen und ging seiner Arbeit nach.

Judith ließ sich nicht beeindrucken. Sie hatte so viele Fragen. Über Arne. Über die Zeit, die er hier verbracht hatte.
Vielleicht wollte sie auch nur Dominique davon überzeugen,
dass sie kein schlechter Mensch war.

»Ich kann warten, bis es Ihnen passt«, meinte sie vorsichtig. »Ich habe Zeit.«

Statt einer Antwort drückte Dominique ihr einen Stapel
Teller in die Hand. Ohne Frage und ohne Erläuterung.

Einen Moment zögerte Judith, dann nahm sie die Herausforderung an. Sie verteilte die Teller auf die Achtertische.
Und dann das Besteck, die Servietten und die Brotkörbe. Es

gab viel zu tun. Und jede Hand war hilfreich. Sie sah sich nicht einmal nach Dominique und seiner Reaktion um. Es ging ihr nicht um den Beifall. Und jetzt war es an Dominique, verblüfft zu sein.

Eva verbrachte einen großartigen Tag mit ihrer Familie. Zum Abschied waren sie mit der Zahnradbahn auf den Pic du Jer gefahren. Eva war wichtig, dass ihre Familie wenigstens eine leise Ahnung bekam von der Großartigkeit der Landschaft und des Weges, den sie zurückgelegt hatte. Sie hatten auf der Aussichtsterrasse auf dem Berg Eis gegessen und Geschichten ausgetauscht. Eva erzählte von dem Schwein Rosa, den Pilgern, die sie getroffen hatte, von dem Streit zwischen Judith und Caroline, von Max und Kiki und vom Cassoulet. Selbst Jacques, der kochende Easy Rider, kehrte in ihren Erzählungen zurück. Nur den Kuss verschwieg sie. Man musste nicht alles wissen und schon gar nicht alles erzählen, hatte sie in den letzten Tagen gelernt. Frido sah seine Frau neugierig an. Da war ein Glanz in ihren Augen, ein Leuchten, das er lange nicht gesehen hatte. Er wusste wieder, warum er sich in Eva verliebt hatte.

Eine halbe Stunde später saß Eva im Auto. Die Landschaft, die sie lieb gewonnen hatte, zog in rasendem Tempo an ihr vorüber. Sie vermisste die Gerüche und das Gefühl, das die warme Luft auf der Haut hinterließ. Die Klimaanlage filterte die Eigentümlichkeit des Landes weg. Dörfer und Felder flogen schnell an ihrem Fenster vorbei. Kein Detail blieb hängen. Fridos Hand ruhte in der ihren. Er überschüttete sie mit verliebten Blicken und Komplimenten. »Es ist so gut, dass du wieder da bist. Ich habe dich vermisst.«

Eva nickte glücklich. Von hinten redeten alle auf sie ein.

»Weißt du, dass ich zu spät zum Tennis gekommen bin«, rief David. »Andere Mütter sind nicht halb so verlässlich wie du.«

»Sie haben das Mutter-Kind-Backen auf morgen verschoben. Ist das nicht schön«, fiel Anna ihrem großen Bruder ins Wort. »Du musst nur noch was einkaufen.«

Eva erschrak. Einkaufen? Morgen backen? Sie hatte gehofft, dass ihre Seele, die Mühe hatte, bei diesem Tempo mitzukommen, ein wenig Zeit bekam, wieder nach Köln und in den Alltag zurückzufinden. Bevor sie etwas entgegnen konnte, legte Lene lautstark Protest ein.

»Das geht nicht. Mama muss zu meinem Klassenlehrer. Der will mich durchfallen lassen.«

Eva sah Frido an: »Ich denke, du warst beim Elternsprechtag.«

Frido wand sich ein bisschen.

»Du kannst das viel besser«, lobte er. »Niemand kann so gut mit Lehrern umgehen. Und wenn ich mir für morgen was wünschen darf. Deine Crème Caramel …«

Weiter kam er nicht. Eva schrie auf: »Stopp. Halt an.«

Zu Tode erschrocken bremste Frido den Wagen. Die Autoinsassen flogen in ihre Gurte. Bremsen quietschten hinter ihnen. Überall hupten Autos.

»Willst du uns umbringen?«, brüllte Frido, als er das Auto am Straßenrand zum Stillstand gebracht hatte. »Bist du verrückt geworden?«

Eva war klar im Kopf. So klar, wie sie schon lange nicht mehr gewesen war.

»Ich liebe euch. Alle fünf. Aber so geht das nicht weiter.«

Schwungvoll riss sie die Autotür auf und stieg aus. Frido konnte es nicht glauben. »Was ist denn los mit dir?«

Eva ging um das Auto herum, öffnete den Kofferraum und zog ihren Rucksack heraus. Auf der befahrenen Pyrenäenstraße ein durchaus gefährliches Unterfangen. Frido ging seine Frau wütend an: »Eva? Was tust du? Wo willst du hin?«

»Nach Santiago de Compostela«, antwortete Eva, als wäre es die normalste Sache der Welt.

»Du willst was?« Frido konnte nicht glauben, was er hörte. »Aber das geht nicht.«

Eva musterte ihn kritisch. Wenn er jetzt sagte »Ich habe morgen Vorstandssitzung«, würde sie einen Mord begehen. Die vier Kinder drückten sich die Nasen an der Scheibe platt. Frido öffnete den Mund und schloss ihn wieder. Er ahnte, dass kein Argument der Welt Eva überzeugen würde, ab morgen wieder Heinzelmännchen für ihre Familie zu spielen. Oder den Punchingball für ihre Mutter Regine.

»Ich bin erst am Anfang meines Weges«, gestand sie. »Am besten, ihr gewöhnt euch schon mal daran, dass ihr in Zukunft eine selbstständige Mutter habt.«

Sie fühlte sich wie eine Alkoholikerin, die soeben aus der Reha entlassen worden war und nun ängstlich jede Versuchung aus dem Weg räumte. Es war alles zu frisch. Zu neu. Die veränderte Eva viel zu zerbrechlich. Wenn sie jetzt mit nach Hause kam, würde in drei Tagen alles beim Alten sein. Die Tage auf dem Pilgerweg hatten etwas in ihr aufbrechen lassen. Aber sie brauchte mehr Zeit. Zeit für sich. Zeit nachzudenken. Über sich. Über Regine. Über alles. Ihre Familie würde lernen, mit der Lücke zu leben. Mit der Lücke im Familienleben und im Kühlschrank.

»Ich habe dir fünfzehn Jahre den Rücken freigehalten. Jetzt bin ich dran.«

Unschlüssig verharrte sie. Frido wusste, dass Eva recht hatte.

»Ich habe nicht gewusst, wie viel Arbeit das ist«, gab Frido zu. »Vier Kinder, all die Termine, jeden Tag einkaufen, Essen kochen. Bei dir sieht das so einfach aus. Als ginge es von selbst«, entschuldigte er sich.

Eva schüttelte den Kopf. Es ging nicht von alleine. »Ich habe es gelernt. Du kannst es auch lernen. Und wenn etwas schiefgeht. Ich habe einen fantastischen Versicherungsmann an der Hand …«

Frido lachte. Estelles Wundermittel, drohende Konflikte mit Humor zu entschärfen, half auch bei Eva.

»Ich will keinen neuen Mann. Nur ein bisschen Zeit. Vielleicht kannst du einen Babysitter…«

Weiter kam sie nicht.

»Wir kommen zurecht«, unterbrach David sie empört. »Wir sind keine Babys mehr.«

Alle vier Kinder nickten heftig. Eva führte ihren Gedanken nicht zu Ende. Sie wusste, dass die Kinder recht hatten. Es war Zeit, sie ein Stück aus der mütterlichen Umarmung zu lassen.

»Ich liebe dich. Wir lieben dich«, gab Frido ihr auf den Weg. Und dann drückte er ihr einen Kuss auf die Lippen, der alle vier Kinder zu einem kollektiven Eltern-sind-einfach-nur-peinlich-Stöhner verleitete. »Ich weiß«, antwortete Eva. Jetzt musste sie nur noch selbst anfangen, sich wieder zu lieben. Sie hatte ein paar Hundert Kilometer Zeit.

Auf der Rückbank saß Anna mit ihrem Laptop und zeichnete den Weg der Dienstagsfrauen ein, die in alle Richtungen ausschwärmten. Zwei Pfeile jedoch führten nach Köln. Der von Kiki und der von Caroline.

78

Seltsam. Das Büro nicht abgeschlossen? Um diese Zeit? Caroline drehte irritiert den Schlüssel in der Tür zu ihrer Kanzlei. Gemeinsam mit Kiki und Max war sie mit dem Zug zurückgefahren. Sie hatte befürchtet, dass Philipp, der genau wusste, wann sie landen sollte, sie am Flughafen erwarten könnte. Sie hatte beschlossen, das Auto, das dort im Parkhaus wartete, zu einem späteren Zeitpunkt abzuholen. Wichtiger war, noch ein bisschen mehr Bedenkzeit zu haben. Caroline hatte gehofft, dass zwölf Stunden mit der Bahn reichten, eine Entscheidung zu fällen. Was war richtig? Sich aussprechen? Verzeihen? Sofort die Scheidung einreichen?

Beim Umsteigen in Paris-Montparnasse, von wo sie mit der Metro weiter nach Paris-Nord fahren wollten, war sie Kiki und Max verlustig gegangen. Kiki hatte Max überredet, eine Nacht in Paris zu verbringen. Caroline beneidete sie um ihre Verliebtheit, die sie ungeniert an den Tag legten. Sie waren ein schönes Paar. Trotz des Altersunterschieds. Trotzdem hatte Caroline den leisen Verdacht, dass Kiki auch deshalb nach Paris wollte, um die Konfrontation mit Thalberg noch einen Tag aufzuschieben. Max machte keinen Hehl daraus, dass er den Heimlichkeiten ein Ende setzen würde, sobald sie in Köln ankamen. Lügen waren Bumerangs, hatte er gelernt.

Von Paris blieben Caroline vier Stunden. Als der Thalys in den Kölner Hauptbahnhof einrollte, hatte Caroline beschlossen, es Kiki gleichzutun. Sie würde die Nacht im Büro verbringen und sich morgen mit Philipp verabreden. Nach den französischen Schlafsälen konnte sie eine Nacht auf dem Bürosofa nicht erschrecken.

Irritiert hielt sie inne. Was war das? Licht? Um diese Zeit? Neugierige Kollegen waren das Letzte, was sie jetzt brauchte. Einer der imposanten Drehsessel in der Lobby bewegte sich. Schwerfällig erhob sich Philipp.

»Ich wusste, du gehst zuerst in die Kanzlei«, sagte er in einem freundlichen Ton. Mager sah er aus, seine Wangen waren eingefallen, unter den Augen zeigten sich dicke Ringe. Judiths Anruf hatte ihn alarmiert. Caroline hatte Mühe, den Schock zu verdauen. Sie wollte ihn nicht begrüßen, sie wollte nicht mit ihm sprechen, sie wollte gar nichts. Sie wollte nicht so überfallen werden. Nach der Pilgerreise konnte sie keine weiteren Überraschungen von Philipp ertragen.

»Ich habe etwas sehr Dummes getan. Und jetzt suche ich eine gute Anwältin, die hilft, mein Leben in Ordnung zu bringen«, eröffnete er das Gespräch.

Wie viel Zeit mochte es ihn gekostet haben, sich die passende Einleitung auszudenken. Sein Text klang, als hätte er ihn vor dem Spiegel einstudiert. Mit dem passenden Büßergesicht.

»Das werde nicht ich sein«, stieß Caroline hervor. Es passte ihr nicht, dass Philipp sie so überrumpelte.

»Ich habe Schluss gemacht«, erklärte Philipp in einem Ton, der nahelegte, dass er darauf stolz war.

»Mit allen? Oder nur mit den Freundinnen, von denen ich weiß?«

Philipp merkte, dass er so nicht weiterkam.

»Was muss ich tun, um dich davon zu überzeugen, dass es mir ernst ist?«

Dachte Philipp wirklich, dass es ein einfaches Rezept gab? Erwartete er wirklich eine Antwort?

»Es liegt nicht an dir. Nicht alleine«, gestand Caroline. »Es liegt an uns. Die Arbeit, Freunde, Sport, Kongresse, die Dienstagsfrauen. Alles war uns wichtiger als gemeinsame Zeit. Wir führen seit Jahren getrennte Leben, Philipp.«

Es hatte sie Mühe gekostet, der Wahrheit ins Auge zu sehen. Es hatte keinen Sinn, sich aus der Verantwortung zu stehlen. Judith hatte recht: Es hatte eine Tür gegeben, die offen stand. Philipp sah seine Felle davonschwimmen.

»Das mit Judith hat mir nichts bedeutet«, beteuerte er mit treuen Dackelaugen. »Ich bin wohl in der Midlife-Crisis.«

Judith hatte die Verantwortung übernommen. Caroline war dabei, den eigenen Anteil am privaten Desaster einzugestehen. Und ihr Ehemann berief sich auf Hormone, denen ein Mann nach den besten Jahren hilflos ausgeliefert sei. Wenn es wenigstens Liebe gewesen wäre. Etwas Großes. Eine Naturgewalt. Aber Philipp kam mit der Midlife-Crisis. Es gefiel ihr nicht, wie er über ihre Freundin redete. Als ob Judith nicht zählte. Caroline, die bislang einigermaßen die Contenance wahren konnte, spürte, wie die Wut wieder die Macht von ihr ergreifen wollte.

»Ich möchte, dass du gehst«, erklärte sie hart.

Philipp konnte es nicht glauben: »Du willst fünfundzwanzig Jahre Ehe wegschmeißen?«

»Das hast du getan, Philipp. Mit deinen Affären.«

»Das ist Vergangenheit, Caroline«, versprach Philipp.

Seine Selbstgerechtigkeit traf sie bis ins Mark. Philipp war offensichtlich der Meinung, dass die Ehe nach dem Rabattprinzip funktionierte. Nach der Anzahl ihrer gemeinsamen Jahre stand ihm automatisch eine zweite Chance zu.

»Ich brauche Zeit zum Nachdenken. Und für meine Hobbys«, sagte sie leichthin.

»Seit wann hast du Hobbys, Line?«

Nein, sie würde nicht explodieren. Nein, nein, nein.

»Seit heute«, verkündete Caroline und kramte aus ihrem Rucksack ihr Telefon hervor. Max hatte ihr im Zug via Bluetooth Nummern von seinem Handy überspielt. Musik war noch besser als Knäckebrot. Man friemelte die Lautsprecher ins Ohr und verabschiedete sich von allen unangenehmen Störgeräuschen. Caroline drehte die Lautstärke hoch. Die Poppys übertönten mit ihren fröhlichen Jungenstimmen alles, was Philipp zu sagen hatte.

»Non, non, rien n'a changé.«

Von wegen: Nichts hatte sich verändert. Nach Lourdes blieb kein Stein auf dem anderen. Sie würde sich damit auseinandersetzen müssen. Morgen. Übermorgen. Aber nicht heute. Heute sang sie mit den Poppys und behauptete, dass alles beim Alten war.

Philipp hatte schon die Klinke in der Hand, als Carolines Stimme durch die Kanzlei tönte. Laut und sehr eigentümlich. Philipp wusste nicht einmal, dass seine Frau singen konnte. Ihm dämmerte, dass er vieles nicht wusste.

Caroline tänzelte singend durch ihr Büro und suchte zwischen Gesetzestexten, Aktenordnern und den gesammelten Ausgaben der Neuen Juristischen Wochenschrift einen geeigneten Platz für das wichtigste Mitbringsel: eine hölzerne Marienstatue, so wie sie in Lourdes tausendfach und billig zu kaufen war. Massenware made in Fernost. Und doch ging ein magischer Glanz von ihr aus, der das dunkle Zimmer erhellte. Beweisbar war das nicht. Aber das war Caroline denkbar egal. Maria hatte sich in ihre Biografie eingeschrieben. Und dafür musste sie weder glauben noch katholisch sein.

79

»Muss das sein?«, fragte sie kläglich.

Max zog Kiki einfach weiter. Kiki kannte die Thalbergs gut genug, um sich auszumalen, wie sie reagieren würden, wenn Max sie gleich vorstellen würde. Mitten auf dem Golfplatz. Im Internet hatte Kiki gelesen, schwedische Forscher hätten ermittelt, dass Golfspieler fünf Jahre länger lebten als Nicht-golfspieler gleichen Geschlechts und Alters. Kiki befürchtete, dass das nur auf schwedische Golfspieler zutraf. Denn das, was dem distinguierten Ehepaar an Loch neun bevorstand, würde sicher nicht zur Verlängerung ihres Lebens beitragen.

Schon von Weitem erkannte sie ihren Chef. Johannes Thalberg trug eine karierte Hose, einen weißen Pullunder mit blau abgesetztem V-Ausschnitt und eine hippe, weiß ge-randete Designerbrille, seine Frau daneben war ganz in Weiß gekleidet. Kiki war Frau Thalberg erst einmal begegnet, als sie etwas in der noblen Marienburger Villa abholen musste. Auch damals war sie ganz in helle Farben gekleidet. Sie pass-te so harmonisch ins cremefarbene Designer-Interieur, dass Kiki sie fast übersehen hätte.

Kiki merkte vor lauter Nervosität fast nichts, und es entging ihr, dass Max nicht mehr an ihrer Seite war. Der Greenkeeper, seit der Episode am Ententeich ein großer Fan von Max, hatte ihn entdeckt, umarmte ihn überschwänglich und wollte ihn vor lauter Wiedersehensfreude nicht mehr loslassen.

»Kiki«, rief Thalberg. Ganz offensichtlich hatte ihr Entwurf sie in den Duzstand erhoben. »Was für ein Zufall, Kiki«, verkündete Thalberg. »Die Vasen. Großartige Entwürfe. Simpel, klar, überzeugend. Sie wollen nicht wissen, welchen detailverliebten Mist ich von Ihren Kollegen bekommen habe.«

Kiki nickte stumm, suchte die Hand von Max und griff ins Leere. Jetzt erst merkte sie, dass sie alleine mit den Thalbergs war.

»Normalerweise ist das ein Grund, miteinander anzustoßen«, fuhr Thalberg fort. »Aber leider haben wir private Verpflichtungen.«

Max war noch immer mit dem Greenkeeper beschäftigt. Sie saß in der Falle.

»Wir erwarten unseren Sohn mit seiner neuen Freundin«, erklärte Frau Thalberg, die von der Diskretion, die ihr Mann in privaten Dingen an den Tag legte, nicht viel hielt. »Sie würden unseren Max nicht wiedererkennen. Er ist so viel zugänglicher.«

»Max zeigt sogar Interesse an der Leitung der Firma«, unterbrach Thalberg seine Frau. Es half nicht viel. Die geschwätzige Frau Thalberg redete einfach weiter. »Dabei dachte mein Mann, er hätte eine Affäre in der Firma«, lachte sie.

Endlich war auch Max an ihrer Seite. »Ich kann das nicht. Es geht nicht«, raunte Kiki ihm zu.

Max legte behutsam den Arm um Kiki. Die Gesichter der Eltern gefroren.

»Die Rationalisierungsvorschläge, die Ideen für die neue Produktlinie, die Ehetipps, das kommt alles von Kiki«, erklärte er mit verschwörerischem Augenzwinkern in Richtung Mutter. Es war vielleicht nicht die diplomatischste Vorstellung, jedoch effizient. Innerhalb weniger Sekunden hatte Max seinen Eltern klargemacht, was Sache war.

»Das Schöne ist«, fuhr Max ungerührt fort, »ihr müsst meine Freundin nicht mehr kennenlernen. Ihr kennt sie schon.«

Die Mutter bereitete dem Spuk ein Ende. Mit perfekter Contenance schüttelte sie Kikis Hand. »Sie entschuldigen uns, bitte.«

Fluchtartig und in wilder Diskussion verließen die Eltern den Golfplatz. Kiki sah unglücklich drein. Das war exakt das, was sie immer befürchtet hatte.

Max strahlte sie an: »Ich glaube, sie mögen dich.«

80

»Wieder für vier?«, fragte Tom vorsichtig.

»Genauso wie die letzten Monate«, antwortete Caroline. Es war der erste Dienstag im Monat und Caroline noch allein am Kamintisch im Le Jardin.

Tom deckte das Reserviert-Schild und fünfte Gedeck ab. Luc sah ihm mit undurchdringlicher Miene dabei zu. Es hatte ein paar Wochen gedauert, bis er sich halbwegs zusammenreimen konnte, was auf der Frankreichtour geschehen sein musste. Bis heute konnte er sich nicht daran gewöhnen. Wenn er die Leere auf dem fünften Platz so sehr fühlte, wie sollte es dann erst seinen Dienstagsfrauen gehen?

Im Gang hing eine ganze Batterie von Postkarten, die ihm seine Frauen in den vergangenen Monaten geschickt hatten. Eine zeigte das Massif de la Clape und war von allen fünfen unterzeichnet. Daneben gab es die Karten von Judith, die seit Monaten ehrenamtlich in einer Krankenunterkunft arbeitete. Drei andere hatte Eva auf ihrem Weg nach Santiago de Compostela geschrieben. Die letzte kam vom Kap Finisterre. »Es ist ein Brauch, auf der Klippe etwas von der Ausrüstung zu hinterlassen. Als Zeichen, dass der Weg beendet ist. Ich habe ein altes Foto von mir dagelassen«, schrieb Eva auf der Rückseite. Tatsächlich musste Luc zweimal hinsehen, als eine adrette, frisch aussehende Eva schwungvoll das Lokal betrat. Mit dem modischen Mantel und ohne nachlässigen Pferdeschwanz wirkte sie zehn Jahre jünger. »Ich habe Kohldampf«, flüsterte sie Luc zu, als er ihr galant aus dem Überzieher half.

»Noch nicht zu Hause gegessen?«

Eva schüttelte den Kopf. »Nicht mal gekocht. Sie wärmen ein paar Reste in der Mikrowelle auf.« Mit dem drohenden Verlust von Antioxidantien konnte sie neuerdings leben. Stärker noch: Sie war auf dem besten Weg, einen Schritt weiter zu gehen.

Stolz präsentierte sie Caroline ihr neues Kostüm. Sie hatte kein Gramm abgenommen, aber sie versteckte ihre Rundungen nicht mehr.

»Hast du heute noch was vor?«, fragte Caroline erstaunt.

»Die Ärztin, du weißt schon, mit der ich die letzten hundertzwanzig Kilometer gepilgert bin. Bei ihr im Krankenhaus wird eine Urlaubsvertretung gesucht. Morgen kann ich mich vorstellen. Geht das so?«

Sie vollführte eine gekonnte Pirouette vor Caroline, die begeistert nickte. Luc ertappte sich dabei, wie er den Daumen hochreckte.

»Wenn du eine Putzkraft suchst, denk an mich! Ich bin frei«, rief eine Stimme von hinten. Das war Kiki, die hereingeflogen kam. Wie immer sah sie ein bisschen verweht aus.

»Der alte Thalberg hat sich nicht beruhigt?«

Kiki schüttelte traurig den Kopf: »Ich habe seit Jahren nicht so viel Freizeit gehabt.«

Luc wusste, dass Thalberg Kiki eine Woche nach dem legendären Zusammentreffen im Golfclub gekündigt hatte. Am Tisch der Dienstagsfrauen war ausführlich debattiert worden, ob Kiki gerichtlich dagegen vorgehen sollte. Am Ende hatte Kiki sich dagegen entschieden. So weit wollte sie die familiäre Fehde nicht betreiben. Sie hoffte, dass die Vasenserie ihr den Eintritt in eine neue Firma erleichtern würde. Denn die Vasen wurden produziert. Luc wartete jeden Tag darauf, dass die zwanzig Exemplare geliefert wurden, die er für sein Lokal geordert hatte.

»Dafür zieht sie mit Max zusammen. Erzählt man im Golfclub«, erklärte Estelle, die inzwischen zur Tür reingekommen war. Perfekt gestylt wie immer. Die Hände perfekt manikürt. Sie war der Meinung, dass sie das ihrem Vater schuldig war, der zeitlebens mit seinen rauen Händen gehadert hatte. Manche besuchen den Friedhof, um der verstorbenen Angehörigen zu gedenken. Estelle ging zur Maniküre.

»Wir kaufen gemeinsam Möbel«, bestätigte Kiki. »Max die Sessel, ich das Sofa. Für den Fall, dass es schiefgeht.«

Luc grinste heimlich in sich hinein. Nach den Matthieus und Michaels und Roberts und anderen Katastrophen war das für Kiki ein enormer Schritt. Die halbe Miete sozusagen.

»Und du?«, fragte Eva mit Blick auf Caroline.

Es wurde still am Kamintisch. Alle Augen richteten sich auf die coole Anwältin, die in den vergangenen Monaten gar nicht mehr so cool wirkte. Luc, der auf dem Weg in die Küche war, um die Vorspeisen zu servieren, hielt inne. Das interessierte ihn mehr als alles andere. Luc hatte etwas Besonderes für seine Dienstagsfrauen vorbereitet. Etwas, das gegen die ungeschriebene Regel verstieß, an die er sich fünfzehn Jahre gehalten hatte. Etwas, das die Dienstagsfrauen überraschen würde. Gespannt lauschte er, wie es Caroline ergangen war.

»In der neuen Wohnung fehlt noch alles«, berichtete sie. »Ein Herd, Regale, Schnickschnack. Letzte Woche war ich mit Fien im Möbelhaus. Und Vincent holt am Wochenende die restlichen Umzugskisten. Es wird.«

Die Freundinnen sahen sie stumm an. Das hatten sie von

Caroline gelernt. Wer etwas wissen wollte, musste lernen zu schweigen.

»Philipp und ich treffen uns jetzt manchmal. Wir reden viel«, fuhr Caroline fort. »Es ist schwer.«

Eine Batterie Champagnergläser kippte um und ergoss sich über Caroline. Luc sank in sich zusammen. So hatte er sich den Auftritt seiner neuen Bedienung nicht vorgestellt.

Neben dem Kamintisch stand eine verschämt guckende Judith mit feuerrotem Kopf. In den Händen drehte sie verlegen das Tablett. »Dominique hat mir gezeigt, wie ich bedienen muss. Champagner war nie dabei.«

Caroline starrte sie an, als wäre sie soeben mit dem Raumschiff gelandet. Luc rieb sich nervös die Hände. Er hoffte, dass er seine Frauen gut genug kannte und die Sprachfetzen, die er vom Kamintisch aufgeschnappt hatte, richtig interpretiert hatte. Als Eva, Caroline und Kiki zwei Wochen nach Ende der Pilgertour zu dritt zum Essen kamen, hatten sie kein Wort über Judith verloren. Mit den Monaten hatten sich die scharfen Kanten der Wut abgeschliffen. »Wie es Judith wohl geht«, wurde immer öfter gefragt. Seit Lourdes hatte keine der Dienstagsfrauen Kontakt zur Freundin gehabt. Als er beim letzten Dienstagstreffen Caroline dabei ertappte, wie sie im Gang heimlich die Postkarten von Judith las, wusste er, dass er handeln musste. Er tat etwas, was er in fünfzehn Jahren nicht gewagt hatte. Er mischte sich in das Leben der Dienstagsfrauen ein. Er schrieb Judith eine Postkarte nach Frankreich. Darauf notierte er das heutige Datum. Und darunter ein paar dürre Worte: »Nicht wieder vergessen, das ist der erste Dienstag im Monat.« Um zwanzig vor acht war Judith im Le Jardin aufgetaucht. Nervös war sie gewesen, unsicher.

Eva unterbrach als Erste die Stille, die seit Judiths Erscheinen am Kamintisch herrschte.

»Hast du dich mit Dominique ausgesprochen?«, fragte sie.

Judith schüttelte den Kopf. »Wir haben nie wirklich miteinander geredet. Ich war froh, dass er mich als Teil des Teams akzeptiert hat. Das war schon viel.«

»Und das hast du vier Monate ausgehalten?«, fragte Kiki.

»Das Schöne ist, dass man da keine Zeit hat zu grübeln. Du hättest unsere Gäste sehen sollen. Zum ersten Mal hatte ich das Gefühl, etwas Nützliches zu tun.«

Wieder wurde es still. Caroline putzte mit einem Küchentuch die letzten Reste Champagner von ihrer Hose. Auch als es längst nichts mehr zu putzen gab. Judith sah sich unsicher nach Luc um. Der nickte ihr unmerklich zu.

»Jeden ersten Dienstag habe ich an euch gedacht. Ich habe euch vermisst«, gestand Judith.

Caroline überlegte noch immer, wie sie mit der Situation umgehen sollte. »Ich habe mich so oft gefragt, wie es dir geht«, wandte sich Judith direkt an Caroline. »Ich habe mich nicht getraut, dich anzurufen.«

Luc hielt die Luft an. Jetzt musste sich erweisen, ob er die Situation richtig eingeschätzt hatte. Caroline stand wortlos auf und zog den fünften Stuhl unter dem Tisch hervor.

»Ihr wollt mich noch?«, fragte Judith.

»Ohne dich ist die Runde nicht komplett«, gab Caroline zu.

Judith war gerührt. Und dann umarmte sie Caroline, als wolle sie ihre neue alte Freundin erdrücken.

Luc strahlte über das ganze Gesicht. Er gab Tom das Zeichen, die Champagnergläser neu zu füllen. Wenig später hob Estelle das Glas: »Auf die Dienstagsfrauen.«

Klingelnd stießen die Gläser zusammen. Kurz danach erfüllten die Stimmen seiner fünf Frauen den Raum. Jetzt erst merkte Luc, wie sehr er das laute Durcheinander, das seit fünfzehn Jahren an jedem ersten Dienstag im Monat sein Lokal erfüllte, vermisst hatte.

»Wenn man gemeinsam pilgern kann, schafft man alles im Leben«, deklamierte Eva ein bisschen pathetisch. Luc verstand sie. Wenn das nicht der Moment war, pathetisch zu werden, wann dann?

»Was habt ihr bloß mit dem Pilgern? Mir hat das nichts gebracht«, empörte sich Estelle.

»Du gibst es nur nicht zu«, fiel Kiki ihr ins Wort.

»Hornhaut auf den Fußsohlen«, lenkte Estelle ein. »Zählt das als Veränderung?«

»Glaubst du, ich hätte Frido je die Meinung gesagt, wenn ich am ersten Morgen aufgegeben hätte?«, mischte Eva sich ein.

Estelle war nicht überzeugt.

»Von wegen Gotteserlebnis. Rosa, das Hausschwein, hat dein Leben gerettet.«

Luc verzog sich grinsend in seine Küche, dorthin, wo er sich am wohlsten fühlte. In den Hintergrund. Bevor er durch die Schwingtür verschwand, drehte er sich noch einmal nach Caroline um.

Caroline lehnte sich zurück und sah ihren Freundinnen zu. Wie sie redeten, gestikulierten, stritten, lachten, aßen und tranken. Es hatte sich nichts verändert. Obwohl sich alles verändert hatte. Caroline lächelte still in sich hinein. In diesem Moment war sie zufrieden. Mit sich und der Welt. Und mit allem, was auf sie zukam. Morgen.

Mit Dank an:

Marc Conrad, der die Dienstagsfrauen vom allerersten Schritt mit Rat, Tat und Enthusiasmus begleitet hat. Ohne ihn würde die Idee zu dieser Geschichte noch immer heimatlos im Raum herumschweben.

Kerstin Gleba für das Vertrauen, für Offenheit und Freundschaft, für neue Erkenntnisse und neue Welten. Zufall besteht nicht.

Peter Stertz (seine Hartnäckigkeit war mir Verpflichtung) und Michaela Röll.

Marie Amsler und Rudi. Für das Rumkutschieren zwischen Lourdes und Carcasonne, das gemeinschaftliche Jakobsmuschelsuchen in den Pyrenäen und französische Hilfestellungen aller Art.

Pater Uwe Barzen von der deutschen Pilgerseelsorge in Lourdes, Sophie Loze und die freiwilligen Helfer der Hospitalité, die ihren Blick auf Lourdes mit mir geteilt haben.

Jörn Klamroth, der die Verfilmung möglich gemacht hat, und Claudia Luzius, die das Drehbuch betreut hat.

Heide und Karl-Heinz Peetz für die immerwährende Unterstützung.

Peter Jan Brouwer, Lotte und Sam. Für alles.